나는 랄라랜드로 간다

(주)푸른책들은 도서 판매 수익금의 일부를 초록우산 어린이재단에 기부하여
어린이들을 위한 사랑 나눔에 동참합니다.

푸른도서관 54
나는 랄라랜드로 간다

초판 1쇄 / 2012년 11월 5일
초판 4쇄 / 2014년 6월 5일

지은이 / 김영리
펴낸이 / 신형건
펴낸곳 / (주)푸른책들
등록 / 제321-2008-00155호
주소 / 서울특별시 서초구 양재천로7길 16 푸르니빌딩 (우)137-891
전화 / 02-581-0334~5 팩스 / 02-582-0648
이메일 / prooni@prooni.com 홈페이지 / www.prooni.com
카페 / cafe.naver.com/prbm 블로그 / blog.naver.com/proonibook

글 ⓒ 김영리, 2012

ISBN 978-89-5798-328-7 03810

* 잘못된 책은 구입한 곳에서 바꾸어 드립니다.
* 이 책 내용의 일부 또는 전부를 재사용하려면 반드시 저작권자와
(주)푸른책들 양측의 서면 동의를 얻어야 합니다.

> 이 도서의 국립중앙도서관 출판시도서목록(CIP)은 서지정보유통지원시스템 홈페이지(http://seoji.nl.go.kr)와
> 국가자료공동목록시스템(http://www.nl.go.kr/kolisnet)에서 이용하실 수 있습니다.
> (CIP제어번호 : CIP2012004428)

표지 및 본문 그림 | 이영림

•제10회 푸른문학상 수상작•

나는 랄라랜드로 간다

김영리 지음

푸른책들

차례

1. 나만의 비트 · 7
2. 우리 집에 왜 왔니 · 71
3. 랄라랜드로 고고씽 · 177

작가의 말 · 211

경고

여기에서 본 내용을 함부로 말하고 다닐 시에는
뭘 먹든 바퀴벌레를 씹는 것 같아서
먹는 족족 고질라처럼 토하고
걸어갈 때마다 보이지 않는 개미가
똥구멍에 기어 다니는 것처럼 간지럽고
불 끄고 누우면 피에 굶주린 모기 부대에게
밤새도록 습격을 받을 것이다.

하늘이 무너져도, 귀신에게도,
지나가는 똥개가 꼬리를 흔들며 유혹해도,
특히 대나무 숲에 가서는 입도 벙긋해선 안 된다.
이 약속을 지키지 않는다면
나도 이런 일기 같은 거 절대 안 쓸 거다.

1. 나만의 비-트

7 / 9 월
음, 오늘은 7월 9일이고 월요일이다. 날씨야 뭐.
일기 끝.

7 / 10 화
남아일언중천금이니까 약속대로 오늘도 적긴 적는데, 절대로 여기에 미주알고주알 털어놓지 않을 것이다.
참, 어제랑 오늘 총 다섯 번…… 음, 라라랜드에 갔다.

7 / 11 수
그럴 줄 알았다. 망할 영감탱이를 믿는 게 아니었다.

배신의 현장을 목격한 건 아까 저녁 즈음이었다. 공용 부엌 쪽에서 망할 고가 엄마와 이야기를 나누는 걸 보았다. 때마침 화장실에서 나오던 나는 망할 고와 엄마가 한 프레임 안에 잡히자 긴장해서 목구멍이 코르크 마개를 쑤셔 넣은 것처럼 꽉 막혔다. 허둥지둥 다시 안으로 들어간 나는 살짝 열어 놓은 화장실 문을 방패 삼아 그 뒤에 몸을 숨긴 채 그들의 대화에 귀를 세웠다.

또 하루도 못 가 거덜 난 시리얼과 우유, 식빵 그리고 잼을 보며 한숨을 쉬던 엄마가 다 마신 우유 컵을 싱크대에 내놓으러 온 망할 고를 붙잡은 것이었다. 다른 게스트하우스가 으레 그러하듯 엄마도 '무제한 리필 서비스'라는 문구를 공용 부엌 입구에 써 붙이고 손님들을 위한 간단한 아침 식사용 먹거리를 제공했다. 그런데 망할 고가 그걸 삼시 세끼 주식으로 남용했기 때문이다.

마음이 여린 엄마가 민감한 돈 문제에 대해 어떻게 서두를 던져야 할지 몰라 우물쭈물하는 사이 약삭빠른 망할 고가 선수를 쳤다. 망할 고는 '내가 요즘 본의 아니게 누구 좀 도와주느라 따로 외출을 하는 바람에' 허기가 져서 그런 건데, 아침을 좀 길게 먹은 것 가지고 그렇게 야박하게 구는 게 아니라고 투덜댔다. 뒤이어 늙은이를 굶기면 '밤에 두 발 뻗고 잘 수 있을 것 같으냐'면서 오히려 기세 좋게 으름장을 놓았다. 엄마는 혹시 누가 망할 고의 말을 들을까 싶었는지 바늘에 찔린 것처럼 몸을 움찔거렸다. 그러더니 아침 드시는 거 가지고 그러는 건 아니었다면서 꼭 죄지은 사람마냥 말꼬리를 흐렸다.

그 사이 나는 망할 고의 행태에 약이 올라 화장실 문고리를 부서뜨릴 듯이 꽉 쥐고 있었다. 누구 좀 도와주느라 따로 외출을 해? 게다가 두 발 뻗고 잘 수 있을 것 같냐니! 나랑 철석같이 약속해 놓고는 엄마한테 그런 냄새피우는 이야길 꺼낸 것이다. 망할 영감탱이 같으니라고! 당장 치사 빤쓰인 망할 고를 쫓아가 따따부따 따지고 싶은 걸 겨우 참았다.

하지만 화를 꾹 누르고 방으로 돌아온 뒤에도 가슴에 숯불을 넣은 것처럼 열이 뻗쳐서 미칠 것만 같다. 혹시 엄마가 그 일을 다 알고 있는 건 아닐까? 그렇지 않고서야 엄마가 망할 고에게 약점 잡힌 것처럼 설설 기는 건 말이 안 된다. 내가 엄마의 약점이 되어 버린 건가.

아이 씨. 애초에 망할 고는 나한테 왜 일기 나부랭이를 쓰게 해 가지고. 설마 이 일기장을 벌써 엄마한테 보여 준 걸까? 아니면 엄마 아빠한테 보여 줄 거라고 나중에 날 협박하기 위해 이런 걸 쓰게 했나! 그래서 그걸 빌미로 수족처럼 날 부려 먹으려고! 공기를 너무 많이 쑤셔 넣은 풍선처럼 금방이라도 머리가 펑 터질 것 같다.

잠깐, '랄라랜드에 갔다'는 말의 의미를 망할 고가 알고 있던가? 따로 말 안 했던 것 같은데……. 생각해 보니 지금까지 랄라랜드의 존재를 알고 있는 사람은 재수탱 녀석들과 나은새 그리고 나까지 총 다섯 명뿐이다.

만약 누가 나에게 랄라랜드에 관해 묻는다면 그건 이걸 봤다는 소리다. 엄마 아빠가 나에게 랄라랜드에 대해 묻지 않았으면 좋겠다. 제발.

7 / 12 목

뭔가 이상하다.

엄마 혹은 망할 고가(또는 둘이 함께) 내 방에 몰래 들어와 이걸 엿보았다는 증거를 잡기 위해 어젯밤에 일기장을 넣어 둔 책상 서랍 경계선에 하얀 실을 끼워 놓았었다. 그런데 방금 확인해 보니 그대로 있었다. 지난 24시간 동안 어느 누구도 일기장은커녕 책상도 건드리지 않은 것 같다. 어쩌면 지금까지 아무도 이걸 보지 않았을 수도 있다. 흠.

대체 보지도 않을 거면서 이딴 걸 나한테 왜 쓰게 한 거냐고!

7 / 13 금

도대체 무슨 속셈인지 알아내기 위해 아까 이걸 들고 다짜고짜 호랑이굴로 들어갔었다. 망할 고는 바닥에 이부자리를 까느라 엉거주춤한 기마 자세로 나를 힐금 돌아보았다. 손에 이불만 없으면 방귀 뀌는 중이라고 딱 오해할 만한 자세였다. 어쩌면 내가 들어오기 전에 진짜 방귀를 뀐 건지도 몰랐다. 마른 낙엽이 썩는 냄새가 방 안에 희미하게 떠다니고 있었으니까.

어쨌거나 나는 강시를 만난 것처럼 흡 숨을 멈춘 후 망할 고를 정면으로 보았다. 노크도 없이 남의 방에 불쑥 들어왔다고 잔소리를 늘어놓을 줄 알았는데, 망할 고는 오히려 나의 방문을 반가워하는 눈치였다. 망할 고는 요 위에 엉덩이를 비비고 앉으며 대뜸 자신의 취직자리는 잘 알아보고 있느냐고 물었다. 예상치 못한 질문 돌려차기 수법으로 내 정신을 흐리게 하려는 것 같았다. 하지만 그렇다고 고분고분 당해 줄 내가 아니었다.

"내 병 고쳐 주겠다면서요?"

나는 심각한 표정으로 흔들림 없이 망할 고를 응시했다. 엄마한테 그 일을 나발 분 거냐고 묻고 싶었지만, 그것보단 근원적인 공격이 더 효과가 직빵일 것 같아서 문제의 핵심으로 파고든 것이었다.

"일기는 잘 쓰고 있냐?"

역시. 망할 고는 곧바로 내 일기를 검사하려는 야심을 드러냈다. 나는 왼손에서 오른손으로 일기장을 바꿔 쥐며 턱을 쳐들고 호기롭게 대답했다.

"그럼요."

"그럼 내 취직자릴 빨리 알아봐야 될 거 아니냐? 남아일언중천금이랬지! 싸나이가 약속을 지킬 줄 몰라서야…… 쯧쯧. 안 되겠다. 앞으로 토요일마다 일자리 알아보러 나랑 같이 나서자."

"네? 토요일이면 내일이잖아요."

"일주일 동안 네놈이 뭘 했는지 한번 보자꾸나."

그러더니 자장가라도 불러 줄 거 아니면 당장 자신의 방에서 썩 꺼지라며 몰아내는 통에 난 혹 하나를 더 달고 마당으로 쫓겨나고 말았다. 멍때리고 서 있는 내 오른손엔 검사는커녕 개봉도 못한 일기장이 엉거주춤 들려 있었다. 뭔가 이건 아니었다. 다시 달려 들어가 망할 고의 얼굴에 대고 웃기지 말라고 냉소를 퍼부어 주고 싶었지만 그럴 수 없었다. 못 하겠다고 하는 순간 망할 고가 엄마한테 조르르 달려가 그간의 일을 몽땅 일러바칠 것 같았기 때문이다.

아, 진짜 돌겠네. 인터넷에 찾아보니까 내 병엔 스트레스가 최악이라던데. 근데 검사도 안 할 거면서 대체 이딴 건 왜 쓰라는 걸까.

참, 오늘은 랄라랜드에 한 번밖에 안 갔다. 하지만 어제랑 그저께는 다 합쳐서 일곱 번인가 아홉 번인가……. 진짜 쓸 맛 안 난다.

7 / 14 토

꼭두새벽부터 망할 고가 내 방 앞에 와서는 목에 톱밥 가루가 낀 것처럼 연신 헛기침을 해 댔다. 일자릴 구하러 밖으로 나가자는 것이었다. 어울리지 않게 카키색 빵모자까지 뒤집어쓰고 잔뜩 멋을 부린 모습이 아니꼬워 속이 뒤집히는 것 같았다. 그런다고 빛나리 대머리가 가려지나.

"인터넷으로 사전 조사 먼저 해야 해요."

난 세수는커녕 눈곱도 떼지 않은 얼굴로 마당으로 나와 심드렁하게 말했다. 단박에 망할 고의 얼굴이 일그러졌다. 사전 조사를 왜 이제야 하냐는 것이었다. 난 하나도 준비하지 않은 티를 내지 않으려 목소리를 깔고 말했다.

"인터넷 사이트에 본인이 직접 가입해야 하는데, 그건 내가 할 수 없는 거잖아요."

사실 난 망할 고를 직업 구하는 사이트 아무 데나 가입시켜 주고 대충 때울 요량이었다. 그런데 망할 고는 인터넷을 이용한다니 그것 참 신세대적인 발상이라면서 히죽거리며 먼저 성큼성큼 공용 거실로 향했다.
 거실 벽 쪽으로 바짝 붙여진 상다리 위에는 노트북이 한 대 놓여 있다. 벽 위에는 '인터넷 가능'이라고 크게 쓰인 종이가 마치 고추를 자랑하기 위해 일부러 알몸으로 찍은 아기의 백일사진처럼 떡하니 붙여져 있었다. 이렇게 집 어디를 가도 설명하고 안내하고 광고하는 문구들이 넘쳐났다. 그런 글자들이 이곳은 그냥 편하게 쉴 수 있는 '우리 집'이 아니라 손님을 왕으로 모시는 게 소원인 '게스트하우스'일 뿐이라는 걸 일일이 확인시켜 주는 것 같았다.
 새삼 가슴 언저리가 답답해져서 한숨을 삼키고 있는데 옆에서 망할 고가 빨리 좀 해 보라며 나를 재촉했다. 망할 고는 컴맹인지라 하는 수 없이 내가 노트북 앞에 가부좌를 틀고 앉았다. '노인 취업'이라는 검색어를 치니 온갖 사이트들이 쫙 떴다. 그 중에서 대충 글씨 굵은 걸로 아무거나 클릭해서 들어갔다. 사이트가 뜨자마자 망할 고는 내가 마실 산소까지 다 들이마시기라도 할 듯 내 머리 옆에 바짝 붙어서는 이거 눌러 봐라, 저건 뭐냐, 가입하는 데 돈은 안 드냐 등등 쉴 새 없이 참견했다.
 망할 고의 시끄러운 목청에, 지갑을 들고 장 보러 나가려던 엄마가 발을 멈추고 우리 둘을 보았다. 옆통수에 들러붙는 엄마의 눈길에 얼굴이 화끈거렸다. 하긴 황금 같은 주말 아침부터 평소 소 닭 보듯 하던 망할 고와 내가 나란히 앉아 인터넷을 하고 있으니 이상해 보일 만도 했다. 피시방을 갈 걸 그랬나 후회가 들었지만 스크루지 영감이 피시방비를 내 줄 리가 없었다. 내가 이 위기를 어떻게 모면할까 머리를 굴리는 사이에도 엄마는 뭔가 물어보고 싶은 게 있는 것처럼 가만히 서서는 우리 쪽을 뚫어져라 보고 있었다. 무시한다고 될 일이 아니었다. 결국 난 고개를 돌려 최대한 아무렇지 않은 척 엄마에게 물었다.

"왜 엄마? 인터넷 쓰려고?"

"아니, 그게 아니라……."

엄마는 말을 얼버무리며 혹시 망할 고가 나를 귀찮게 들볶는 건 아닌지 걱정하는 눈으로 나와 망할 고를 번갈아 보았다. 엄마는 그런 사람이었다. 무슨 일이든 직접적으로 원하는 바를 말하지 못하고 언제나 입안에서 우물쭈물했다. 사람들은 그런 엄마를 조금 모자란 사람으로 보고 함부로 대했지만 엄마는 결코 모자란 게 아니었다. 단지 다른 사람에게 혹시라도 상처를 줄까 봐 매사에 조심하는 것뿐이었다. 그런 엄마를, 망할 고와 짜고는 내 일기를 염탐하려는 사람으로 잠시나마 오해했으니……. 난 일부러 목소리를 쾌활하게 내서 엄마를 안심시켰다.

"사회 수행 평가 숙제로 고령자 취업 현황을 알아봐야 해서 컴퓨터 좀 쓰는 거야. 망……고 할아버지가 좀 도와주기로 했어."

망할 고는 나의 거짓말에 장단을 맞추듯 어깨를 으쓱해 보였다. 엄마는 내 말에 안심이 됐는지 조금 풀어진 얼굴로 뭐 먹고 싶은 것 없냐고 물었다. 없다고 대답하려는데 망할 고가 딸기잼보단 복숭아잼이 더 달다면서 냉큼 끼어들었다. 내 수행 평가를 도와주는 대가를 생각해 볼 때 복숭아잼 정도의 요구는 정말 소박하지 않느냐는 듯 눈썹을 쓱 올리면서 말이다. 정말 아이언맨 저리 가라 할 철면피였다. 엄마는 순한 얼굴로 고개를 끄덕이고는 대문 밖으로 나갔다. 엄마가 나가자마자 망할 고는 기다렸다는 듯 나에게 물었다.

"근데 내가 왜 망고 할아버지냐? 난 망고는 먹어 본 적도 없는데."

평소 일기에 쓰던 게 버릇이 돼 아까 나도 모르게 망할 고라고 할 뻔했다. 그러다가 아차 싶어서 중간에 '할'자를 얼버무렸던 게 망고 할아버지로 들린 것이다. 나는 그런 건 중요치 않다는 듯 질문으로 맞대응했다.

"일기 쓰게 해 놓고는 왜 검사도 안 해요?"

망할 고는 또 그 소리냐는 듯 새끼손가락으로 귀를 파며 나를 보았다.

"일기를 다른 사람한테 보여 주고 싶단 거냐? 볼수록 희한한 녀석이네."

"그럼 애초에 일기를 왜 쓰게 한 건데요? 네? 대답 안 해 줄 거예요?"

"다 큰 녀석이 밥도 떠먹여 달라는 거냐. 어리광은……. 정 그렇게 걱정되면 아무도 못 알아보게 의사들처럼 괴발개발 그려 놓으면 될 일을……."

망할 고는 그것도 한 방법이라면서 태연하게 일러주는 것이었다. 얄궂은 속셈을 따로 꿍쳐 둔 건지 아니면 그저 날 놀리는 건지 그것도 아니면, 아 정말 뭐가 뭔지 알 수 없었다. 이렇게 내가 짱구를 굴리는 사이 망할 고는 고민으로 내 머리가 터지거나 말거나 자신의 일자리 구하는 데만 정신이 팔려 있었다.

"여기 가입만 하면 바로 연락이 오는 거냐."

"원하는 일자리를 클릭해서 들어간 다음 신청을 눌러야죠. 그건 이메일 접수라고 되어 있잖아요. 컴퓨터로 이력서도 작성해야 해요."

망할 고는 뭐 이렇게 하라는 게 많냐며 구시렁거렸다. 그러고는 불러 주는 대로 적으라며 특유의 헛기침과 함께 목청을 가다듬었다. 난 손가락을 자판 위에 올려놓았다. 부어터진 얼굴로 자판을 두드리는데 문득 지난밤의 악몽이 되살아나는 것 같았다. 이렇게 물렁하게 굴다가 진짜 망할 고의 수족이 되는 건 아닌지. 얼렁뚱땅 망할 고의 가제트 팔이 되어 리모컨 심부름까지 하게 될지도 모른단 생각이 머릿속을 파고드는데, 으 끔찍했다.

그 즉시 난 이력서는 본인이 직접 작성하라며 목을 뒤로 쑥 뺐다. 이런 것까지 해 주는 건 '같이' 알아보는 게 아니라 '나 혼자' 다 처리하는 거 아니냐면서.

"설마 다 큰 어른이 밥도 떠먹여 달라는 건 아니죠?"

"어허, 이 녀석 봐라."

망할 고는 자신의 말을 고대로 응용해서 받아친 내 말솜씨에 놀랐는지 혀를 내둘렀다. 그러더니 노인 공경할 줄 모르는 놈이라고 꿍얼대며 내 엉덩이를 밀쳐내고는 자신이 직접 노트북 앞에 앉아서 독수리 타법으로 자판을 두드렸다. 강제 노역에서 해방된 나는 혹시라도 망할 고의 마음이 변할까 봐 마당으로 잽싸게 튀었다.

그때 대문이 열리면서 아빠가 들어왔다. 밤새 도시를 돌며 택시를 운전한 아빠는 나를 보지 못했는지 퀭한 눈에 잠이 부족한 얼굴로 좀비처럼 맥없이 뒤쪽으로 걸어갔다. 그곳이 안방이었기 때문이다. 손님방들을 위치 좋은 곳에 최우선으로 두려다 보니 우리 가족의 방은 햇빛도 잘 들지 않는 뒤꼍 구석으로 밀려났던 것이다.

난 텅 비어 있는 손님방 쪽으로 눈을 돌렸다. 망할 고 외에는 손님들이 없어서 그런지 토요일인데도 집은 퍽 조용했다. 다른 게스트하우스도 이럴까? 집은 우물 바닥에 가라앉은 돌처럼 고요했다. 쥐 죽은 듯 소리가 없는 게 너무 싫었다. 난 반발심에 엠피스리를 꺼내 이어폰을 귀에 꽂아 버렸다. 곧이어 귀가 찢어질 듯한 바이올린 소리가 내 안으로 깊이 파고들었다.

7 / 15 일

젠장, 그동안 일기 쓴 게 아무 도움도 되지 않았다. 효과는 개뿔!

순간순간 조는 건 어쩔 수 없다 쳐도 최소한 새벽에 가위 눌리는 건 없애 줘야 되는 거 아닌가. 딱딱하게 온몸이 굳어 옴짝달싹 못하는 상황에서 목덜미 옆으로 불쑥 튀어나온 해골 손이 조금씩 조금씩 이불을 머리 위쪽으로 끌어당기는데, 진짜 죽는 줄 알았다. 발부터 복사뼈, 무릎, 허벅지, 배꼽, 명치, 어깨 위로 서서히 이불이 올라갈 때마다 무방비 상태로 드러난 내 몸이 생선살처럼 깨끗하게 발라져서 덩그러니 뼈만 남은 느낌이었다. 지독하게 시리고 춥고 외로운 느낌 말이다.

부적처럼, 혹시나 하고, 일기 쓰는 게 도움 될 거라고 믿었던 내가 바보다. 나한테 이딴 걸 왜 쓰게 한 건지 물어봐도 가르쳐 주지도 않고. 애초에 망할 고와 엮인 것부터가 잘못이다. 아니, 이게 다 나를 놀리고 괴롭힌 재수탱 녀석들 때문이다. 그리고 그 녀석들만큼 재수 없는 건 결정적으로 일을 크게 만든 나온새다. 잘잘못을 가려 보자.

전학생이란 꼬리표를 달게 된 건 지금으로부터 보름 전이었다. 새로 온 학교에 낯선 애들까지 정신없었지만 다른 애들 역시 기말고사가 코앞이라 정신없기는 마찬가지였다. 시험을 핑계로 온종일 우리나라 교육의 문제점을 들먹이며 구시렁거리는 앞자리, 형광펜 빨간펜 색연필을 색색이 바꿔 가며 노트에 필기하는 것 자체로 행복해 보이는 옆자리, '우리 과외 선생님이 그랬는데 말이야'를 자랑하듯 꼭 입에 붙이는 뒷자리 등 어느 학교에나 있는 애들이었다. 그렇게 전학생에 대한 특별한 호기심 없이 며칠이 순조롭게 흘러갔다.

그런데 시험 전 마지막 스퍼트를 올리기 위해 담임이 마련한 보충 수업 시간부터 일이 꼬였다. 담임이 나눠 준 프린트 1번 문제를 보는 순간 페인트를 들이부은 것처럼 머릿속이 새하얘졌다. 두꺼운 수학 책 위로 $(x+1)^4 = x^4 + ax^3 + bx^2 + 4x + 1$이 지네처럼 꾸물꾸물 기어가고 있었다. 어떻게든 풀어 보려고 낑낑대는 사이 서서히 졸음이 몰려오면서 나도 모르게 문어처럼 책상에 납작 엎드려 버렸다.

"이 자식, 담임 수업 시간인데도 대놓고 자냐. 시험 때도 이릴 거야? 이번에도 우리 반이 수학 꼴찌 하면 네가 책임질래? 어, 어!"

쨍쨍 울리는 담임의 목소리에 일어나 허둥지둥 주위를 살펴보니, 담임은 교실 맨 뒤에 앉은 녀석의 정수리를 수학책으로 툭툭 때리고 있었다. 수면제 수업에 굴복한 이는 비단 나뿐만이 아니었던 것이다. 희생타가 내가 아니었다는 사실에 다행이다 싶었지만 안도의 한숨은 오래 가질 않았다. 잡아먹을 듯한 맹렬한 시선이 뒤쪽에서부터 나를 향해 화살처럼 날아왔기 때문이다. 족제비처럼 턱이 뾰족한 녀석이 짜증 범벅이 된 얼굴로 미간을 찌푸린 채 나를 노려보고 있었다.

"쟤도 잤는데 왜 저만 때려요."

족제비턱은 턱짓으로 교실 중간에 앉은 나를 가리키며 말했다. 몸을 돌려서 뒤쪽을 보던 나는 순간 담임과 눈이 딱 마주쳤다. 투포환 경기처럼 수학책이 크게 포물선을 그리며 내 머리로 날아올지도 모른다는 생각에 침도 못 삼키고 긴장하고 있는데, 담임은 안쓰러운 눈으로 나를 보더니 족제비턱을 한 대 더 때렸다.

"너랑 쟤랑 같냐. 친구를 챙겨 주진 못할망정."

담임은 1학년 때부터 수학을 포기하면 수리 영역이 발목을 잡아서 절대 원하는 대학에 못 갈 거라고 잔소리를 늘어놓으며 교단으로 향했다. 담임이 그러거나 말거나 반 애들이 내 쪽을 보며 곳곳에서 수군거리는 게 느껴졌다.

아니나 다를까 쉬는 시간이 되자마자 몇몇 애들이 나한테 와서는 아까 담탱이가 말한 게 무슨 소리냐고 꼬치꼬치 물었다.

하지만 난 입을 꾹 다문 채 급히 화장실로 가 버렸다. 화장실 거울을 보니 광대뼈 위에 지네 같은 수학 문제가 그대로 찍혀 있었다. 최악이었다. 손등으로 얼굴을 북북 문질렀다.

그날 이후 나는 잔인한 호기심을 품은 질문을 피해서 쉬는 시간마다 화장실 구석 칸으로 숨어들어야 했다. 담임이 원망스러웠다. 담임은 내가 전학 오자마자 반 애들에게 내 병을 자랑했을 거라고 생각한 건가. 안 그래도 친구도 하나 없는데. 정말 짜증 났다.

며칠 후 기말시험이 시작되자 상황은 더 악화되었다. 시간이 모자라 모두들 전전긍긍하는 수학 시험 시간에 나는 책상에 코를 박고 대책 없이 자 버렸다. 자다 깨다를 서너 번 반복하고 일어나 보니 시험 시간이 5분도 채 남지 않았는데, 난 18번 문제 언저리에서 여태 사투 중이었다. 다른 애들이 답을 OMR 카드에 표시하는 사이 나는 한 문제라도 더 풀어 보려고 기를 썼지만 자꾸만 고개가 밑으로 떨어지려고 해서 죽을 맛이었다.

그런데 그때 옆에 다가온 시험 감독 선생님이 낮은 목소리로 내게 물었다.

"네가 용하구나. 기면병 약은 잘 먹고 있니?"

툭 던져진 그물 같은 그 말은 나를 옴짝달싹 못하게 만들어 버렸다. 곧이어 정적 속에서 아이들의 시선이 일제히 나에게 모이는 게 느껴졌다. 담임이 다른 선생님들에게 내 병명을 알린 게 틀림없었다. 광고하기 위해서였든, 경고하기 위해서였든 그건 내 의사와 상관없이 벌어진 일이었다. 근데 담임은 대체 내 병명을 어떻게 알게 된 걸까. 전에 다니던 학교 선생님이 학생

기록부에 이 학생은 시도 때도 없이 잠드는 기면병이 있음!이라고 굵은 글씨로 써 놓기라도 했나? 난 벌게진 얼굴로 우물쭈물하다가 아이들의 시선에 긴장이 극에 달해, 결국 또 정신줄을 놓고 잠들어 버렸다.

다시 눈을 떠 보니 어느덧 시험 끝나는 종이 울리고 있었고, 여태 옆에 서 있던 감독 선생님은 힘내라는 듯 내 어깨를 꽉 잡아 주었다. 그러고는 교단으로 가서 아이들의 OMR 카드를 걷은 후 교실을 나갔다. 난 쪽팔려서 얼굴이 시뻘건 대추처럼 쪼그라들 것만 같았다.

하지만 쪽팔림도 잠을 막지는 못했다. 나흘 동안 치러지는 시험 내내 나는 종종 불가항력적인 힘에 의해 픽픽 쓰러져 잠들어 버렸다. 그때까지만 해도 몰랐다. 뒤쪽에서 몇몇 애들이 그런 나를 뚫어져라 보고 있을 줄은.

마지막 시험 날, 종례가 끝나고 애들이 삼삼오오 모여 서로의 시험지를 돌리며 가채점 하느라 어수선한 사이에 나는 가방을 메고 먼저 나와 버렸다. 시험 채점 따위 안 한 지 벌써 삼 년째였다. 신발을 갈아 신고 후문 쪽으로 나가려는데 불쑥 커다란 그림자가 내 앞을 가로막았다. 고개를 들어 보니 세 명의 아이들이 있었다. 잠깐 실험해 볼 게 있다면서 덩치 둘이 양쪽에서 어깨동무를 해 나를 누르며 학교 바깥으로 끌고 갔다. 근처 공터 구석에 몰린 나는 어깨를 짓누르던 녀석들의 팔을 떼어 버린 후 맞섰다.

"뭣 때문에 그러는데?"

이런 일쯤 별거 아니라는 듯 아무렇지 않은 척 당당하게 말하려 했지만, 말끝이 조금 떨려 긴장한 속내를 그대로 드러내고 말았다. 서로의 얼굴을 보며 히죽거리던 세 녀석 중 족제비턱이 먼저 내 앞으로 바짝 다가왔다.

"너 진짜 기면병이야? 대놓고 자고 싶어서 그런 척 쇼한 건 아니고?"

"쇼 아니야."

내 대답을 기다렸다는 듯 큰바위얼굴과 칼귀가 그럼 진짜 기면병이라는 거네 하면서 히죽거렸다.

"영화에서 봤는데 큰 소리만 들어도 바로 쓰러지던데, 진짜 그러냐?"

"뭘 물어봐. 그냥 바로 실험해 보면 되지."

그 말이 떨어지자마자 칼귀가 바짝 다가와 내 귀에 대고 괴수처럼 으아! 하고 고함을 질렀다. 귀청이 떨어져 나갈 것 같았다. 나도 모르게 폭풍에 떠밀리듯 뒤로 한 발 물러섰다. 곧이어 심장이 거세게 뛰었다. 하지만 흥분은 절대 금물이었다. 흥분하면 발작이 올지도 몰랐다. 난 감정을 최대한 무디게 만들기 위해 벌떡벌떡 널뛰는 심장을 진정시키려고 두 주먹을 꽉 쥐었다.

"이 새끼 봐라. 그 쪼끄만 주먹으로 한 대 치게? 얼빵하게 생겨 갖고는. 야 쳐 봐. 쳐 보라니까."

큰바위얼굴이 내 얼굴 앞에서 머리를 흔들어 대며 깐족거렸다. 그때 족제비턱이 큰바위얼굴을 제지하며 얄밉게 쏘아 댔다.

"잡소린 이만하면 됐고, 야! 너 몇 데시벨까지 견디냐? 데시벨 몰라? 모, 르, 냐, 고! 병신 새끼."

마지막 말을 말하지 않고는 도저히 못 배기겠다는 듯이 욕을 꼬리말처럼 슬쩍 덧붙이고는 또 히죽거렸다. 나는 입가의 근육이 무너져 내리듯 서서히 일그러지는 것을 느꼈다. 발작이 오려는 것이었다. 그 녀석들에게 무너진 얼굴을 보이고 싶지 않아 서둘러 고개를 수그렸다. 다행히 녀석들은 자기들끼리 히죽거리느라 내 얼굴을 보지 못했다. 내가 얼굴 근육을 다시 되돌리기 위해 안간힘을 쓰는 사이 녀석들은 내 가방을 거꾸로 뒤집어서 내용물을 바닥에 쏟아 버렸다. 쓸 만한 게 없나 뒤지는 것이었다. 하는 짓거리가 딱 양아치였다. 오늘 본 시험지들과 필통 사이로 엠피스리가 바닥에 떨어졌다. 녀석들은 가방에서 떨어진 엠피스리 이어폰이 마치 뱀이라도 되는 양 눈살을 찌푸리고 보았다. 곧이어 칼귀가 엠피스리를 들어서 이어폰을 꽂고 재생 버튼을 누르더니, 잠시 후 파충류처럼 야비하게 비웃었다.

"병신 주제에 꽤 난이도 있는 거 듣는다?"

뭔데 뭔데 하며 큰바위얼굴과 족제비턱이 이어폰을 빼앗아 한 쪽씩 귀에 꽂았다. 곧이어 이어폰에서 귀를 찌르는 듯 높은 바이올린 선율이 흘러나왔다. 흔한 팝이나 가요도 아니고 고리타분하게 클래식이나 듣다니 완전 짜증 백배라면서 녀석들은 나를 혐오스러운 얼굴로 보았다. 나는 이제 막 발작에서 풀린 터라 얼굴은 원상태로 돌아왔지만, 아직 긴장의 여파가 온몸에 남아 있는 상태였다. 감정 폭풍에 휩싸이면 금방이라도 다시 발작이 일어날 것만 같았다. 찰흙을 손바닥으로 문댄 것처럼 얼굴이 일그러지는 우스꽝스러운 표정까지 들키면 어떤 후폭풍이 닥칠지 안 봐도 비디오였다. 나는 또다시 얼굴 근육이 무너질까 봐 두려워 무작정 입을 열었다.

"난 쓰러질 때마다 랄라랜드로 가거든."

거기 담긴 음악은 랄라랜드로 가기 위한 출입증 같은 거라고 녀석들에게 말했다. 랄라랜드는 소리 나는 모든 것이 리듬으로 움직이는 곳인데, 여태껏 들어 본 적 없는 음악이 나오는 곳이며, 감히 흉내 낼 수 없는 비트로 죽은 사람이 벌떡 일어나 무덤 위에서 탭댄스를 추게 만드는 곳이라고. 그래서 상상을 넘어서는 그곳에 너무 가고 싶어서 나를 잠에 맡기는 거라고. 단언컨대 너희들은 죽었다 깨도 절대 못 가는 곳이라고.

한동안 녀석들은 내 말에 충격 받은 듯 말을 잇지 못했다. 침묵을 깬 건 족제비턱이었다. 웃기는 소리 말라면서 야멸차게 나를 비웃었다.

"라알라 랜드? 이빨 까네."

"이 새끼 꾀병인 줄 알았더니 완전 또라이 아냐."

"사짜 기질도 있는데? 유딩스러운 구라 치는 걸 보니까. 미친 새끼."

녀석들은 하이에나처럼 히죽거리면서 나를 거짓말쟁이로 몰았다. 더는 비위 상하는 면상을 마주보기 싫어서 나는 입을 앙다문 채 시선을 뒤쪽으로 던졌다. 그런데 시야 끝에 비스듬히 담벼락에 몸을 기대고 서 있는 여자애가 걸렸다. 이름은 모르겠지만 얼굴이 눈에 익은 걸 보니 같은 반 같았다. 그 애는 녀석들과 달리 한눈에 특징이 잡히지 않았다. 좀 심각하리만큼 외모가 평범했다. 어쩌면 너무 흔한 얼굴이라 같은 반이라고 착각하는 건지도 몰랐다. 특이한 점은 그 애가 날 보는 시선이었다. 꽤 심각한 표정으로 한 치의 어긋남도 없이 이쪽을 계속 보고 있었다. 양손은 주머니에 넣은 채로 말이다. 여자애들 교복 치마에도 바지처럼 주머니가 있다는 걸 그때 처음 알았다. 근데 왜 쟤는 계속 나를 보는 거지? 구경거리라도 났나? 짜증 나서 나는 보란 듯이 고개를 딴 쪽으로 돌려 버렸다.

그때였다. 갑자기 몸이 뒤로 밀렸다. 내가 고개를 돌린 게 자신들을 무시하는 거라고 여긴 큰바위얼굴이 장풍을 날리듯 내 어깨를 밀쳤던 것이다.

"뭣도 아닌 게 지금 센 척하는 거냐? 고개 들어, 새꺄."

족제비턱이 주먹으로 내 턱을 툭툭 올려 쳤다. 주먹으로 한 대 세게 맞는 것보다 그게 더 굴욕적이었다.

"근데 너 기면병 맞아? 씨발, 쓰러지질 않잖아. 역시 쇼였구만? 좀비 새끼."

병신 새끼에서 또라이로, 또라이에서 미친 새끼로, 그것도 모자라 이번엔 좀비 새끼였다. 나는 녀석들에게 떠밀려 계속 진화 중이었다. 진화의 끝이 어디인지 알 수 없었지만, 영화 〈혹성탈출〉에 나오는 시저처럼 차곡차곡 쌓은 분노를 한순간에 터뜨려 다 엎어 버릴 수도 있다는 걸 녀석들은 알까.

"쇼 아니라니까."

하지만 족제비턱은 비장한 내 결의를 지그시 짓밟으며 비웃었다.

"사내새끼가 재수 없게 연약한 척 굴면 더 빡치는 거 알지? 한 번만 더 기면병이니 뭐니 쇼하면 죽빵 나간다. 알았냐?"

"쇼 아니라고!"

나는 사납게 소리치며 족제비턱에게 체중을 실어 주먹을 날렸다. 하지만 간발의 차로 빗나간 주먹 때문에 몸이 앞으로 쏠리면서 고꾸라져 버렸다. 곧이어 갑작스러운 내 공격에 눈이 뒤집힌 녀석들의 호된 발길질이 이어졌다. 삼 대 일이라는 불리한 상황이었지만 어차피 이기려고 덤빈 싸움이 아니었다.

　물속에서 움직이는 것처럼 녀석들에게 저항하는 팔다리가 방향을 잃고 허우적대는 사이 멀리서 호루라기 소리가 들렸다. 저번에 나에게 기면병 약은 잘 먹고 있느냐고 물었던 시험 감독 선생님이 이쪽으로 달려오고 있었다. 시험 끝났다고 고삐 풀린 망아지처럼 애들이 사고치고 다닐까 봐 순찰 나온 선생님을 냉큼 불러온 건, 다름 아닌 담벼락 옆에 서 있던 여자애였다. 자기 딴엔 돼지게 맞는 내가 불쌍해서 싸움을 말리기 위해 그런 거였겠지만, 이쪽에서는 그런 부탁 따위 한 적 없었다. 어쨌거나 혈기 넘치는 20대 체육 선생답게 부랴부랴 도망가려던 세 놈을 전광석화 같은 솜씨로 깡그리 잡아서는 학교 교무실로 끌고 갔다.

　녀석들과 나는 엉망이 된 몰골로 담임에게 넘겨졌다. 겉모습이 멀쩡한 건 목격자로 함께 딸려 온 여자애뿐이었다. 담임이 한 음 내려간 목소리로 어떻게 된 일이냐고 계속 추궁했다. 그러자 족제비턱이 야비하게 먼저 입을 열었다. 내가 녀석들에게 기면병을 이용해 순식간에 기절하듯 쓰러지는 쇼를 보여 주겠다고 해서 같이 갔는데, 생각만큼 잘 되지 않자 갑자기 내가 돌변하더니 다 꺼져 버리라고 주먹을 날리는 바람에 일이 이렇게 됐다고. 숨 한 번 안 쉬고, 침 한 번 안 바르고 거짓말을 해 댔다. 담임은 설마 하는 얼굴로 나를 보다가 여자애에게로 시선을 돌렸다.

"나은새, 네가 말해 봐."

녀석들은 나은새에게 입 조심하라고 위협하는 눈짓을 보냈지만 그러거나 말거나 나은새는 줄곧 내 쪽만 보았다. 하지만 난 나은새가 혹시라도 랄라랜드 얘길 꺼낼까 봐 조마조마해서 바닥만 보며 그 시선을 피했다. 담임 앞에서까지 그 얘길 하고 싶진 않았기 때문이다.

"전 지나가다가 싸우는 것만 봤어요."

진짜인지 거짓말인지, 거짓말이라면 누구를 위한 건지 알 수 없었다. 어쨌거나 녀석들과 나는 나은새의 대답에 각기 다른 이유로 가슴을 쓸어내렸다.

"안용하, 얘들 말이 진짜니?"

담임은 일부러 성까지 붙여 부르며 나를 추궁했다. 이름만 불러서는 지금 벌어진 상황의 무게를 충분히 인식시킬 수 없다는 듯이. 담임은 계속 추궁했지만 나는 가타부타 말없이 침묵했다. 입을 여는 건 더 큰 문제를 불러올 뿐이었다. 나는 상한 조개처럼 입을 꽉 다물었다. 그에 대한 벌로, 고분고분 대답하는 녀석들과 나은새가 담임의 가벼운 훈계 후에 집으로 돌아간 뒤에도 나는 계속 교무실에 혼자 서 있어야 했다. 결코 입을 열지 않는 내 행동이 교권에 도전하는 거라고 여겼는지 담임은 월요일 날 부모님을 모시고 오라며 비장의 무기를 꺼내들었다. 하지만 나는 담임의 치사한 협박에도 굳게 입을 다문 채 학교 밖으로 나섰다.

해질녘이 되어서야 집으로 돌아온 나는 갑갑해서 숨이 막힐

지경이었다. 부모님을 모시고 학교에 가는 날엔 내가 기면병이 있다는 것과 그걸 몇 년째 숨겨 왔다는 게 만천하에 모두 드러날 참이었다. 어쩌면 담임이 집에 전화할지도 모르겠다 싶어서 나는 서둘러 공용 거실에 있는 전화기 코드를 빼 버렸다. 그런데 그 모습을 하필 망할 고에게 들키고 말았다. 망할 고는 엄지와 검지로 턱을 쓸어내리면서 점쟁이처럼 물었다.

"혹시 너 조는 것 때문에 무슨 문제 생긴 거냐?"

화들짝 놀란 내 표정에서 손쉽게 답을 얻어 낸 망할 고는 그깟 전화기 코드를 뽑아 놓는다고 일이 해결될 것 같냐면서 쯧쯧 혀를 찼다. 화장실로 들어가는 망할 고의 뒷모습을 보며 내 머릿속은 여러 가지 화살표로 아우성쳤다. 망할 고가 내가 기면병이 있다는 걸 어떻게 안 건지는 중요치 않았다. 중요한 건 망할 고를 이용해서 잘만 하면 이 위기를 넘길 수도 있다는 사실이었다. 나는 망할 고가 화장실에서 나오자마자 다가가 조심스럽게 물었다.

"저기, 혹시 월요일에 시간 있어요?"

시간 있냐니…… 절박한 간청이 졸지에 싸구려 작업 멘트가 되어 버렸다.

"왜? 알바 자리라도 주게?"

망할 고가 무슨 소릴 하는지 몰라 난 한동안 얼음 상태로 있었다. 한참 후에야 혹시 자신이 용돈 벌이 할 일이라도 있는 거냐고 묻는 말임을 깨달았다. 곧이어 망할 고의 한쪽 눈썹이 찍 올라갔다. 그리하여 어쩌다 보니 망할 고가 월요일 날 학교에 가서 내 친할아버지인 척 해 주기로 되어 버렸다.

그래서 7월 9일 월요일, 망할 고는 맞벌이하는 부모 대신 온 친할아버지로 둔갑해서 상담실로 들어가 담임과 따로 면담을 했다. 지루한 면담이 끝도 없이 이어졌다. 운동장 벤치에서 기다리던 나는 똥줄이 바짝바짝 타들어갔다. 백만 년은 흐른 후에야 망할 고가 밖으로 나왔다. 그러더니 말도 없이 집으로 성큼성큼 걸어갔다.

"담임이 뭐래요? 진짜 부모님으로 모셔 오래죠? 다 들통 난 거죠? 네?"

"이 녀석이 내 포커페이스를 뭘로 보고. 흠흠, 선생과의 상담은 완벽했다. 그런데 그 선생 섬세하게 생긴 것과 달리 참 매너가 똥이더구나. 젊은 놈이 어르신한테 차 한 잔을 제대로 권할 줄을 몰라. 달걀 동동 띄운 쌍화차를 대접해야지, 어디 녹차 티백을 종이컵에 찍 담가서는……."

"딴 말 말고 빨리 얘기해 줘요. 담임이 내 얘기 안 했어요? 뭐랬어요?"

"음, 금요일 날 있었던 일이 꽤 충격적이었는지 그 선생은 네 심리상태 등을 염려하면서 전문적인 치료를 권하더구나."

전문적인 치료라니……. 병원에 가란 소리였다. 하지만 난 병원에 갈 수 없었다. 돈이 얼마나 들지 걱정 돼서가 아니었다. 병원에 드나든다는 사실이 자칫 애들한테 소문이라도 나면 더 괴물 같은 애로 낙인찍힐 것 같아서였다. 난 망할 고에게 오늘 있었던 일은 무슨 일이 있어도 꼭 비밀로 해 달라고 부탁했다. 그러자 망할 고는 심드렁한 표정으로 나를 가만히 보더니 소 풀 뜯어 먹듯이 느릿느릿 말했다.

"그게 숨긴다고 영원히 숨겨질 것 같으냐."

틀린 말은 아니었다. 그동안 부모님과 떨어져 있을 때는 어찌어찌 넘겼지만 이젠 한집에 계속 사는 데다가 곧 있으면 방학이었다. 집에 있는 시간이 더 길어질 텐데 걱정이 태산이었다.

"정 뭐하면 내가 네 병 고쳐 주랴?"

망할 고가 나를 보면서 한쪽 눈썹을 쓱 들어올렸다. 그렇게 망할 고의 꾐에 빠져 나는 매일 수면 일기를 쓰게 되었고, 오는 게 있으면 가는 게 있어야 한다면서 망할 고의 취업을 책임지게 된 것이었다. 이걸 쓰면 병원 같은 데 안 가도 되고, 부모님께 내 병을 알리지 않아도 돼서 귀찮아도 매일 쓰긴 썼는데…….

이렇게 지난 일을 적는 동안 어느덧 아침 해가 밝아오고 있다. 모두들 자야 할 시간에 난 이렇게 깨어 있고, 모두들 깨어 있을 때는 시도 때도 없이 잠들어 버린다. 나 혼자 시간도 공간도 어긋나 버린 다른 세계에 살고 있는 것 같다. 어떻게든 이쪽 세계에 붙어 있기 위해 안간힘을 쓰지만, 전기가 점점 닳아가는 홀로그램처럼 내 존재가 희미해지고 있다.

누구 잘못인지 모르겠다. 아무래도 내 잘못인 것 같다. 애당초 이런 쪽팔리는 병에 걸린 내 잘못이다. 하루하루가 짜증 난다. 인생을 통째로 빨리감기 해서 그냥 결말만 보고 싶다.

7 / 16 월

오늘도 쉬는 시간에 재수탱 녀석들이 갑자기 쓰러지는 흉내를 내며 놀렸다. 또다시 엮이고 싶지 않아 어금니를 꽉 깨물며 못 본 척 뒤돌아서는데 나은새와 마주쳤다. 나은새가 조금 떨어진 곳에서 나를 유심히 보고 있었던 것이다. 짜증 났다. 내가 무슨 동물원 원숭이인가. 왜 졸졸 쫓아다니면서 관찰하는 건지 모르겠다.

조는 게 뭐? 쇼 같다고?

다들 하나같이 날 이해하지 못한다. 졸려서 자는 게 뭐 대단한 거라고 '병'이라고까지 할까 싶어 그런 거겠지. 예전엔 나도 그렇게 생각했었다. 분명히 필기를 했는데 어느 순간 정신 차리고 보면 공책에는 피라미드 벽면에 새겨져 있을 법한 상형 문자가 가득했다. 다음 시간엔 꼭 정신 차려야지 다짐했지만, 다음 시간 역시 내 아래턱을 노린 중력의 집요한 줄다리기로 인해 침 홍수가 나서 교과서의 글자가 번지는 참사를 겪었다. 하지만 이렇게 수업 시간에 조는 거야 누구나 한 번쯤은 있는 경험이고, 밤에 자다가 가위 눌리는 것도 많이들 겪는 거라고 가볍게 생각했었다. 깜빡 조는 건 누구나 겪지만 크게 걱정하지 않아도 되는 문제였던 것이다.

하지만 내 증세가 다른 애들과 달리 조금 더 이상하다는 걸 알게 된 건 반 친구들과 이야기하다가 재미있는 게 나오거나 좀 흥분하면 얼굴 근육이 무너져 괴상한 표정을 짓게 되면서부터였다. 중학교 때 애들은 그런 나를 '가오나시'라고 놀렸었다. 가오리도 아니고 가시도 아니고 가오나시라니. 처음엔 나도 이름만 듣고는 그게 뭔지 몰랐는데, 별명을 던져 준 녀석이 '〈센과 치히로의 행방불명〉 영화에 나오는 스크림 가면 닮은 괴물 있잖아.' 하고 설명을 해 주자 반 애들이 '아, 그러네?' 하면서 박

장대소를 터뜨렸다. 얼굴 모양의 가면을 뒤집어쓰고 있지만 실제 얼굴은 없는 존재처럼, 내 얼굴은 발작이 오는 순간 가면으로 변하는 것이었다. 얼굴 없는 요괴, 가오나시. 그게 내 별명이었다.

그 영화에서 뭐든지 집어삼켜 집채만큼 몸집이 커진 가오나시에게 센이 너는 어디서 왔냐고, 집은 어디냐고, 엄마 아빠는 있냐고 묻는 장면이 나온다. 그 순간 가오나시는 가면을 몸속에 파묻으며 괴로워했다. 그리고 말했다. 외롭다고. 나는 그 장면 이후로 더는 영화를 보지 않았다. 전체관람가 만화니까 분명 해피엔딩일 테지만, 현실과는 다른 그런 행복한 마지막 따위 보고 싶지 않았다.

가오나시든 병신이든 뭐라고 불리든 상관없다. 결국 날 이해해 줄 사람은 없으니까. 인생은 독고다이다. 그리고 나는 혼자다. 진짜 자고 싶지 않다. 자는 것 자체가 끔찍하다. 온 세상에 잠이란 게 없어져 버렸으면 좋겠다.

7 / 17 화

오늘도 일기를 쓰고 있다. 망할 고가 검사하는 것도 아니고 쓴다고 병이 완쾌되는 것도 아닌데 일기장을 펴지 않은 순간에도 머릿속 한구석에는 이따가 빨리 이 일을 일기장에 쏟아 내야지, 그 생각뿐이다.

요즘 들어 하루 중 내가 입을 여는 건 밥 먹을 때와 이 닦을 때뿐이다. 누구와도 말을 섞고 싶지 않다는 식으로 쉬는 시간에도 보란 듯이 엠피스리 이어폰을 귀에 꽂고 있었다. 그러다 보니 5교시 이후에는 배터리가 다 닳아서 아무 소리도 안 나오는데 그냥 꽂아 놓고 있을 때가 많았다.

누군가 내 이야기를 들어 줬으면 좋겠다. 아무 비판 없이 있는 그대로. 하지만 입 밖으로 이야기가 새어 나가는 순간 발 없는 말이 천 리 가는 건 순식간이다. 비밀을 지켜 줄 입이 무거운 친구가 필요하다. 그런 면에서 일기는 백만 명의 친구보다 훨씬 낫다. 변호사가 직무상 알게 된 의뢰인의 비밀을 누설할 수 없고, 의사가 진료 중에 알게 된 환자의 비밀을 동네방네 떠들고 싶어도 참아야 하고, 신부님이 신도에게 들은 고해성사를 혼자만 알고 있어야 하는 것처럼 일기장은 내 말을 다른 곳에 결코 전할 수 없으니까.

근데 어차피 쓸 거면 좀 괜찮은 공책에다 쓸 걸 그랬나? 내가 고른 일기장은 40대 회사원의 책상에 굴러다니는 것처럼 투박한 검정 표지에, 속에는 아무 무늬 없이 종이만 무지하게 많은 스타일이다. 뭐, 이런 칙칙한 외형이 오히려 10대의 일기장이라고 생각하지 못하게 해서 비밀 유지에 더 안성맞춤인 것 같긴 하지만.

그래도 이름이라도 좀 바꿔야 하지 않을까. 일기라는 말은 굉장히 촌스러워 보인다. 뭐랄까. 왠지 일기는 초딩들이나 감수성 예민한 여자애들이 쓰는 것 같다. 쌔끈한 다른 이름 없을까? 음…….

비밀. 비밀……노트. 비-트. 괜찮은 것 같다. 비밀노트의 줄임말이면서 이름 자체에서 왠지 리드미컬한 비트가 느껴진다.

7 / 18 수

 오늘은 학교에서 한 번도 잠들지 않았다. 한껏 기분이 업 된 상태로 집에 오는데 골목에서 처음 보는 녀석들이 내 앞을 가로막았다. 자라나는 건달들처럼 한쪽 벽에 서서 침을 뱉으며 다리를 건들거렸다.
 "너 오늘은 랄라랜드 안 갔다면서? 진짜냐?"
 조금 떨어진 곳에서 족제비턱, 칼귀, 큰바위얼굴이 이쪽을 보고 있었다. 안 봐도 비디오였다. 내가 양아치 무리의 새로운 장난감으로 급부상한 것이었다. 나는 마우스피스를 물고 있는 권투 선수처럼 입을 다물었다. 그러자 전봇대처럼 키가 큰 녀석이 자신의 말이 안 들리느냐며 내 어깨를 밀쳤다. 결국 나는 녀석들의 말을 확인해 주기 위해 무겁게 고개를 끄덕였다. 녀석들은 애완동물 다루듯 갈퀴손으로 내 머리를 헝클어뜨린 후 재수탱 녀석들에게로 향했다. 그러더니 돈을 주고받았다. 내가 쓰러지는 횟수 가지고 자기들끼리 내기를 하는 것이었다. 기분이 엿같았다.

 새벽 두 시에 또 가위에 눌려서 잠에서 깨 버렸다. 한두 번 있는 일도 아니고 이제는 익숙해질 만도 한데 매번 소스라치게 놀란다. 열대야 속에서 식은땀 샤워를 한 상태로 잠에서 깨는 건 악몽의 연장선상처럼 느껴진다. 살금살금 뒤꿈치를 들고 따라 나온 가위 속 끔찍한 환영이 언제든 나를 다시 악몽 속으로 채가기 위해 등 뒤에 몸을 숨기고 있는 것처럼 끔찍하다.

하지만 무엇보다 날 괴롭히는 건 예고 없이 새벽으로 내던져진 데서 오는 외로움이다. 다시 잠들기까지 어둠의 시간 속에서 싸워야 하는 건 언제나 나 혼자다. 인생은 독고다이라는 걸 다시금 깨닫게 되는 것이다.

문득 고시원에서 지내던 때가 떠오른다. 학교가 끝나고 불 꺼진 고시원 방에 혼자 들어갈 때의 정적과 이런 순간은 기묘하게 닮아 있다. 커다란 돌덩이를 끌어안고 심해 속으로 풍덩 빠지는 기분이랄까. 그 정적이 지독히 싫어서 늘 엠피스리 이어폰을 귀에 달고 살았다.

내가 듣는 음악은 언제나 똑같았다. 장영주가 연주한 '비탈리 샤콘느'. 세상에서 가장 슬픈 곡이라는 별칭이 붙은 음악이었다. 클래식이고 뭐고 개뿔도 모르지만 나는 어느덧 습관처럼 비탈리 샤콘느를 듣게 되었다.

비탈리 샤콘느에서는 세상에서 버림받고 홀로 구덩이에 빠져 절규하는 듯한 비통함이 느껴진다. 그럼 나는 귀를 통해 내속으로 들어오려는 커다란 슬픔과 싸우는 것이다. 한참 싸우고 나면 진이 빠지고 그러면 감정을 무디게 만들 수 있었다. 감정이 무뎌지면 더 이상 슬프지 않으니까. 나만의 방법이었다. 사실 나에게 음악이란 결국 누군가를 자극하기 위한 목적으로 만들어진 소리의 집합일 뿐이었고, 내 감정을 무뎌지게 해 주는 일시적인 진통제 같은 것이었다.

지금 비-트를 쓰면서도 이어폰을 귀에 꽂고 있다. 빨리 마지막 단계로 갔으면…….

7 / 19 목

드디어 방학식이었다. 말하기 좋아하는 담임은 마지막까지 일장 연설이었다.

"민증 위조해서 어른인 척 활개 치고 다니는 녀석들이 있다는 제보가 있다. 방학 때도 불시에 유흥가 주변에 순찰 돌 거니까 그런 쓸데없는 짓 하지 말고 청소년은 청소년답게 생활해라."

반 애들이 빨리 학교 바깥으로 튀어 나가고 싶어 합창하듯 '네.' 대답했다. 그런데도 눈치 없는 담임은 끝까지 사족을 덧붙였다.

"건강한 몸에 건강한 정신이 깃든다는 말 알지? 방학 동안 사고 안 나게 조심하고 몸 관리 잘해라. 이상!"

담임은 그새 내 존재를 까먹은 것 같았다. 아무렇지 않게 그런 말을 한 걸 보면. 난 그 말이 너무 싫다. 건강한 몸에 건강한 정신이 깃든다는 말을 뒤집어 보면, 세상에 건강하지 못한 사람들은 죄다 사이코패스란 말인가.

분한 마음을 누르고 집으로 오는데 누군가 따라오는 게 느껴졌다. 또 그 재수탱 녀석들인가 싶어서 뒤를 돌아봤더니, 나은새였다. 이번엔 나은새를 보낸 건가. 아니면 나은새도 그 내기에 동참했나. 그래서 한 명씩 돌아가면서 내 뒤를 밟고는 오늘 잤니 안 잤니, 오늘 더 잘 거니 안 잘 거니 친절하게 물어보려고? 뜨거운 분노로 빙하처럼 차가워진 피가 온몸을 돌기 시작했다. 난 얼음 가시를 뱉듯이 싸늘하게 말했다.

"너도 내기한 거야? 근데 방학이라 이제 자는지 안 자는지 알 수 없으니까 아쉬워? 그래서 우리 집이라도 찾아내서 감시하게?"

나은새는 기가 막히단 눈으로 나를 빤히 쳐다보았다. 그러더니 한일자로 입을 꾹 다문 채 귀에 이어폰을 꽂고는 어깨로 나를 밀치고 가 버렸다. 내 어깨가 동네북인가. 너도 나도 한 번씩 치게! 그리고 누가 누구한테 화내야 하는 상황인데, 적반하장도 유분수였다. 하지만 분한 마음은 오래 가질 못했다. 나은새의 귀를 막고 있는 이어폰을 보자 왠지 마음 한구석이 찌르르 했다. 물감이 중구난방으로 얽혀 있는 데칼코마니를 보는 것 같았다.

이상한 기분 때문에 멀어지는 나은새를 보며 발을 떼지 못하고 서 있는데, 골목 중간에서 갑작스레 재수탱 녀석들이 튀어나오더니 나은새를 불렀다. 그러거나 말거나 나은새가 계속 앞만 보고 걸어가자 급기야 족제비턱이 그 애의 어깨를 잡아 돌려세웠다. 그제야 나은새가 이어폰을 빼고 족제비턱을 돌아보았다. 뒤에서 그 모습을 지켜보던 난 급히 옆에 있던 트럭 뒤로 몸을 숨긴 후 귓구멍을 최대한 크게 열었다.

나에 대한 '내기' 이야기를 할 줄 알았는데, 예상과 달리 족제비턱은 나은새에게 '블랙홀'에 대해서 말했다. 거리가 좀 떨어진 데다 골목 사이로 굉음을 내며 배달 오토바이까지 지나가서 그들의 대화가 잘 들리지 않았다. 그래서 내가 알아들은 말이라곤 블랙홀뿐이었다. 족제비턱이 블랙홀이란 단어를 유독 힘주어 말했기 때문에 그것만 선명하게 들렸던 것이다.

그렇게 한참을 트럭 뒤에 쪼그리고 앉아 있다가 순간 내가 지금 뭐하는 건가 싶었다. 재수탱 녀석들과 마찬가지로 재수 없는 나은새가 방과 후에도 지구과학에나 나오는 용어에 대해 족제비턱과 오랫동안 이야기를 나눌 만큼 친하다는 걸 확인해서, 뭐? 둘이 같은 과탐 학원에라도 다니나? 아니면 둘이 사귀나? 사귀면 뭐. 내가 둘이 사귀는 걸 뭐하러 신경 써? 그 즉시 난 벌떡 몸을 일으켜 다른 골목길로 빙 돌아서 집으로 와 버렸다.

근데 비트에 아까 있었던 일을 다시 정리해서 쓰다 보니 이상한 점이 좀 있다. 나은새가 재수탱 녀석들과 처음부터 한패였다면 기말고사 끝나던 날, 왜 담임 앞에서 그 녀석들의 거짓말을 두둔하지 않은 걸까. 그리고 나은새는 정말 족제비턱 같은 녀석과 사귀는 걸까. 블랙홀은 대체 뭐지? 그들만의 암호인가? 혹시 나를 뜻하는? 뭐야, 내가 갑자기 잠드는 게 꼭 블랙홀에 빠지는 것 같다고 생각하는 거 아냐?

진짜 뭐가 뭔지 하나도 모르겠다.

7 / 20 금

방학 첫날이다.

학교에서 재수탱 녀석들과 마주칠 일이 없다는 생각에 아침에 눈을 뜬 순간 기분이 완전 아싸라비아였는데, 집에는 예기치 못한 복병이 나를 기다리고 있었다. 아빠가 점심값을 아끼기 위해 일부러 집에 와서 밥을 먹으면서, 온가족이 처음으로 시간을 맞춰서 함께 밥을 먹은 것이었다. 집에서 다 같이 모여 밥을 먹은 게 얼마만인지…….

삼 년 전 우리 가족은 아빠가 큰외삼촌에게 보증 서 준 게 잘못되면서 순식간에 집을 날리고 가족 모두 뿔뿔이 흩어지게 되었다. 아빠는 택시 회사 휴게실이나 택시 안에서 쪽잠을 자며 근근이 생활했고, 엄마는 그간 연락이 소원했던 이모할머니 여관에서 일하는 대가로 쥐꼬리 월급을 받으며 겨우 숙식을 해결했다. 그리고 나는 원래 다니던 중학교와 아빠의 택시 회사 사이에 위치한 고시원에 기거했다.

아빠와 둘이 지낼 수 없었던 이유는 빡빡한 고시원 주인이 1인 1실 규칙을 엄격히 지키며 수시로 건물 안을 돌았기 때문이다. 미성년자 혼자 지내는 걸 주인에게 들키지 않기 위해 난 고시원에 들어가기 전에 지하철 화장실에서 교복을 갈아입었다. 그리고 학교 갈 때는 남들보다 삼십 분은 더 일찍 나와서 지하철 화장실에서 교복으로 갈아입어야 했다. 먹는 것도 빨래도 아빠가 주는 용돈 안에서 모두 나 혼자 힘으로 해결했다. 중학교 삼 년 내내 난 내 의지와 상관없는 독립생활을 했다.

그 와중에 우리 가족은 한 달에 한 번씩 서울 중심지에 위치한 대형 찜질방에서 만나곤 했다. 엄마는 늘 나에게 말했었다. 너무 미안하다고. 그래도 조금만 참으라고. 곧 다 같이 모여 살 수 있는 날이 올 거라고. 엄마만 믿으라고. 하지만 나에겐 그 말이 우리 가족의 메마른 일상을 덮으려는 눈속임 같은 말처럼 느껴졌다. 화초를 생기 있어 보이게 하려고 연신 분무기로 물을 뿌리는 것처럼 말이다.

그런데 알고 보니 그동안 엄마는 우리 가족이 여관에서 함께 지내게 허락해 달라고, 이모할머니의 마음을 돌리려 계속 애쓰고 있었다. 하지만 이모할머니는 엄마에게 따로 방을 내주는 게 아까워 자신의 방에 얹혀살게 할 정도로 소문난 수전노였다. 그게 다 최대한 손님 받을 방을 늘려서 돈을 벌기 위해서였다. 그런 사람이 하루 4만원 숙박비를 받을 수 있는 방을 쉽게 엄마에게 내줄 리 없었다. 그래서 결국 나는 월 15만원인 고시원 방에서 혼자 지내야 했다.

그런데 욕심이 너무 지나쳤던 걸까. 백 살 이백 살까지 살 것처럼 지독하게 굴던 이모할머니가 지병이 악화되면서 몇 달 전 갑작스레 돌아가셨다. 예상치 못한 일이었다. 그런데 더 놀라운 건 이모할머니가 돌아가시기 전에 게스트하우스를 엄마 앞으로 물려준 것이었다. 이미 잡다한 서류들도 다 처리했다며 장례식 후 이모할머니의 변호사가 우리에게 와서 알려주었다. 그렇게 엄마는 이모할머니의 유언에 따라 이 게스트하우스를 얻게 되었다. 하루아침에 우리 가족에게 집이 생긴 것이었다.

하지만 감격스러운 순간도 잠시였다. 상 앞에 모여 앉은 우리 세 식구는 어딘지 어색하기만 했다. 그동안 떨어져 있던 시간들이 여지없이 대화를 차단하고 있었던 것이다. 마땅히 할 말도 없고 해서 그냥 밥이나 열심히 먹으려 했지만 그것도 쉽지 않았다. 밥은 설익어서 모래알을 씹는 것처럼 퍼석거렸고, 매운탕은 시원하네 소리 대신 뜨겁단 말밖에 안 나왔다. 변하지 않은 건 엄마의 대책 없는 요리 솜씨뿐이었다.

아빠도 이런 자리가 익숙하지 않아서였는지 아니면 드디어 다 같이 집에서 밥을 먹게 되었다는 게 짠해 목이 메어서였는지, 밥 한 번 먹고 물 먹고 국 한 번 뜨고 물 먹고 계속 물만 찾았다. 물 먹는 하마 같은 아빠 때문에 순식간에 물통이 다 비어 가는 동안에도 옆에서 난 묵묵히 고개를 숙인 채 밥만 먹었다. 수저를 부지런히 놀리는 중에도 내 머릿속엔 오로지 한 가지 생각뿐이었다.

사이다! 사이다가 필요해.

7 / 21 토
이번 주도 어김없이 토요일이 오고야 말았다.

아침에 너무 일어나기 싫어서 망할 고가 밤새 유에프오에 납치됐거나 치질 수술이 잡혀 외출을 안 했으면 좋겠다고 맘속으로 간절히 기도했다. 그런데 점심이 다 지나도록 망할 고는 나를 부르지 않았다.

설마 내 소원대로 밤새 이티가 왔다 갔나 싶었는데, 알고 보니 망할 고는 개도 안 걸린다는 여름 감기에 걸렸던 것이다. 나야 망할 고에게 시달리지 않아서 몸은 편했지만 하루 종일 왠지 마음 한편이 불편했다.

7 / 22 일
오늘도 가족끼리 공용 거실에서 어색하게 점심을 먹던 중이었다. 그런데 결코 있어서는 안 될 일이 일어나고 말았다. 갑작스럽게 덮친 졸음을 못 이기고 내가 그만 옆으로 픽 쓰러져 잠들어 버린 것이었다. 이번 잠은 30초 정도로 짧아서 그나마 다행이었지만 깨어나 보니 이미 부모님의 얼굴에는 놀랠 노자가 새겨져 있었다.

"고 할아버지에게서 감기가 옮았나 봐요."

부스스 몸을 일으킨 난 괜스레 콜록콜록 기침을 해 댔다. 몸살감기 때문에 그런 것처럼 보이려 으슬으슬 몸이 춥다고 팔도 비볐다. 그러자 엄마는 겉옷을 덮어 주고는 옆방 할아버지랑 너무 자주 어울리지 말라며 걱정스럽게 말했다. 나는 알았다고 고개를 끄덕인 뒤 내 방으로 가기 위해 일어섰다.

그런데 하필 마당에는 감기가 싹 나은 망할 고가 나와 가벼운 손 체조를 하며 해바라기처럼 광합성을 하고 있었다. 망할 고는 뻑뻑한 허리를 뒤로 돌리며 내 쪽을 물끄러미 보았다. 마치 내 거짓말을 꿰뚫기라도 하듯.

감기에 걸린 척 기운 없는 얼굴로 방에 들어온 뒤로 난 여태 한 번도 밖으로 못 나갔다. 엄마가 한 시간마다 뜨거운 유자차를 끓여서 내 방으로 들여보내고 있기 때문이다. 그럴 때마다 난 푹푹 찌는 한여름에 이불을 뒤집어쓰고는 조금씩 나아지는 것 같다면서 매시간마다 엄마에게 거짓말을 해야 했다. 꿀이 너무 많이 들어간 유자차를 계속 마시니까 단맛에 마비되어서 그런지 혀가 얼얼하다.

아픈 척하는 것과 거짓말하는 것 중 어느 게 더 힘든지 모르겠다.

7 / 23 월

게스트하우스 개장 후 드디어 첫 손님이 왔다.

2002년 월드컵을 기점으로 한류를 타고 점점 늘기 시작한 외국인 관광객과 주5일제 시행으로 주말여행을 떠나는 국내 여행자를 노리고 북촌, 종로, 명동, 홍대 등지에 틈새형 수익상품으로 수많은 게스트하우스들이 만들어졌다. 하지만 우리 게스트하우스는 막차에 올라타듯 뒤늦게, 낡아 빠진 여관을 얼렁뚱땅 개조해서 한옥 게스트하우스로 만든 거라 기대할 것도 없다고 내심 포기했었다. 사회 시간에 귀동냥으로 배운 용어를 빌리자면 이미 시장 포화 상태였으니까. 더구나 고갯길이 꼬부랑꼬부랑 꼬아져 있는 골목길을 한참이나 걸어 올라와야 한다는 점도 지하철이나 버스 정류장과 가까운 요지에 위치한 다른 게스트하우스들에 비해 굉장히 불리했다. 결정적으로 그 흔한 인터넷 홈페이지도 없는지라 이런 추레한 곳에 아무도 찾아오지 않는 게 당연하다고 여겼었다. 그런데 맙소사, 손님이 온 것이었다.

혹시 길을 잃고 헤매다가 뭣 모르고 들어와 본 어리바리한 외국인 관광객이 아닐까 싶었는데 의외로 한국인 손님이었다. 나는 여전히 몸이 좋지 않은 척 해쓱한 표정으로 화장실을 핑계 삼아 방에서 나와 첫 손님을 살폈다. 멋진 선글라스를 쓰고 들어온 손님을 공용 거실로 안내하는 엄마는 어찌나 좋은지 입이 귀에 걸려 있었다. 반면 쪽마루에 걸터앉아 식빵을 길게 찢어

먹던 망할 고는 못마땅한 얼굴로 그런 엄마의 모습을 쳐다보고 있었다. 내가 봐도 엄마가 망할 고를 대하는 것과 달리 너무 너무 친절했기 때문이다.

말이야 바른 말이지, 엄마가 그럴 만도 한 게 유일하게 사랑방을 차지하고 있던 망할 고는 무늬만 손님이었지 객식구나 마찬가지였다. 이곳이 장 여관일 때부터 장기 투숙자였다는 망할 고는 숙박비용 일 년 치를 예전에 이모할머니에게 다 지불했었다면서 배짱 좋게 버티는 중이었다. 게스트하우스를 넘겨받을 때만 해도 이모할머니 장례식 때문에 집 안팎으로 워낙 경황이 없던 때라 그 말이 진짜인지 알 수 없었다. 그리고 아니라는 것도 확신할 수 없어 어영부영하다가, 여태까지 아무 소리 못 하고 돈 한 푼 받지 못한 채 사랑방 하나를 내주고 있었던 것이다.

어쨌거나 엄마의 과도한 친절에 꽤나 비위가 상한 듯 망할 고는 퉁명스럽게 첫 손님에게 물었다.

"어쩌다가 이런 곳까지 온 거요? 역 주변에 최신식 게스트하우스가 쌔고 쌨구만."

엄마가 초를 치는 망할 고를 샐쭉한 눈으로 쳐다보았다. 하지만 실은 엄마도 그게 궁금했는지 달뜬 얼굴로 잠자코 첫 손님의 대답을 기다렸다.

"여기 장 여관 아니에요? 게스트하우스로 바뀌었나요?"

우리는 깜짝 놀랐다. 그 손님은 시각장애인이었던 것이다. 선글라스는 멋내기용이 아니었다. 이야기를 들어 보니 그는 교통사고로 시력을 잃기 전 사진작가로 전국 팔도강산을 마음껏 떠돌아다녔다고 한다. 몇 년 전 서울 골목길을 테마로 사진전을 준비하느라 장 여관에 잠시 머물렀던 기억을 토대로 이 동네 사람들에게 길을 물어물어 겨우 다시 찾아온 것이었다.

"예전에 갔던 곳을 중심으로 다시 여행 중이에요. 눈이 잘 보이지 않아서 전보다 시간도 많이 걸리고 힘들지만 그때 놓친 감각들을 다시 느낄 수 있거든요. 내가 머물렀던 방에서 나는 소리라든지, 바닥의 느낌이라든지, 방 냄새라든지 하는 것들을요."

그는 눈을 잃은 지 삼 년이 된 지금에야 사고로 시력을 잃은 것에 대한 화도 좀 가라앉고 인생을 즐길 수 있게 되었다면서 타고난 이야기꾼처럼 낯가림도 없이 술술 이야기를 풀어냈다. 나는 몸살감기로 아픈 척해야 한다는 것도 잊은 채 대청마루에 걸터앉아 그가 하는 이야기를 경청했다.

처음에 그가 다시 여행하기로 마음먹고 사진기 대신 지팡이를 꺼내 들었을 때 가족들이 모두 만류했다고 한다. 그리고 도우미도 없이 혼자 여행길에 올랐다가 자칫 큰 사고라도 나면 어쩌냐는 말로 그를 눌러 앉히려 들었다. 하지만 그는 여기서 또 사고가 나 봤자 뭐 대순가 싶을 정도로 될 대로 되라는 심정도 어느 정도 있었기에 그런 잔소리가 하나도 귀에 들어오지 않았다.

그렇게 똥고집을 부려 무작정 여행길에 올랐지만 시작부터 난관이었다. 눈으로 지도를 보거나 표지판을 보면 혼자서도 쉽게 움직일 수 있는 길을 일일이 사람들에게 물어물어 한 발짝씩 조심스럽게 떼야 한다는 게 여간 짜증스러운 일이 아니었던 것이다. 이래서야 여행 나온 취지고 뭐고 간에 길거리에서 화병으로 쓰러져 죽을 것 같았다.

그래서 그는 여행 한 달 만에 드디어 두 눈 딱 감고(그는 자신의 이 표현이 재미있다고 생각했는지 어깨까지 들썩이며 웃었다.) 마음을 고쳐먹었다. 거리에서 사람들에게 적극적으로 길을 묻기 시작한 것이다. 때로는 길치면서도 참견하길 좋아하는 행인의 주책 때문에 애먼 길로 들어서서 반나절을 고생하기도 했지만 전보다 훨씬 여행이 수월해졌다.

"사람들에게 먼저 말을 건넨 게 도움이 된 거예요?"

나도 모르게 그에게 말을 걸어 버렸다. 그가 소리를 따라 내 쪽으로 고개를 돌렸다. 엄마와 망할 고도 나를 보았다. 뒤늦게 몸살감기 컨셉이 떠올랐지만 이제 와서 콜록거리는 건 너무 가짜 티가 날 것 같아서 그냥 숨죽인 채 가만히 있었다. 엄마는 공용 부엌에서 얼음물을 한 잔 떠다가 그에게 가져다주며 '제 아들이에요.' 하고 말했다. 그는 고개를 끄덕인 후 엄마가 건넨 얼음물을 천천히 마시더니 내 쪽을 향해 몸을 돌리며 말했다.

"음. 그것도 그렇지만 그것보다는 사람들을 향해 활짝 연 내 귀의 도움이 훨씬 더 컸지. 사람들이 뭐라고 하는지 아주 주의 깊게 듣다 보면 그 사람이 보이거든. 친절한 사람인지, 으스대기 좋아하는 사람인지, 소심한 사람인지, 수줍은 사람인지, 우울한 사람인지 아니면 용기 있는 사람인지 그 사람의 목소리를 통해서 다 느껴져. 예전엔 아름다운 것과 추한 것, 호감과 비호감으로 세상을 단순하게 이분법으로 나누었는데 이젠 뭐랄까, 그동안 무심코 지나쳐 버렸던 수백 가지의 색을 새삼 느끼게 된 것 같거든."

"그러면 뭐가 좋아지는데요?"

그러려는 의도는 아니었지만 나는 따지듯이 묻고 말았다.

"음…… 그 사람이 보이면, 두려움이 사라지지."

그의 말이 긴 여운을 남기며 마당에 내려앉았다. 나는 고개를 떨군 채 괜스레 바지에 붙은 꽃씨를 털어 냈다. 시선의 끝에서 바지주머니에 들어 있는 엠피스리 플레이어가 돋을새김 한 것처럼 볼록 튀어나와 보였다. 저장되어 있는 음악은 여전히 한 곡뿐이었지만 듣지 않은 지는 꽤 되었다. 더는 나만의 방법이 통하지 않았기 때문이다. 비탈리 샤콘느를 아무리 들어도 감정이 사라지지 않았다. 무뎌지지도 않고. 그래서 순간순간 생겨나는 감정을 껴안고 사는 요즘, 언제 터질지 모르는 시한폭탄을 가슴에 품고 있는 것처럼 늘 불안했다.

그런데 그래도 괜찮다는 걸까. 그가 두 귀를 활짝 열어서 사람들의 다양한 면을 보고 더는 두려워하지 않게 된 것처럼 나도 그럴 수 있을까. 왠지 악어가 등 뒤를 따라오는 것처럼 째깍거리던 시계 소리가 좀 느슨해진 것 같았다.

나는 속으로 그에게 시인이라고 이름을 붙여 보았다. 세상을 보는 눈이 특별한 사람 같았기 때문이다. 우리 집에 온 첫 손님이 시인이라니, 출발이 좋았다. 그렇게 한참 생각에 빠져 있는데 시인이 엄마를 향해 물었다.

"근데 왜 여긴 이름도 없어요?"

"그러게요, 이름이 필요하네요."

엄마는 대답과 함께 고개를 연신 끄덕였다.

부모님은 밤새 고민하다가 게스트하우스의 이름을 지었다. '용하네 집'으로.

7 / 24 화

'용하네 집'이라고 쓰인 명패를 대문 옆 기둥에 붙였다. 이 집이 드디어 이름을 얻게 된 것이다. 어제나 오늘이나 똑같은 공간인데 새로운 손님이 오고 집의 이름까지 공식적으로 얻게 되자 더 특별해진 것처럼 느껴졌다.

총 다섯 개의 방 중 부모님이 한 방, 내가 한 방, 망할 고가 한 방을 차지하고 있어서 여유 있는 손님방은 두 개였는데 그중 하나가 어제부로 시인이 오면서 채워졌다. 시인이 서울에서는 2박 3일 일정이라고 했으니 오늘 안에 두 번째 손님이 와서 마지막 방을 채우면 만실이 되는 것이다.

나는 덥다는 핑계로 방문을 슬쩍 열어 놓고는 대문 쪽을 넋 놓고 보았다. 삼 년 만에 모인 우리 가족의 집이 게스트하우스여서 불편했던 일을 어느새 까맣게 잊어버린 채 나는 간절히 손님을 기다렸다. 이번엔 어떤 특별한 손님이 올까, 그래서 어떤 이야기를 들려 줄까 가슴이 설렜다. 엄마도 내 마음과 같았는지 공용 거실에 앉아 실파를 다듬으면서 간간이 대문 쪽을 바라보았다.

하지만 밤늦도록 두 번째 손님은 오지 않았다. 왠지 몸에 힘이 빠지려는 찰나 바지에서 부르르 진동이 느껴졌다. 문자 메시지였다.

> 내일밤열시홍대
> 뒷길GG록클럽에서
> 공연있음 꼭와라

 모르는 번호로 온 거였다. 홍대 번화가 쪽이야 여기서 멀지 않지만, 록클럽이라니……. 아무래도 잘못 보낸 문자 같았다. 스팸 문자일 수도 있고. 오라는 손님은 안 오고 이상한 문자만 오고. 짜증 나서 문자를 지워 버렸다.
 참, 우리 집에 손님이 들어온 후 랄라랜드에 간 횟수가 눈에 띄게 줄었다. 어제오늘 합쳐서 달랑 두 번이다. 혹시 모든 방이 다 차면 다신 랄라랜드에 안 가려나? 빨리 두 번째 손님이 왔으면 좋겠다.

7 / 25 수
 늦은 오후, 시인이 다음 목적지인 춘천으로 가 버린 후 나는 바깥으로 훌쩍 나왔다. 계속 방 안에 숨어 아픈 척하는 게 더는 힘들었기 때문이다.
 답답한 마음에 산으로 무작정 올라갔다. 내 옆으로는 아저씨들이 보약이라도 먹는 듯한 얼굴로 아이고 무릎이야, 으 허리야 소리를 주워 삼키며 꽤 좋은 등산복을 갖춰 입고 산으로 올라가고 있었다. 맑은 공기를 마시면 좀 나아질까 싶어서 찾은 산이었지만, 그곳은 쿵덕거리는 소음으로 가득했다. 중학생으로 보이는 앳된 얼굴의 풍물패가 장구니 북이니 꽹과리니 하나씩 들고는 산 중턱에 자리를 잡고 연습 중이었다. 그런데 등산객들이 신고했는지 곧이어 경찰이 와서는 이렇게 공공장소에서 시끄럽게 하면 안 된다고 그들을 타일렀다. 아이들은 그럼 대체 우리 보고 어디에서 연습하라는 거냐며 부루퉁한 얼굴로 항의해 보았지만 경찰에겐 해결책이 없었다. 소리도 제대로 낼 수 없어 쫓겨 다니듯이 연습하는 그들을 보자 또다시 마음 한편이 꽉 막혀 왔다.

그들을 뒤로하고 산에서 내려와 거리 쪽으로 방향을 틀었다. 한참을 걷다 보니 나도 모르게 홍대 번화가 뒷길 GG 록클럽 쪽으로 발길이 향하고 있었다. 문자는 지웠지만 머릿속에는 정보가 문신처럼 새겨져 있었던 것이다. 핸드폰 시계를 보니 아직 아홉 시 반이었다. 열 시에 누가 나타나려나 기다려 볼까. 나는 주위를 두리번거렸다.

문득 미지의 인물이 록클럽 안에서 날 기다릴 수도 있단 생각이 들었다. 그래서 한번 들어가 볼까 싶어 출입구 주변을 서성였다. 하지만 출입구 앞에는 역도 선수처럼 몸이 좋은 장정 두 명이 들어가려는 사람들의 주민 등록증을 일일이 검사하고 있었다. GG 록클럽은 미성년자 출입금지 구역이었던 것이다. 역시나 나에게 잘못 온 문자가 틀림없었다.

애써 실망한 기색을 훌훌 내고 쿨한 척 돌아서려는데, 저쪽에서 담임이 어슬렁거리는 게 보였다. 나는 본능적으로 빛보다 빠르게 옆에 있던 전봇대 뒤로 몸을 숨겼다. 골목 어귀에서 담배를 피우며 시시덕거리는 무리에게 접근한 담임은 너희들 혹시 한솔고 1학년 4반 아니냐고 물었다. 아니라고 강력하게 발

뻼하던 아이들은 변명이 먹히지 않자 이 손 좀 놓고 말하라면서 반항을 했다. 그러고는 담임이 핸드폰을 꺼내 드는 사이 괴력을 발휘해 담임을 밀치고는 부리나케 도망갔다. 방심하는 사이 핸드폰을 바닥에 떨어뜨린 담임은 일그러진 얼굴로 핸드폰을 주워 들고는 거기 서라고 소리치며 그들을 뒤쫓았다.

담임이 시야에서 멀어진 뒤에야 나는 가슴을 쓸어내렸다. 근데 담임이 여기 왜 왔지? 뭐야. 그 문자를 보낸 게 설마 담임이었나? 왕짜증 담임이 애들을 시험하려고 함정을 파는 문자를 돌렸고, 내가 거기에 걸려들어서 여기까지 꾸물꾸물 기어 나왔다는 생각이 들자 무진장 쪽팔렸다. 죄 지은 것도 없으면서 반사적으로 전봇대 뒤에 숨었던 게 조금 창피해서 소매를 툭툭 터는데, 시선의 저 끝에 이번엔 재수탱 녀석들이 보였다. 족제비턱, 큰바위얼굴, 칼귀였다. 캡 모자를 눌러쓰고 있는 데다 조금 멀리 떨어져 있긴 했지만 녀석들이 확실했다. 이건 또 뭐지? 그럼 나한테 문자를 보낸 게 담임이 아니라 혹시 저 녀석들인가? 날 골탕 먹이려고 이런 짓을!

나는 서서히 뒷걸음질 쳤다. 똥은 무서워서 피하는 게 아니라 더러워서 피하는 거였다. 난 몸을 돌려 무작정 뒷골목 쪽으로 뛰어갔다. 너무 긴장한 상태로 뛰다 보니 갑자기 몸에 무리가 오기 시작했다. 괜찮다, 괜찮다 되뇌었지만 별로 괜찮아지지 않았다. 길거리에서 쓰러지기 전에 빨리 집으로 가야 한다는 생각에 속력을 내서 골목을 도는데 어떤 사람과 쾅 부딪쳤다. 화장이 진한 누나였다. 깊게 패인 옷의 가슴골을 보는 순간, 나는 쓰러지고 말았다.

깨어나 보니 미용실 원장의 저주를 받은 것 같은 폭탄 머리를 한 묘령의 여자가 날 내려다보고 있었다. 불타오르는 불사조가 그려진 민소매 티는 목 부분이 깊이 파여 가슴골이 그대로 드러나 있었고, 티셔츠 바깥으로 툭 튀어나온 기다란 팔에는 의미를 알 수 없는 상형 문자처럼 검은 타투가 요란하게 그려져 있었다. 길게 이어진 타투의 끄트머리는 손가락까지 연결되어 있을 것 같았지만 거기까진 미처 확인하지 못했다. 딱 붙는 스키니 바지 주머니에 양손을 넣고 있었기 때문이다.

이 여잔 뭐지? 설마 내가 깨어날 때까지 옆에서 지켜 준 건가? 왠지 가슴 저 끝이 뭉클해지고 조금 야릇해지면서 한편으론 또 민망한 게 감정이 복잡다단했다. 짬뽕 국물을 단숨에 들이켠 것처럼 속이 아릿해져 왔다. 나는 어설픈 헛기침으로 감정 덩어리를 흩어 냈다. 너무 오래 쓰러져 있었던 건 아니겠지 걱정하는 마음으로 핸드폰을 꺼내서 봤더니, 담임을 봤을 때로부터 한 십여 분 정도 시간이 흘러 있었다. 휴, 난 가슴을 쓸어내렸다.

"이제 좀 괜찮냐?"

상대방은 다짜고짜 나한테 반말이었다. 그런데 왠지 목소리가 익숙했다. 나는 부스스 몸을 일으키며 무섭게 화장한 누나를 힐끔거렸지만 당최 누구인지 알 수 없었다. 흔한 목소리인가?

"너도 담탱이 보고 달린 거야?"

담탱이? 담임? 설마 하는 순간 나는 그녀를 알아보았다. 무섭게 화장한 누나는 나은새였다. 그 애는 밴드에 들어간 후 어렵게 잡은 핫한 록클럽에서 공연을 준비 중이었다고 했다. 그런데 밖에서 담배를 피우고 들어온 멤버들이 클럽 앞에 고삐리 선생이 단속한답시고 폼 잡으며 물 흐리고 있단 소식을 전해 주었던 것이다. 혹시나 해서 뒷문으로 몰래 나가 봤더니 아니나 다를까 담임이 어정거리고 있었다.

"그래서 멤버들한테 몸이 안 좋아서 공연 못 하겠다고 하고는 바로 날랐는데, 팡! 너랑 부딪친 거지."

나은새는 묻지도 않은 말을 주저리주저리 털어놓았다. 술이라도 마셨나? 원래 이렇게 수다스러운 애였나? 나는 긴장을 풀지 않은 채 꼿꼿한 자세로 나은새를 보며 말했다.

"외나무다리에서 만난 원수처럼 말이지."

하지만 나은새는 딱 붙는 바지 속에서 떨기춤을 추듯 계속 부르르 몸을 떠는 핸드폰을 꺼내 발신자를 확인하느라 나의 의미심장한 사족을 듣지 못한 것 같았다. 나는 부루퉁한 얼굴로 엉덩이를 털다가 다시 나은새를 보았다. 핸드폰! 혹시?

"어제 나한테 문자 보낸 게 너야?"

나은새는 고개를 천천히 끄덕였다.

"왜 그런 걸 나한테 보낸 거야?"

"물어보고 싶은 게 있어서."

그러더니 침묵이었다. 물어보고 싶은 게 뭐냐고 은새에게 물어야 하나? 도통 침묵의 의미를 알 수가 없었다. 한참 후 나은새는 결심을 굳힌 듯 진지하게 물었다.

"그 랄라랜드 말이야, 어떤 곳이야? 더 듣고 싶어."

나는 황당해서 할 말을 잃었다. 이제껏 랄라랜드 때문에 애가 날 유심히 보며 쫓아다닌 거였나? 좀 머리가 이상한 애 같았다. 옷도 이상하게 입고. 난 나은새의 가슴을 보지 않기 위해 최대한 뻣뻣이 든 고개를 옆으로 돌렸다. 그리고 침묵으로 대응했다.

그때 나은새의 손이 부르르 떨렸다. 또 진동이 오는 것이었다. 나은새는 진동 소리를 죽이려는 듯 핸드폰을 꽉 쥐었다.

"전화 안 받아? 누군데?"

진짜 진동 소리가 시끄러워서 못 들어 주겠다는 듯이 나는 뾰족하게 말했다. 그런데 나은새는 나의 가시를 못 느낀 듯 무덤덤하게 대답했다.

"밴드 멤버들. 돌아가면서 계속 전화질이네. 첫 공연도 내팽개치고 날랐으니 완전 빡돈 거지."

첫 공연인데 날라 버리고는 전화도 안 받는다? 진짜 대책 없는 애였다. 학교에선 존재감이 흐려서 잘 몰랐는데 밖에서 보니 좀 사차원 같기도 했다.

"너 가 봐야 되는 거 아냐?"

"지금 가서 담탱한테 걸리라고? 다시 거기로 가는 건 삽 들고 무덤으로 들어가는 거야."

"너 없으면 공연은?"

나은새는 또 침묵이었다. 난 그에 반발하듯 독하게 입을 놀렸다.

"담임한테 걸리는 게 그렇게 무서운 애가 애초에 미성년자 출입금지 록클럽에서 밴드 공연 같은 건 왜 하려고 한 건데?"

"그러게. 지하 방음실 죽순이로 계속 지낼 걸 괜히 밴드는 들어 가지고, 골치 아프네."

방음실이란 말에 아까 산에서 본 풍물패 단원들이 떠올랐다. 어떻게 그렇게 쫓겨 다니면서 그리고 숨어 다니면서까지 연습을 하는 걸까. 바로 오늘 같은 날을 위해서 아니었을까. 그런데 나은새는 망설이고 있었다. 모르긴 몰라도 방음실이란 곳에서 꽤 많은 시간을 보냈을 텐데. 소리를 죽이면서 말이다. 방음실은 어떤 곳일까. 고시원 같은 곳일까? 하지만 고시원이든 방음실이든 완벽하게 소리가 차단된 곳은 없었다. 나는 가볍게 툭 말을 던졌다.

"오늘은 맘껏 소리 내도 되는 날인데, 아까비."

나은새는 나를 말없이 보았다. 진짜 괜찮을까 하는 시선으로 나를 보다가 역시 담임이 맘에 걸리는 얼굴로 한숨을 삼켰다.

"근데 너 아까 나랑 부딪쳤을 때 진짜 날 못 알아본 거야?"

자다가 봉창 두드리는 것도 아니고 뜬금없는 질문이었다. 하지만 가만 생각해 보니 왜 그런 걸 묻는지 그 이유를 좀 알 것도 같았다. 나은새는 지금이라도 공연장으로 다시 가고 싶어서 그 이유를 찾는 것 같았다. 그래서 말해 주었다.

"화장이 완전 변장 수준인데 어떻게 알아보냐. 너 열 살은 삭아 보여."

그 말에 나은새는 씨익 웃으며 주먹으로 내 어깨를 가볍게 툭 쳤다. 그러더니 떨리는 핸드폰 액정의 통화 버튼을 누른 후 지금 가는 중이라고 대답하고는 몸을 일으켜서 왔던 곳으로 다시 뛰어갔다. 한참 뛰어가다가 문득 생각난 듯 뒤돌아서 나를 향해 큰 소리로 말했다.

"참, 랄라랜드가 어떤 곳인지는 담에 꼭 말해 줘!"

그렇게 나은새는 바람과 함께 사라져 버렸다. 거리에 혼자 남겨진 나는 뭔가 당한 느낌이었다. 혼자 북 치고 장구 치나. 나은새는 완전 제멋대로였다. 그리고 밴드에서 뭘한다는 거야? 설마 노래? 나는 거리에 멍하니 서서 생각했다. 록클럽으로 가서 한번 확인해 볼까. 하지만 내가 왜? 고민 끝에 난 발을 돌려 집으로 돌아왔다.

지금까지 있었던 일을 비트에 쓰고 나니 어느덧 열두 시가 넘어 있다. 난 십 분마다 핸드폰을 계속 확인하고 있다. 공연은 어떻게 됐을까. 벌써 끝났겠지? 통화 기록 부분을 찾아서 어제 온 모르는 문자 번호를 나은새로 저장하려는데, 문득 재수탱 녀석들의 면상이 떠올랐다. 나은새가 날 부른 이유가 정말 랄라랜드에 대해 묻기 위해서였을까. 그럼 록클럽 앞에 재수탱 녀석들은 왜 있었던 거지?

난 통화 기록을 전부 삭제해 버렸다.

7 / 26 목

사십구재인데도 여전히 이모할머니의 자식에게서는 연락이 없었다. 장례식 때도 안 오더니 이번에도 마찬가지였다.

"사람이 그래도 한 번은 와야지. 연락 한 번 없이. 참 못났네."

택시에 시동을 걸면서 하는 아빠의 말에 엄마는 내 눈치를 보았다. 그러고는 그런 얘기는 좀 안 했으면 하는 눈으로 아빠를 건너다보았다. 어차피 나도 별로 궁금하지 않았다. 이모할머니의 자식이라는 피터 최라는 사람이 어떤 사연이 있어서 못 오는 건지는 모르겠으나 아무리 해외에 있다고 해도 그렇지 이건 좀 아니지 않나. 아빠 말대로 진짜 못난 사람 같았다. 어쨌거나 그래서 아빠, 엄마, 나 이렇게 셋이 조촐하게 절에 다녀왔다.

절에서 스님이 재를 지내는 동안 나는 앞에 놓인 액자를 통해 이모할머니의 얼굴을 처음으로 꼼꼼히 보았다. 장례식 때는 손님들 상 차리는 엄마를 도와 여기저기 바쁘게 움직이느라 이모할머니의 얼굴을 유심히 볼 시간이 없었기 때문이다. 사진 속의 이모할머니는 700살이라고 해도 믿을 만큼 얼굴에 주름이 많았다. 한때 이모할머니의 똥고집 때문에 우리 가족이 다 떨어져 사는 것 같아서 미워한 적도 있었는데, 내가 그랬다는 사실이 조금 부끄러워졌다. 평생 고생만 하고 산 사람의 손금처럼 얼굴에 주름이 많이 새겨져 있는 사람을 미워하는 건 왠지 반칙 같았다. 사실 이모할머니의 마지막 결심이 아니었으면 우리 가족은 집도 없이 지금도 계속 따로 떨어져 지내고 있었을 것이다.

모든 절차가 끝나고 엄마 아빠와 스님이 신발을 신기 위해 불전 밖으로 나가는 사이에도 난 이모할머니 사진을 뚫어지게 보았다. 왠지 이 말은 꼭 해야 할 것 같았기 때문이다.

"우리 가족이 같이 살 집을 주셔서 고맙습니다."

꾸벅 고개를 숙였다가 들어 보니 엄마와 아빠가 내 쪽을 돌아보고 있었다. 내 말에 엄마는 갑자기 목이 메어 왔는지 손수건을 얼굴을 대고 눈물을 가렸다. 아빠는 울음을 삼키는 엄마의 어깨를 감싸 안으며 천천히 돌계단을 내려갔다.

다시 서울로 오는 길은 갈 때보다 훨씬 막혔다. 주말도 아닌데 휴가철이라 그런지 상행 하행 모두 거북이 걸음이었다. 천천히 움직이는 차 속에서 나는 핸드폰을 보며 시간을 보냈다. 핸드폰 게임을 하고 있었지만 머릿속에는 온통 나은새 생각뿐이었다. 다음에 랄라랜드가 어떤 곳인지 알려 달라며 가 버리더니 여태 아무 연락도 없고, 진짜 완전 제멋대로다.

랄라랜드니 뭐니 한 것도 사실 그때 재수탱 녀석들에게 엿 먹으라고 개뼈다귀 던지듯 튀어나온 말이었는데. 너무 긴장해서 목소리가 떨렸던 게 혹시 진심처럼 들렸던 걸까. 음.

내 의지와 상관없이 잠들어 버릴 때마다 종종 끔찍한 생각이 든다. 잠 귀신에 납치 당하는 것 같고 잠들어서 다신 깨지 못할 것 같고. 마음을 조금만 풀면 잠은 곧 공포 영화가 되어 버리는 것이다. 누가 날 영화 필름 속으로 우격다짐으로 떠밀어 버린 것처럼 말이다. 그래서 난 내가 랄라랜드에 가는 거라고 믿고 싶었던 걸지도 모르겠다. 어차피 꿈이란 건 기억 안 날 때가 많으니까. 그냥 즉흥적으로 꾸며 낸 거라고 생각했지만, 모르겠다. 랄라랜드가 내 입에서 나온 순간부터 난 랄라랜드에 사로잡혀 있다.

진짜 랄라랜드는 어떤 곳일까?

7 / 27 금

본격적인 휴가철이라 그런지 앳돼 보이는 일본인 커플에 이어 속눈썹까지 금발인 외국인 청년도 게스트하우스를 찾아왔다. 첫 손님 때와 달리 엄마의 얼굴엔 기쁨보다는 당황한 기색이 역력했다. 그럴 만도 한 게 무늬만 게스트하우스지 엄마는 외국인 손님을 맞을 준비가 눈곱만큼도 안 되어 있었던 것이다.

엄마는 급한 대로 방 안에 있던 나를 불러 도움을 요청했다. 손님이 올 때마다 끌려나오는 방석처럼 졸지에 마당에 나오게 되었지만 당황스럽긴 나도 마찬가지였다. 나 역시 영어는 꽝이었기 때문이다. 내가 자신 있게 구사할 수 있는 영어란 하이 스미스 정도랄까. 나는 아는 단어를 몽땅 끌어와 발음을 최대한 굴렸다.

"디스 룸 이즈 유얼즈. 룸 고, 플리즈."

마지막에 붙인 '플리즈'는 잘 굴려지지 않는 발음 때문에 외국인이 앵그리 코리안으로 오해할까 봐 나름대로 꼼수를 쓴 것이었다. 어쨌거나 난 이렇게 밑도 끝도 없는 영어를 구사하며 손님을 방으로 안내했다. 외국인들은 한옥 게스트하우스를 운영하는 주인이 영어 울렁증인 데다가 그 아들이라고 내세운 사람 역시 오십보백보로 콩글리쉬를 한다는 사실에 무척 당황한 얼굴이었다. 하지만 다른 곳보다 월등히 싼 가격에 이곳으로 결정을 굳혔다. 하우 머치란 물음에 엄마가 어색하게 승리의 브이를 그렸던 것이다. 그 브이는 이럴 때 쓰라고 있는 게 아닌 것 같은데…….

어쨌거나 오늘은 우리 게스트하우스 최초로 만실이 된 날이다! 으하하.

7 / 28 토

아침부터 공용 거실이고 화장실이고 마당이고 할 것 없이 손님들이 북적이는 통에 오늘이 토요일이란 사실도 잊고 있었다. 하지만 망할 고는 작년에 왔던 각설이처럼 얼씨구 흥이 난 얼굴로 방 앞에서 나를 재촉했다. 지나가는 엄마에게 나의 사회 수행 평가를 돕는 거라고 거짓말을 재탕하면서.

하릴없이 난 밖으로 나와서 떨떠름하게 외출 준비를 했다. 아니나 다를까 망할 고는 외모에 잔뜩 힘을 주고 있었다. 오늘은 빵모자 대신 몇 가닥 남지 않은 머리카락을 솜씨 있게 배열해서 벗겨진 머리를 최대한 덮은 채였다. 망할 고는 머리카락 하나하나에 이름을 붙여 줘도 될 만큼 머리숱이 적었다.

역시나 망할 고와의 외출은 뻘쭘했다. 솔직히 말해서 우리가 핏줄로 이어진 관계도 아니고 그냥 같은 집에 산다는 이유만으로 단둘이 외출까지 한다는 건 아무리 생각해도 오버였다. 어쩌다 망할 고와 이런 사이가 된 걸까. 가만히 생각해 보니 내가 전화기 코드를 뽑는 걸 보고 망할 고가 대뜸 조는 것 때문에 그러냐고 점쟁이처럼 물었던 일 때문이었다.

"저번에, 내가 그냥 조는 게 아니라 기면병 때문인 건 어떻게 알았어요?"

망할 고는 낯선 거리 한복판에서 프린터기로 뽑은 약도를 동서남북으로 이리저리 돌리느라 내 질문을 제대로 듣지 못한 것 같았다. 그래서 난 약도를 우리가 서 있는 위치에 딱 맞게 돌려 준 후 다시 물었다. 그러자 망할 고는 네놈은 한글을 이제 막 뗀

꼬맹이처럼 어쩜 그리 궁금한 것도 많으냐고 투덜거리면서 대답을 해 주었다.

"그게 기면이니 뭐니 이름까지 붙은 건 줄은 몰랐지. 네놈이 좀 심각하다는 걸 알게 된 건 잠에서 깬 뒤에 유달리 속상해하는 모습을 보고 나서였지. 떫은 감을 씹은 것처럼 짜증스런 표정이랄까. 어쨌거나 그냥 잠깐 존 것치고는 너무 절망한 게 얼굴에 다 드러나더구나."

내가 그런 표정이었나? 그런데 그걸 왜 엄마 아빠는 몰랐을까. 택시 때문에 얼굴 마주치기도 힘든 아빠는 그렇다 쳐도 엄마는 거의 온종일 집에 있는데⋯⋯. 난 이상하게 코끝이 매워졌다. 민망한 꼴 보이기 싫어서 코를 소리 나게 들이마시고는 퉁명스럽게 물었다.

"대체 왜 그렇게 날 신경 쓰는 건데요?"

"음, 늙으면 잠이 없어진다고들 하지. 몇 해 전부터 눈에 띄게 잠이 오지 않을 때마다 그리고 다들 곤히 자는 이른 새벽에 잠에서 깨 버릴 때마다 무슨 생각이 든 줄 아냐. 젊었을 때 이랬다면 참 좋았을 텐데 싶더구나. 그땐 하고 싶은 것도 많고 해야 할 일도 많아서 잠자는 시간이 너무 아까웠거든. 그런데 넌 한창 나이에 그 귀한 시간을 자기 의지와 상관없이 잃어버리는 거잖냐. 뭐 잠깐씩 잠드는 동안 네 영혼이 쑥쑥 자란다느니 체력이 보충된다느니 하면서 좋은 말로 대충 덮어 줄 수도 있겠지만, 그런다고 네가 아 그렇군요 하면서 덥석 믿을 나이도 아니고."

망할 고는 동문서답을 하더니 이제 다 왔다면서 먼저 고층건

물 안으로 성큼성큼 들어갔다. 첫 번째로 찾아간 곳은 시내 중심에 있는 빌딩 경비 자리였다. 하지만 망할 고가 일자리 하고 싶을 떼자마자 그들은 이미 사람을 구했다면서 손사래를 쳤다. 내민 이력서를 보기도 전에 벌어진 일이었다. 오늘 아침까지만 해도 인터넷 사이트에 '경비 구함'이라고 써 놓고는 말도 안 되는 핑계였다. 벌써 구했으면 사이트에 구했다고 해 놓든지.

하지만 망할 고는 얼굴 하나 찌푸리지 않고 다음에 혹시 자리가 나면 꼭 연락 달라며 담당자에게 나긋나긋하게 부탁했다. 처음 보는 망할 고의 모습이었다. 나는 벙쪄서 엠피스리 재생 버튼을 누르는 것도 잊어버렸다. 잠시 후 망할 고가 터덜터덜 나에게로 걸어왔다. 나는 이어폰을 귀에 꽂고 노래를 듣느라 아무것도 못 들은 것처럼 굴었다. 망할 고는 그런 내 모습에 안도한 듯 얼른 두 번째 일터로 가자면서 나보다 앞서 걸었다.

길치인 망할 고의 나침반 역할을 하며 노인 취업 사이트에서 알아낸 곳을 중심으로 하루 종일 돌아다녔지만 일자리를 구하는 건 쉽지 않았다. 취업을 원하는 노인들이 많은지라 하는 일과 상관없이 학력이나 경력 같은 걸 우선으로 보는 것도 모자라, 어디서는 칠십 대에 접어 든 망할 고의 나이를 문제 삼기도 했다. 또 관리인 같은 주요직에는 대놓고 몇백 만 원의 뇌물을 요구하기도 했다. 연속 다섯 군데에서 퇴짜를 맞자, 망할 고는 이제 그만 집으로 가자며 앞장섰다. 등 뒤로 늘어진 망할 고의 그림자가 땅바닥에 길게 누워 있었다.

이렇게 기운 빠지는 날에 망할 고가 돌아갈 집이 있어서 다행이었다. 그 집이 우리 집이어서 조금 불편하긴 했지만 그 정도 불편함은 아무것도 아니었다.

돌아갈 집이 있다는 건 참 고마운 일이었다.

7 / 29 일

나도 모르게 또 잠이 들었나 보다. 깨 보니 부재중 통화가 남겨져 있었다. 저장되어 있는 번호는 아니었지만 번호를 보는 순간 나은새라는 걸 알 수 있었다. 바로 통화 버튼을 눌러 전화를 걸어 보았지만 전원이 꺼져 있었다.

무슨 일일까. 잘못 걸린 걸까? 근데 세 번씩이나? 난 왜 하필 그때 잠들어 가지고. 걱정된다. 뭐야, 내가 왜 갤 걱정해.

벽에 달린 거울에 코알라 한 마리가 보인다. 있는지 없는지 존재감이 하도 희미해서 없다고 바득바득 우기면 그까짓 것 없다고 칠 수도 있을 것 같은 작은 눈, 마찬가지로 숱은 안 보이고 입만 직 그어 놓은 것 같은 얇은 입술 그리고 그 사이에 있는 거대한 코. 통통한 살집도 코알라스러운 외모를 더해 주고 있다. 코알라는 결코 미남형이 아닌데……. 아까부터 거울을 너무 오래 보는 것 같다. 남자답지 못한 짓이다.

혹시 랄라랜드에 대한 꿈을 꿀 수 있지 않을까 싶어서 나름대로 노력해 봤는데, 그건 노력한다고 되는 일이 아니었다. 여자들이 뻑가는 조인성처럼 잘생겨지고 싶어서 조인성 사진을 계속 본다고 그 얼굴이 되는 게 아닌 것처럼 꿈도 마찬가지였다. 꿈에 대한 압박 때문인지 밤마다 계속 가위만 눌리고.

참, 게스트하우스가 만실이 됐는데도 랄라랜드에 꾸준히 방문 중이다. 하루에 기본 서너 차례씩. 도대체 뭐가 문제인지 이젠 고민하는 것도 지겹다.

참2, 은새 전화는 아직도 꺼져 있다.

7 / 30 월

자다가 밖이 하도 부산스러워서 깨 보니, 맙소사 은새가 와 있었다. 그것도 화장한 무서운 누나 버전으로.

"어? 너……."

내가 놀라서 어버버거리자 은새가 조용하라는 듯 나를 꾹 눌러보았다. 그때 엄마가 방은 마음에 드는지 사근사근하게 물으면서 내일 아침 식사도 혹시 한식으로 추가하면 어떤지 은새에게 재차 물었다. 은새는 커다란 짐 가방을 손님방으로 옮기면서 오래 머무를 거니 그렇게 해 달라고 쿨하게 대답했다. 엄마는 은새가 내민 신용카드 때문에 생소한 결제 기계와 씨름을 하느라 땀을 뻘뻘 흘리면서도 기쁜 표정을 감추지 못했다. 무려 한 달 치 선불이었던 것이다. 나는 그 돈을 암산으로 계산해 보았다. 맙소사.

나는 초조하게 주변을 어슬렁거리며 기회를 엿보았다. 그러다가 엄마가 내일 아침을 준비해야겠다면서 콧노래를 부르며 공용 부엌으로 자리를 옮긴 틈을 타 잽싸게 은새를 집 밖으로 데리고 나왔다.

"너, 너…… 너!"

버퍼링에 걸린 것처럼 계속 '너'만 입에서 맴돌았다. 겨우 마음을 추스른 후 은새를 향해 다다다 쏘아붙였다.

"너 대체 우리 집은 어떻게 알고 온 거야?"

"피시방 갔다가 인터넷에 혹시나 해서 '용하네 집' 쳐 보니까 어떤 블로그에 뜨더라. 게스트하우스 리뷰였는데 평가는 좀 별로더라고. 너네 집 신경 좀 써야겠더라."

은새는 신경 써서 해 주는 말이니 새겨들으란 식으로 말했다. 지금 누가 누구한테 뭘 충고하는 건지, 나는 기가 막히고 코가 막혔다. 어쨌든 평가고 나발이고 지금 그딴 게 중요한 게 아니었다.

"한 달? 짐 가방은 어쩌자고…… 게다가 화장까지! 너 뭐야 대체."

"이게 다 네 덕분이야."

"뭐?"

"너 그날 공연 보러 안 왔더라? 나만 사지로 몰아넣고 치사하게 너만 쏙 빼?"

은새는 고개를 삐딱하게 옆으로 누이고 나를 뚫어져라 보았다. 나는 입을 꾹 다물었다. 그게 내가 할 수 있는 최선의 방어였기 때문이다. 반면 은새는 팔짱을 끼며 본격적으로 공격에 들어갔다.

"공연 멋지게 시작해 보기도 전에 갑자기 리더가 신 나서는 밴드 멤버들 각자 자기 소개하겠다고 나서는 거야. 내 차례가 왔을 때 긴장해서 본명을 밝혔는데 그 바람에 담탱이한테 딱 걸려 버렸지. 그때부터 일사천리였어. 언니 학생증으로 대학생이라고 거짓말 친 것도 다 들통 나서 밴드에서도 쫓겨나고, 담탱이가 집에 연락하는 바람에 엄마가 쪽팔려 죽겠다면서 아빠랑 쌍으로 난리 치는데 어쩌겠어."

"그래서……."

"응, 그래서."

그래서 은새는 집을 나온 것이었다. 거기까진 뭐 어떻게든 이해해 볼 수 있었다. 하지만 왜 하필 우리 집으로 온 거냐? 이 부분은 아무리 짱구를 굴려도 말이 안 됐다. 내가 도저히 모르겠단 눈으로 보자 은새가 마지막 한 큐로 검은 공을 넣으며 게임을 끝내 버렸다.

"자, 이제 말해 봐. 랄라랜드에 대해서."

그 순간 나는 갑자기 피가 확 몰려 머리에 쥐가 날 듯했다. 마치 물구나무를 선 느낌표가 되어 버린 것 같았다.

7 / 31 화

믿기지도 않고 믿고 싶지도 않지만 은새는 여전히 우리 집에 있었다.

모기 백 마리를 은새 방에 풀어 버릴까. 도저히 이런 집에선 한시도 못 견디겠다고 두 손 두 발 다 들고 줄행랑치게. 하지만 이제 겨우 유리병 안에 모기 두 마리를 잡아넣었을 뿐이다. 게다가 이놈들이 더위를 먹었는지 아까부터 유리병 바닥에 딱 붙어 움직일 생각조차 않는다.

이런 찌질한 방법 백날 해 봐야 소용없었다. 그냥 화끈하게 엄마에게 가서 은새가 가출한 고등학생이란 걸 밝히면 되는 일이었다. 하지만 은새가 앙심을 품고 역공격 하면? 그래서 기면병 쇼니 뭐니 하는 그날 일을 다 나발 불면? 퀭해 보이는 눈 화장도 그렇고, 물귀신과 나은새는 환상의 조합이었다.

그렇다고 이렇게 포기할 순 없었다. 은새를 우리 집에서 쫓아낼 방법이 분명 있을 텐데……. 집중, 집중! 나는 양쪽 관자놀이에 검지를 대고 머리를 굴렸다. 하지만 마땅히 떠오르는 방법이 없었다.

결국 난 가장 치사한 방법이지만 거짓말을 좀 섞기로 했다. 엄마에게 가서 사랑방에 새로 들어온 여자가 화장실과 부엌 물건도 함부로 쓰고 방에서 담배도 피우는 것 같다, 그 카드도 신분 확인 해 봤냐, 혹시 훔친 걸 수도 있지 않겠냐 등등 엄마에게 일 년 치 말할 분량을 오늘 다 써 버렸다. 그런 눈물겨운 노력에도 불구하고 엄마는 나를 의아한 눈초리로 볼 뿐이었다. 한참을 그렇게 나를 물끄러미 보던 엄마는 이제야 알겠다는 듯 고개를 끄덕이며 말했다.

"우리 아들이 사춘기가 왔나 보구나."

졸지에 난 옆방에 묵는 연상의 누나에게 꽂힌 철없는 사춘기 남자애가 되어 버리고 만 것이었다. 사태는 점점 최악으로 치달아갔다. 난 속이 타서 미칠 것 같은데 은새는 여유 만만이었다. 가증스러웠다. 담임한테 익명으로 문자를 보내서 신고해 버려? 아, 은새가 내 비밀을 쥐고 있었지. 자꾸 그 사실을 까먹었다. 그리고 담임을 우리 집으로, 그것도 내 손으로 불러들이다니 절대 있어서는 안 될 일이었다. 거짓말의 그물 속을 어떻게 헤쳐 나가야 할지 모르겠다.

아무래도 방법은 하나뿐이었다. 은새에게 고백하는 것이었다. 랄라랜드에 대해 말이다. 결의를 굳힌 나는 늦은 저녁 은새를 집 앞으로 불렀다.

"그 랄라랜드 말이야, 사실……."

그때 여행 가방을 든 30대 중반의 남자가 집 앞에 서 있는 나에게 여기가 장 여관이었던 곳이 맞냐고 물어왔다. 또 손님인 것 같았다. 광고도 안 했는데 어떻게들 알고 이렇게 몰려오는지 참 알다가도 모를 일이었다. 나는 맞다고 고개를 끄덕이며 대충 대답했다. 그러자 남자는 불쾌한 눈으로 '용하네 집' 명패를 눌러본 후 무거운 걸음으로 안으로 들어갔다. 방해자가 사라지자 이번엔 은새가 나를 재촉했다.

"계속 말해 봐. 랄라랜드가 뭐?"

"응, 그러니까……."

그때 집 안쪽에서 소리가 들렸다.

"피터 최입니다. 이 집 주인이죠."

주인? 주인은 우리인데 무슨 소리인지 당최 알 수 없었다. 그런데 피터 최? 피터 최라면 바로 이모할머니의 자식이라는 사람의 이름이었다. 고개를 돌려 집 안쪽을 들여다보니 엄마도 꽤나 놀란 눈치였다. 그런 반응에도 아랑곳없이 피터 최란 남자가 침착하게 말을 이었다.

"이 집은 이제 내가 맡을 테니까 그만 나가 주시죠."

어이없게도 굴러온 돌이 이렇게 말하는 것이었다. 뭐야, 이건!

2. 우리 집에 왜 왔니

8/1 수

 피터 최는 이모할머니 사십구재 때 아빠가 말했던 바로 그 못난 사람이었다. 그는 얼마 전 친척으로부터 자신의 생모가 운영하던 여관을 엉뚱한 사람이 차지하고 있다는 소식을 듣고 이렇게 직접 찾아온 거라고 했다. 그의 말에 넋이 빠진 아빠와 엄마는 대청마루에 나란히 앉아 고개를 주억거렸다. 하지만 난 차 뒷좌석에 달린 강아지 인형처럼 고개만 끄덕이고 싶진 않았다. 자신이 대단한 사람이라도 되는 양 고개를 빳빳이 들고 말하는 피터 최의 고압적인 태도에 기분이 헝클어졌던 것이다. 한물간 나이트클럽 삐끼처럼 노랗게 물들인 머리카락과 정수리 쪽에 새로 자란 까만 머리가 뒤섞여 지저분해 보이는 그의 외양도 나에게 전혀 신뢰를 주지 못했다.
 "아저씨가 피터 최라는 걸 우리가 어떻게 믿어요?"

마당 한쪽에 서 있던 나는 아빠와 엄마를 돌아보며 동의를 구했다. 그러자 엄마가 곰곰이 생각하는 표정으로 뒷머리를 쓸며 조심스럽게 말했다.

"그러고 보니 이모 핸드폰에서 찾은 전화번호와 이름만 있지 얼굴도 제대로 모르네. 어렸을 때 이모 집에서 보긴 했지만 그땐 돌 때라서……."

아빠는 흠 소리를 내며 심각한 표정으로 고개를 끄덕이더니 두 주먹을 불끈 쥐고 일어나 피터 최에게 다가갔다. 그러고는 불심 검문이 있겠습니다 하고 말하는 경찰처럼 그에게 신분증을 요구했다. 일순간 마당 위로 긴장감이 감돌았다. 나는 마음속으로 그가 사기꾼이기를, 그래서 노란 머리 휘날리며 삼십육계 줄행랑치기를, 그 모습을 보며 우리는 그러면 그렇지 하며 대문 앞에 소금이나 한 바가지 뿌리는 해프닝으로 끝나기를 간절히 바랐다.

잠시 후 피터 최는 하마처럼 콧김을 풍풍 뿜더니 뒷주머니에서 탁 소리와 함께 지갑을 꺼내 펼쳤다. 그러고는 FBI에서 나왔습니다 하고 말하는 영화의 한 장면처럼 신분증을 자신 있게 꺼내 보였다. 주민 등록증에 최상진이라고 쓰여 있었다. 최상진? 피터 최가 아니잖아! 하고 시비를 걸고 싶었지만 엄마 표정을 보니 맞네…… 하는 실망감이 어려 있었다. 아마 피터 최는 외국식 이름이고 본명은 최상진인 것 같았다.

"자세히 보니 길게 찢어진 눈이며 얇은 입매가 이모와 닮았네."

엄마가 힘없이 중얼거리는 순간 사기꾼 의혹은 물거품처럼 사그라지고 말았다. 아빠가 신분증을 돌려준 후 한걸음 물러나 엄마 옆으로 다가가 앉자, 피터 최는 의기양양하게 코를 들이마시며 거들먹거리는 표정을 지었다.

하지만 난 아직 그를 받아들일 수 없었다. 내 머릿속의 경광등은 빨간불을 반짝이며 돌아가고 있었다. 그가 사기꾼은 아니라고 해도 그리고 이모할머니의 하나뿐인 자식이라고 인정한다고 해도, 우리 가족 앞에서 당당히 자기소개를 하는 그의 태도에는 뭔지 모를 께름칙한 구석이 있었다. 그는 자신의 생모, 그러니까 내 이모할머니의 죽음에 대한 언급을 전혀 하지 않았기 때문이다. 그냥 다짜고짜 이 집에 대한 자신의 정당한 권리 이야기만 앵무새처럼 반복할 뿐이었다.

"근데 이모할머니가 돌아가신 건 알아요?"

피터 최, 엄마, 아빠까지 총 세 쌍의 눈이 동시에 나에게로 향했다. 각자 방에서 숨죽이고 있는 망할 고와 은새의 두 쌍의 귀도 내 쪽을 향해 있는 것 같았다. 나는 꼿꼿하게 서기 위해 주먹을 다부지게 쥐었다. 하지만 피터 최는 더 설레발치지 말고 이제 그만 어린놈은 빠지란 식으로 나에게서 눈을 돌려 버렸다. 그렇다고 쉽게 놓아줄 내가 아니었다. 나는 돌아가는 그의 시선을 붙잡기 위해 다시 목소리를 냈다.

"제 말은 우리 엄마가 이모할머니 사십구재 때 연락했었는데 그때도 안 왔잖아요?"

그러자 피터 최는 자신은 사십구재 연락 같은 건 하늘에 맹세코 받은 적 없다며 펄쩍 뛰었다. 개 풀 뜯어 먹는 소리였다. 그래서 난 핸드폰 통화 기록을 보여 주고 저 얄미운 피터 최의 코를 납작 눌러 달라며 엄마를 채근했다. 그런데 엄마는 꿀 먹은 벙어리처럼 아무 소리 못 하고 핸드폰을 꽉 쥐고만 있었다. 절대로 빼앗기지 않으려는 듯이. 마치 통화 기록을 보여 주면 하늘이 와르르 무너지기라도 할 것처럼. 설마…….

"사십구재다 뭐다 해서 내가 한국에 나오면 이 집 내놓으라고 할 줄 알고, 미리 꼼수 쓴 거고만? 착한 척 알랑방귀 뀌는 데 도사라더니 진짜 그렇네."

피터 최는 옳거니 기회를 잡았다 싶었는지 엄마를 파렴치하고 몰상식하며 탐욕스러운 사람으로 몰고 갔다. 그의 억측에도 엄마는 말 한마디 하지 못했다. 이에 아빠는 참을 수가 없었는지 벌떡 일어났다.

"우리가 무슨 날강도도 아니고 무슨 말을 그렇게……."

이참에 아빠가 피터 최의 면상에 핵폭탄 주먹을 한 대 갈겨 줬으면 좋겠다 싶었지만, 아빠는 덩칫값도 못 하고 말꼬리를 흐렸다. 그런 아빠의 우유부단함이 처음으로 야속하게 느껴졌다. 엄마와 상의도 없이 큰외삼촌에게 빚보증을 서 줘서 집을 날렸을 때도, 고시원 주인과 담판 짓지 못하고 겨우 중학생인 날 혼자 고시원에 남겨 둘 때도, 나는 어떻게든 아빠를 이해해 보려 했었다. 사람이 나쁜 건 아니니까, 그래도 아빠니까. 하지만 이런 상황에서도 또다시 가족을 지키지 못하는 아빠는 무능하고 쓸모없는 사람이었다.

모든 게 화가 났다. 숨소리가 거칠어지면서 내 안의 심장이 금방이라도 가슴 밖으로 튀어나올 것처럼 세차게 요동치는 게 느껴졌다. 젠장, 하필 이런 순간에! 남은 시간이 별로 없었다.

나는 최대한 빨리 몸을 일으켜 내 방 쪽으로 향했다. 엄마는 자신에게 실망해서 내가 돌아서는 거라고 생각했는지 어두운 얼굴로 고개를 떨어뜨렸다. 하지만 엄마의 오해를 바로잡고자 실은 그런 게 아니라고 조곤조곤 내 상황을 설명할 수는 없었다. 자칫 한 발만 잘못 디뎌도 천 길 낭떠러지 아래로 떨어져서 최악의 상황으로 치달을 수 있다는 생각에, 수류탄이 터지고 총알이 사방으로 날아다니는 것처럼 머릿속이 시끄러웠다. 아까부터 우리 가족의 약점을 못 잡아 안달이 난 피터 최 앞에서 갑자기 내가 병신처럼 자빠져 버리는 모습을 보이는 건 목에 칼이 들어와도 싫었다.

나는 있는 힘을 다해 방으로 들어온 후 바로 문을 닫았다. 그 순간 다리에 힘이 풀리면서 바닥에 철퍼덕 쓰러졌다. 이상한 건 다른 때와 달리 곧바로 잠들지 않았다는 것이다. 독거미에 물린 것처럼 몸이 마비되어 움직일 수가 없는데 희한하게도 정신은 또렷했다. 마당에서 피터 최가 하는 말소리가 똑똑히 들려왔다.

"무단으로 점거한 괘씸죄는 따로 묻지 않을 테니 대신 그간 게스트하우스 주인 행세를 하며 벌어들인 돈은 몽땅 토해 놓고 나가요. 다음 주 화요일까지."

차라리 듣지 않았으면 싶은 말이었다. 그 순간 정말 간절하게 랄라랜드에 가 버렸으면 싶었다.

8/2 목

아침 댓바람부터 피터 최의 횡포가 이어졌다. 그간 회계 장부도 안 썼냐면서 살벌하게 추궁하기 시작하더니 손님들에게 겨우 2만원씩 받고 빵과 시리얼 등 서비스까지 남발했냐고 큰 소리로 호통쳤다. 벌써부터 주인 행세를 하며 엄마를 자신이 부리는 사람인 양 닦달했다. 밉상도 그런 밉상이 없었다.

피터 최로 인해 만실이 되어 버린 게스트하우스는 정원 초과 벨이 울리는 엘리베이터 속처럼 비좁고 갑갑했다. 며칠 전만 해도 이곳에 사람들이 북적이기를 바랐던 게 믿어지지 않을 만큼 이젠 꽉 들어찬 집이 싫어졌다. 뭐라도 때려 부수고 싶을 만큼 감정이 요동쳤다. 나는 귓구멍에 엠피스리 이어폰을 꽂고는 아침도 거른 채 바깥으로 나와 버렸다.

하지만 비탈리 샤콘느를 아무리 반복해서 들어도 감정은 무뎌지지 않았다. 약도 너무 많이 먹으면 효과가 떨어지는 것처럼 세상에서 가장 슬픈 곡에도 내성이 생겨 버린 것 같았다. 이제 나에게 남은 건 분노가 낮게 깔린 숨 막히는 정적뿐이었다.

세상만사 다 꼴도 보기 싫은 얼굴로 하루 종일 빈둥빈둥 골목길을 쏘다녔지만, 해가 지고 밤이 내리자 갈 곳이 마땅찮았다. 결국 가출할 배짱도 없는 난 하릴없이 집으로 터덜터덜 돌아갔다. 그런데 집 근처 놀이터에서 누군가 싸우는 소리가 들렸다. 익숙한 목소리의 주인공은 엄마와 아빠였다.

"당신 장례식 때 그치한테 연락 안 했었어?"

아빠의 물음에 엄마가 서운한 목소리로 바로 대꾸했다.

"했어. 그때 당신도 옆에 있었잖아. 전화기에서 영어가 자꾸 나와서 당신 바꿔 줬더니 메시지 남기라는 소리라며? 이모 부음 소식 확실히 남겼었어."

"참 그랬었지. 어제 그 얘길 했어야 했는데. 사십구재 때도 혹시 그치가 실수로 당신이 남긴 메시지를 못 들어 놓고 우리한테 괜히 화내는 거 아닐까?"

"그건…… 아닐 거야."

그 말 이후 엄마는 또 침묵이었다. 아빠는 상황을 짐작한 듯 무겁게 말을 이었다.

"음, 사십구재 때 연락을 따로 하지 않았더라도 돌아가신 날짜를 장례식 때 알려 줬으니까, 그치도 사십구재야 당연히 스스로 계산할 수 있었을 거야. 그러니까 그건 우리 잘못이 아니라고."

"내 잘못이야."

"그렇게 생각하지 말라니까. 그나저나 그 사람이 왜 그렇게 우릴 못 잡아먹어서 안달인지 모르겠네. 이제껏 이모님을 한 번 찾아뵙지도 않았던 사람이……. 당신 혹시 뭐 짐작 가는 거 있어?"

아빠의 질문에 엄마가 입을 또 꽉 닫아 버릴까 봐 걱정했는데, 우려와 달리 엄마는 가만가만 말을 이었다. 이모할머니는 첫 남편이 죽은 후 자식을 버리고 나와 개가했지만 몇 번의 결혼과 이혼의 반복 끝에 노년에 혼자가 되었다. 그러다 병에 걸린 걸 알고 돌아가시기 한 달 전쯤 뒤늦게 친척들에게 연락처를 물어 호주에 산다는 아들에게 연락을 해 보았지만 피터 최는 싸늘했다. 이모할머니가 자신을 버리고 집을 나가 버린 후부터 그는 친척 집을 전전했고 독립하기 전까지 눈칫밥을 먹으며 힘들게 자라온 것이었다. 그러다가 몇 년 전, 한국 생활에 염증을 느낀 듯 훌쩍 호주로 떠나 버렸었고.

짧지만 길고, 길면서도 짧은 듯한 엄마의 이야기를 숙연하게 경청하던 아빠가 담배 연기를 삼킨 것 같은 탁한 목소리로 혼잣말처럼 말했다.

"그 사람도 참 힘들게 살았겠네. 하지만 그렇다고 해도 갑자기 집을 내놓으라니, 이유야 어찌 됐든 장례식 때도 안 왔던 사람이……."

"다 내 잘못이야."

"당신 잘못 아니라니까, 자꾸 왜 그래."

"나 사실 이모 장례식 때 의무감 때문에 연락은 했었지만 제발 안 오길 바랐어. 그래서 전화에서 부재중이라고 메시지 남기라는 소리가 나왔을 때 속으로 얼마나 기뻤는지 몰라. 진짜 한국에 나오지 않았으면, 나오더라도 아주 나중에 나왔으면 싶었어. 친척들 말이 맞아. 나 하나도 안 착해."

그런 다음 엄마는 다시 입을 다물었다. 아까부터 줄곧 미끄럼틀 뒤에 앉아 있던 나는 혼란스러웠다. 빚쟁이들한테 쫓겨 집을 빼앗길 때도 아빠나 큰외삼촌을 단 한 번도 원망하지 않았던 엄마가 착하지 않다고? 근데 왜 엄마는 피터 최가 장례식에 오지 않길 바랐던 거지? 내가 아는 엄만 결코 야박한 사람이 아닌데……. 검은 물감이라도 풀어 놓은 것처럼 놀이터에 정적이 무겁게 내려앉았다. 아빠도 엄마의 고백에 충격을 받았는지 한동안 말이 없었다. 이건 아니었다. 뭔가 잘못된 게 분명했다. 그래서 나는 튀어 오르는 공처럼 자리에서 벌떡 일어나 엄마 아빠에게 향했다.

"그래도 그 집은 이모할머니가 우리한테 남긴 거잖아요. 그러니까 우리 집이잖아요."

엄마는 내가 이제껏 미끄럼틀 뒤에서 이야기를 다 듣고 있었다는 사실에 놀랐는지, 눈물이 쏙 들어간 얼굴로 나를 바라보았다. 한편 아빠는 낮말은 새가 듣고 밤말은 쥐가 듣는다더니, 이러다 혹시 피터 최도 갑자기 펑 하고 튀어나오는 건 아닌지 염려하는 눈으로 놀이터를 샅샅이 훑기 시작했다. 물론 놀이터에는 우리 가족 외에는 개미 한 마리 얼씬하지 않았지만.

"그래도 거긴 우리 집이니까……."

내가 뱉은 뒷말을 인터넷 검색어 자동완성기능처럼 엄마 아빠가 채워 주길 바랐다. 다 같이 힘을 모아서 피터 최를 몰아내자고. 하지만 아빠는 엄마의 눈치만 살폈고 엄마는 말없이 침묵했다. 그 침묵에 모락모락 피어오르려던 내 전투 의지는 찬물을 끼얹은 것처럼 확 사그라졌다.

8/3 금

오늘도 우리 가족은 피터 최의 독재 아래 숨죽여 지내고 있다. 그 사이 난 방도 빼앗겨서 엄마 아빠 방으로 짐을 옮겼다. 손님 방 하나를 여분으로 둬야겠다면서 피터 최가 내 방을 차지해 버렸기 때문이다. 진짜 핏줄은 못 속이나 보다. 어쩜 하는 짓이 이모할머니와 똑같은지. 엄마 아빠 방으로 쫓겨 온 나는 같이 있다가 갑자기 쓰러지는 불상사를 막기 위해 밥 먹고 화장실 가는 시간 외에는 온종일 방에 요를 깔고 누워 있었다.

엄마는 그런 내 모습을 안쓰러운 눈으로 보다가 혹시 저번처럼 감기에 걸린 건 아닌지 싶어 누워 있는 내 이마에 손을 얹었다. 아니 정확히 말하면 엄마가 손을 뻗긴 했지만 내가 날파리를 쫓듯 엄마 팔을 뿌리쳐서 이마에 손을 얹지는 못했다. 반사적으로 나온 행동이었다. 엄마는 벽 쪽으로 돌아누운 내 등을 한참 동안 보다가 방을 나갔다.

뭐, 상관없다. 세상만사가 다 귀찮다.

8 / 4 토
이른 아침부터 마당이 부산스러웠다. 설마 하고 핸드폰을 보니 토요일이었다. 숨쉬기도 버거운 집에 붙어 있느니 차라리 망할 고와 외출이라도 하는 게 낫겠다 싶어서 옷을 주섬주섬 입고 나왔는데, 마당에서는 생각지도 못한 일이 벌어지고 있었다.

밤새 무슨 바람이 불었는지 엄마가 질보다 양인 음식 공세로 피터 최의 비위를 맞추고 있었다. 아빠 역시 오늘 하루 택시 영업은 공칠 생각인지, 오랜만에 한국에 나왔는데 관광이라도 해야 되지 않겠냐면서 반짝반짝 윤이 나게 세차한 택시에 피터 최를 태우려 들었다. 피터 최는 어어, 이런다고 뭐가 달라질 것 같으냐고 구시렁거리면서도 엄마 아빠가 하자는 대로 따랐다. 뭐가 어떻게 된 건지 모르겠어서 황당한 눈으로 보는데, 저쪽 건넌방 앞에서 망할 고가 턱을 쓸며 그 모습을 보고 있었다.

한바탕 소동 끝에 엄마 아빠가 피터 최와 함께 나가면서 집은 다시 쥐 죽은 듯 조용해졌다. 은새도 벌써 나갔는지 방 앞에 신발이 없었다.

"안 나갈 거예요?"

"오늘은 혼자 가도 되는데, 용하 넌 집 지켜야 되지 않겠냐. 주말이라 손님이 올지도 모르는데."

망할 고는 집을 비워 두고 나가도 괜찮을지 걱정스러운 눈으로 나를 건너다보았다. 하지만 난 집에 있기 싫었다. 갑자기 바람의 방향이 바뀐 건 알겠는데, 그 바람에서 왠지 구린내가 풍기는 것 같았기 때문이다.

"내가 집 지키는 개도 아니고, 왜요?"

나는 씩씩거리며 따졌다. 쟤가 왜 저러나 싶은 눈으로 눌러 보는 망할 고의 시선이 싫어서 난 더 뾰족하게 덧붙였다.

"그럼 나 혼자라도 나갈 거예요."

그러고는 집 밖으로 나와 버렸다. 하지만 망할 고는 따라 나오지 않았다. 취직자리 구하러 가자고 난리칠 땐 언제고. 결국 난 혼자 거리로 나왔다.

하루 종일 시간 죽이기엔 피시방이 제일 만만했다. 한참 게임에 열 올리다가 어느 순간 갑자기 랄라랜드에 끌려가고, 정신 차려서 화면을 보면 이미 게임은 끝나 있었다. 다시 컵라면 시켜 먹으며 게임을 하다가 랄라랜드에 납치되는 무한반복의 시간이 이어졌다. 그렇게 만 원 한 장으로 장장 열 시간을 버틴 후 떠돌이 나그네처럼 다시 거리로 나왔다.

한참을 쏘다니다가 돌아와 보니 역시나 집은 심해처럼 고요했다. 아직도 엄마 아빠 그리고 피터 최는 집에 오지 않은 것이다. 무슨 알랑방귀를 온종일 끼는 건지, 짜증이 가스처럼 차올랐다.

열을 식히려고 공용 부엌으로 가서 냉동실 문을 열고 얼음 한 줌을 꺼냈다. 얼음을 입에 넣고 와사삭 씹는데 거실 전화기가 우렁차게 울렸다. 저마다 핸드폰이 하나씩 있는 마당에 굳이 집으로 전화를 걸었다는 건 지금 방 있냐고 물어보는 손님, 주말에 방 예약할 수 있냐고 물어보는 손님, 그것도 아니면 하루 숙박료가 얼마인지 물어보는 손님일 게 뻔했다. '손님'이란 단어만 생각해도 이가 북북 갈렸다. 저놈의 전화기 코드를 빼 버려야겠다고 생각한 순간 거실에서 누군가 전화기를 집어 들었다.

"네, 용하네 집입니다."

전화를 받은 것은 망할 고였다. 설마 아까 내가 나간 후로 혼자 계속 집에 있었나? 황금 같은 토요일에 왜? 혹시 손님 오면 대신 좀 받아 달라고, 금액은 꼭 5만 원 이상 부르라고 피터 최에게 부탁이라도 받은 건가? 그런 생각이 들자 몸에서 열이 몰씬몰씬 올랐다.

"방 없습니다. 네, 이번 주말 내내 없어요."

망할 고는 불친절하게 전화를 툭 끊어 버렸다. 거실로 나온 난 당황한 얼굴로 얼음을 씹는 것도 잊은 채 망할 고를 멍하니 보았다.

"왔냐. 삼각 김밥 좀 사 왔는데 너도 먹을 거냐?"

망할 고는 아무 일 없었다는 듯 옆에 놓인 비닐봉지에서 삼각 김밥 두 개를 꺼내며 나에게 물었다.

"왜 방 없다고 했어요?"

"뭐가? 아, 전화? 방 없는 거 맞는데 뭐가."

"저 방 비었잖아요."

혹시 피터 최가 나에게 방을 옮기라고 한 일을 모르나 싶어서 비어 있는 손님방을 가리켰다. 하지만 망할 고는 삼각 김밥 비닐과 씨름하느라 내 말에 대답이 없었다. 망할 고는 삼각 김밥을 처음 먹어 보는 건지 급기야 비닐을 이로 물어뜯으려고 했다. 난 망할 고에게서 삼각 김밥을 가져와 비닐을 잘 찢어서 다시 건네주었다. 망할 고는 대단한 진기 명기라도 본 것처럼 삼각 김밥을 돌려 보더니 한입 크게 베어 물고는 우적우적 씹으며 대답했다.

"저건 네 방이잖냐."

"하지만 저건 내 방이 아니라…… 그 진상이 옮기라고 해서 내 방은 지금……."

말하다 보니 다시금 화도 나고 속도 상해서 뒷말을 얼버무리고 말았다. 아무래도 말을 잘 끝맺지 못하는 건 우리 집 사람들의 유전적 특징인 것 같았다.

"일기 쓰는 방은 따로 있어야지. 다 큰 놈이 사생활도 없어서야 되겠냐."

망할 고의 말에 목이 메어 왔다. 조금 민망해서 삼각 김밥을 크게 베어 물자 밥 안에 숨어 있던 고추참치가 입안 가득 알싸하게 퍼졌다. 무료 증정으로 딸려 온 주스를 나눠 마신 후 나는 손님방으로 들어왔다. 그리고 지금까지 이곳에서 비-트를 쓰고 있다. 손님방에서 비-트를 쓰니까 마치 다른 행성에 불시착해서 쓰는 것처럼 느낌이 새롭다. 한 달밖에 안 됐는데 어느덧 내 방이었던 곳에 익숙해졌나 보다. 물론 지금 그 방은 내 방이 아니지만.

 아직도 엄마 아빠는 돌아오지 않았다. 엄마 아빠가 피터 최의 마음을 돌리기 위해 이토록 기를 쓰고 잘해 주는 건, 가만히 생각해 보면 그다지 나쁜 일은 아니다. 아무것도 안 하고 넋 놓고 있는 것보단 분명 나은 일이겠지. 그 정도는 나도 알고 있지만 머리와 가슴이 반대로 움직이고 있다. 뭐랄까, 망할 고가 일자리를 구하기 위해 손자뻘인 젊은 사람한테 굽실거렸던 걸 봤던 때처럼 왠지 가슴 한편이 아리다. 우리 집을 지키기 위해 애쓰는 건 분명 나쁜 일이 아닌데 왜 이렇게 자꾸 손에 힘이 빠지는지……. 비-트를 쓰면서도 벌써 몇 번이나 펜을 놓쳤다.

 늦은 저녁, 왁자지껄한 소리와 함께 피터 최가 엄마 아빠와 함께 돌아오는 소리가 들렸다. 술에 취해서 비틀거리는지 피터 최를 향해 조심하라는 아빠의 말이 이어지더니 예고도 없이 방문이 활짝 열렸다.

 "쏘니미 아니었네. 너 이 자시 왜 여기 이서? 여기는 쏜님방이잖아. 너 그거 쓰느 거 머야. 해게 장부야? 줘 바."

 혀가 꼬인 피터 최가 나에게서 비-트를 빼앗으려고 원숭이처럼 긴 팔을 휘둘렀다. 나는 재빨리 비-트를 덮은 후 등 뒤로 숨겼다. 어? 이 자식 봐라 하면서 피터 최가 본격적으로 나에게 달려들어 비-트를 빼앗으려 하자 아빠가 달려와 말렸다. 고등학생인 애가 무슨 회계 장부를 쓰겠냐면서 영어 단어를 외우던 걸 거라고 얼버무리며 피터 최를 저쪽으로 데려가려고 했다. 피터 최는 알았다면서 돌아서는 척하더니 이래봬도 자신이 한 영어 한다며 내 쪽으로 성큼 다가와서는 비-트를 빼앗았다. 그러고는 목 잘린 닭처럼 사력을 다해 마당을 뱅글뱅글 뛰어다니며 비-트의 종이를 획획 넘겼다.

"오 마이 갓! 잇츠 낫 잉글리쉬! 잇츠, 잇츠……."

"내 비-트 내 놔! 이 나쁜 자식아!"

난 흥분해서 헐크처럼 달려들어 피터 최의 뒷머리를 잡아 뜯었다. 예상치 못한 공격에 피터 최가 나자빠진 사이 잽싸게 그를 깔고 앉아 비-트를 다시 빼앗아왔다. 순식간에 벌어진 이 상황에 엄마와 아빠는 어찌할 줄 몰라 발을 동동거렸고, 한쪽 옆에 서 있던 망할 고는 그 모습을 보며 으흐흐 코웃음을 터뜨렸다. 그리고 언제 집에 들어왔는지 세수하고 맨얼굴로 화장실에서 나오던 은새는 입을 딱 벌린 채 마당에서 엎치락뒤치락 중이던 나와 피터 최를 번갈아 보고 있었다. 내 공격에 시뻘겋게 얼굴이 달아오른 피터 최는 식식거리면서 나에게 삿대질을 했다.

"감히 나알 쳤어? 너 이 새끼, 내가 고쏘하꺼야."

그러고는 기절해 버렸다. 곧이어 숨넘어갈 듯이 드르렁드르렁 코를 고는 걸 보니 바로 잠들어 버린 것 같았다. 그냥 저대로 꼴까닥 숨이 넘어가 버렸으면 좋겠다.

8 / 5 일

늦은 아침, 밤새 한숨도 못 잔 얼굴로 엄마가 빈 꿀물 잔을 들고 공용 부엌으로 왔다. 초조하게 기다리던 아빠가 엄마를 붙잡고 어떻게 됐냐고 황급히 물었다. 엄마는 고개를 저었다. 피터 최는 전날 일을 아무것도 기억하지 못한다고 했다. 조마조마한 마음으로 식탁에 앉아 있던 나는 아빠와 함께 가슴을 쓸어내렸다. 어젯밤 '고소'라는 법적 용어가 나온 이후부터 우리 세 사람은 살얼음판을 걷는 것처럼 밤새 자다 깨다를 반복했던 것이다.

"근데 어제 우리한테 해 준 약속들도 다 기억이 안 나나 봐."
"뭐? 설마……. 언제부터 기억이 안 난대?"
"저녁에 식당에서 술 들어간 이후부터."
"그러면 안 되는데……."

엄마와 아빠는 내가 모를 소리를 빠르게 주고받더니 어두운 얼굴로 한숨을 푹 내쉬었다. 그러더니 엄마는 오늘은 술 없이 다시 말해 봐야 할 것 같다면서 아빠에게 어디 좋은 데 좀 없냐고 물었다. 아빠는 서울에서 갈 만한 관광지는 어제 다 돌아서 오늘은 시 외곽 쪽으로 빠져야겠다며 엄마와 머리를 맞대고 의논했다. 그 말은 결국 오늘도 피터 최 비위를 맞추며 하루를 보내겠다는 소리였다.

이건 앞으로 나가면 지고 뒤로 물러나면 이기는 줄다리기라고 스스로 위안해 보려 했지만, 어제부터 사이가 틀어진 머리와 마음은 등을 돌린 채 계속 따로 놀았다. 나는 피터 최의 환심을 사려고 작전을 짜는 부모님의 모습이 보기 싫어서 그 길로 무작정 밖으로 나와 버렸다.

소용없는 일인 줄 알면서도 숨 막히는 정적보단 낫겠다 싶어 음악이라도 들으려고 바지 주머니에 손을 넣었는데 아무것도 잡히질 않았다. 다시 집에 들어가서 엠피스리를 가지고 나와야 하나 싶었지만 그러고 싶지 않았다. 그렇다고 머릿속에서 들리는 복잡한 생각을 계속 껴안고 있는 것도 싫었다.

하릴없이 담벼락 앞에서 어찌해야 하나 고민하며 어슬렁거리는데 곧이어 대문이 열리면서 음악이 걸어 나왔다. 자세히 보니 골목으로 나온 건 은새였다. 볼륨이 최대치로 되어 있는지 이어폰 바깥으로 음악이 새어 나왔던 것이다. 쿵칫 딱 쿵 따다 다다딱 하는 비트가 유독 크게 들렸다. 난 비트와 함께 골목 바깥으로 걸어가는 은새를 뒤따라갔다. 단언컨대 찌질한 스토커처럼 따라갈 생각은 추호도 없었다. 거듭 말하지만, 저기 지금 내가 비트가 떨어져서 그러는데 다음에 갚을 테니까 비트 좀 꿔줘라, 뭐 이러려고 그런 건 절대 아니었다. 그냥 비트에 끌려서 나도 모르게 따라간 것이다.

하지만 거리로 나오자 은새에게서 나오는 비트가 주변 소음과 뒤섞이면서 점점 희미해졌다. 그래서 나는 비트를 놓치지 않기 위해 한 걸음씩 조금 더 가까이 다가갔다. 그러다가 쿵, 은새와 부딪치고 말았다.

뒤돌아본 은새의 손에는 막대기 두 개가 들려 있었다. 고개를 숙이고 뒤따라가느라 몰랐는데 은새가 옆으로 맨 가방에서 꺼낸 것 같았다. 호신용인가. 그걸로 날 두들겨 패려고? 뭐야, 졸지에 난 쫓아다니지 말라고 사정해도 쫓아다니는 그림자처럼 변태 찌질이 스토커가 된 건가. 심장이 농구공을 드리블하는 것처럼 쿵쿵쿵 뛰었다. 해명이고 뭐고 한달음에 내빼고 싶은 맘이 굴뚝같았다.

그런 내 맘을 아는지 모르는지 은새는 막대기 두 개를 겨드랑이에 끼고는 귀에서 이어폰을 뺐다. 그리고 나를 빤히 보았다. 넌 대체 뭐냐고 묻는 것 같았다. 하지만 나는 이어폰에서 더 크게 새어 나오는 쿵칫 쿵칫 쿵칫 비트에 심장이 빨라져서 코가 벌름거려졌다. 주책없이 탭댄스를 추는 심장 때문에 금방이라도 사단이 날 것 같았다. 안 되는데…… 도망가야겠다, 그런데 왜 발이 안 떨어지지! 머릿속이 전쟁이 난 것처럼 뒤죽박죽이었다. 망했다 싶은 순간 비트가 딱 끊겼다. 은새가 일시정지 버튼을 누른 것이었다.

"너 괜찮냐?"

은새가 나에게 물었다. 난 거칠어진 숨소리를 애써 가라앉히며 이마에 송골송골 맺힌 땀을 손바닥으로 닦았다. 진득진득한 기름 같은 땀이 손바닥에 묻어 나왔다. 뭔가 변명을 해야겠다 싶어서 입을 오물거렸지만 제대로 된 단어가 나오질 않았다.

"하늘에 맹세코 너 따라 나온 건 아니야. 내가 먼저 밖에 나왔는데 우연히 너랑 대문 앞에서……."

나는 횡설수설하다가 입을 다물었다. 진즉에 입을 다물었어야 했는데…… 난 타이밍을 맞추지 못해 번번이 낭패. 하지만 은새는 별로 상관없다는 얼굴로 고개를 끄덕이더니 말했다.

"하긴 내가 너라도 그 진상 때문에 집에 있기 싫었을 거야."

진상은 피터 최를 말하는 것이었다. 같은 공간에 있으면 자연스레 알게 되는 것들을 은새는 가족도 아니면서 가족보다 더 잘 알고 있었다. 굳이 설명하지 않아도 은새가 내 상황과 속마음을 이해해 주는 것 같아 나도 모르게 마음의 빗장이 좀 느슨해졌다.

　은새는 기왕 나온 거 너도 같이 가자며 가까운 홍대 거리로 나를 이끌었다. 나는 싫다 좋다 말도 없이 자연스럽게 은새와 걸었다. 걷는 내내 은새는 엄지와 검지로 막대기를 잡고 앞뒤로 흔들어 댔다. 도대체 그게 뭐냐고 묻는 내 시선을 느꼈는지 은새가 입을 열었다.

　"요즘 샷이 정확하게 잘 안 돼서 드럼 안 칠 때도 이렇게 연습하는 거야."

　그제야 난 은새가 든 막대기 두 개가 단숨에 상대를 제압해 버리는 이소룡의 쌍절곤 같은 무기가 아니라 신 나는 음악을 만들어 내는 도구로 보이기 시작했다. 그러니까 은새는 드러머였다. 밴드 보컬이 아니라. 난 원래 그 정도는 짐작했다는 듯이 고개를 끄덕이며 혼잣말처럼 작게 '그렇구나.' 했다. 그런데 은새가 방금 뭐라고 했냐면서 나에게 되물었다.

　"어? 별말 안 했는데. 그냥 그렇구나 했는데……."

　뭔가 크게 실수한 것처럼 되어 버려서 말끝이 흐려졌다. 그러자 은새는 자신의 과민 반응이 민망했는지 약간 붉어진 얼굴로 고백했다.

　"요즘 귀가 잘 안 들려서……."

　"아, 드럼 때문에 그런 거야?"

　"아니, 맨날 이어폰으로 볼륨 높이고 들으니까 그런 것 같아. 근데 우리 집 사람들은 그런 거 몰라. 그냥 내가 자기들 말 무시하는 줄로만 알지."

　은새도 나와 마찬가지로 늘 귀에 이어폰을 꽂고 살았던 것이다. 그건 소리를 낼 수 없는 집 안에서 이제껏 자신을 버티게 해 준 힘이었다면서 은새는 집 이야기를 들려 주었다.

은새 집의 권력 구조는 확실했다. 집안의 군주인 아빠는 자식들에게 세상은 무서운 곳이라고 가르쳤다. 이 무서운 세상에서 버티려면 강해야 한다. 그 첫 번째 방법이 바로 공부다. 공부로 사람들에게 인정받으면 다음 단계로 가기 위해 무얼 해야 될지 알려 주겠다고 말했다. 그렇게 은새의 아빠는 자식들의 모든 걸 통제해야 한다는 생각에 사로잡혀 있었다.

어렸을 때부터 그런 집안 분위기에 억눌려 갑갑함을 느꼈던 은새는 중학교 1학년 때부터 부모님 몰래 드럼을 시작했다. 당시에 세 살 터울인 언니가 고등학교 1학년이었는데, 그때부터 집 안에서 모든 소음이 사라져야 했기 때문이다. 언니 공부 방해되니까 조용해야 한다며 부모님은 단호하게 텔레비전도 없애 버렸고, 놀이터에서 노는 애들의 소리를 차단하기 위해 베란다에 방음 장치를 달아서 여름에 창문조차 열 수 없었다. 또 윗집에서 피아노 연습을 하거나 아랫집에서 개가 짖으면 경비실에 전화해 불같이 항의했다.

그런 유난스러움에 반항하듯 몰래 시작한 게 드럼이었다. 학원과 과외 스케줄에 쫓겨 연습실에서 드럼을 치지 못하는 날에는 늘 귀에 이어폰을 꽂았다. 그러다 보니 요즘 들어 작은 소리에 좀 둔감해졌다고 했다. 그래서 아까 그렇게 볼륨을 크게 켜고 들었구나, 난 그제야 은새의 행동이 이해가 됐다.

"그러니까 너무 속상해 하지마. 그래도 너네 부모님은 널 별 모양 감자로 만들려고 어렸을 때부터 만들어진 틀에 끼워 넣진 않으시잖아."

은새의 가정사 고백은 희한하게도 우리 집 사연으로 이어져 마무리되었다. 자기네 집이 더 이상하니까 나보고 위안을 받으란 것 같았다. 하지만 그 말에 난 전투욕이 끓어올라 우리 집이 더 이상하다며 다다다다 퍼부었다.

"너네 집은 그래도 경제적인 문제는 없잖아. 근데 우린 빚보증 때문에 집도 날려 봤고, 그러는 동안 난 혼자 고시원에서 지냈다니까. 넌 학생은 공부만 하면 된다면서 과외도 받고 학원도 다녔지만 난 학원은커녕……. 어쨌든 부모님이 돈 문제로 너한테 스트레스를 주진 않았잖아."

10미터 밖의 한숨소리도 들릴 것 같이 조용한 고시원에서 살아 봤냐, 안 살아 봤으면 말을 말라는 얘기가 내 입에서 나오려는 순간 은새가 파르르 떨며 내 말을 가로막았다.

"난 혼자 살아 보는 게 소원이야. 집에 가면 얼마나 숨 막히는지 알아? 감자는 원래 못생긴 거라고. 감자는 그냥 땅에서 막 제멋대로 자라야 된다니까. 근데 그걸 인정하지 못한다고, 우리 집은!"

은새의 이야기는 자꾸 부메랑처럼 감자 이야기로 휘어졌다. 할 수만 있다면 가족 따위 진짜 크립톤 행성에 두고 오고 싶다는 얘기까지 꺼내며 우리는 한참 식식거렸다. 그렇게 너네 집보다 우리 집이 더 이상하다는 식으로 열 올리다가 진이 빠져서 나중엔 말없이 거리를 걸었다. 점심은 일부러 프렌치프라이를 빼고 버거랑 콜라만 시켜서 먹고는 또다시 거리로 나왔다.

그렇게 홍대 거리를 돌아다니다가 우연히 놀이터에서 벌어지는 즉석 공연도 보았다. 기타와 마림바만으로 꾸려진 작은 게릴라 공연이었다. 노래의 클라이맥스가 감동적이거나 높은 고음이나 화려한 기교를 자랑하는 가창력은 아니었다. 하지만 긴장을 풀어 주는 비트가 편안한 목소리와 어울려 놀이터로 사람들을 하나둘 끌어 모았다.

놀이터 구석에 위치한 정글짐 꼭대기에서 그 게릴라 공연을 내려다보던 은새는 발을 까딱거리며 비트를 탔다. 옆에 앉아 있던 나 역시 비트에 휩쓸릴 뻔했지만, 분위기를 탄 은새가 혹시라도 랄라랜드에 대해서 또 캐물을까 봐 순간 긴장이 됐다. 그래서 난 일부러 재미없는 척 다른 곳으로 시선을 돌려 버렸다. 하지만 귀는 아래쪽을 향해 열려 있었다.

공연이 끝나고도 우리는 집에 가지 않았다. 일요일이라 그런지 여기저기 볼거리, 들을 거리가 많다는 핑계로 계속 홍대 거리를 쏘다녔다. 더는 갈 데도 없고 무진장 다리도 아프다 싶은 늦은 밤이 되어서야 터덜터덜 집으로 향하는데, 은새가 갑자기 뭔가 생각난 듯 물었다.

"근데 비트가 뭔데 어제 그렇게 그걸 지키려고 용쓴 거야? 설마 너……."

난 긴장했다. 얘가 집에 가서 비-트를 한번 보자고 하면 어쩌지, 점심으로 먹은 햄버거도 저녁으로 먹은 떡볶이랑 순대도 생각해 보니 은새가 다 신용카드로 긁었는데. 아까 공짜로 얻어먹은 값을 그런 식으로 토해 놓으라는 건 아닐까. 머릿속이 마취 주사를 맞은 것처럼 얼얼해졌다.

"설마 너 음계나 비트 같은 거 적어 놓은 거야? 너 작곡해?"

은새랑 얘기하다 보면 어째 이야기가 자꾸 이상한 쪽으로 휘어졌다. 나는 그렇다고 거짓말하고 싶지도 않고 아니라고 솔직하게 말하고 싶지도 않아 은근슬쩍 화제를 돌리려고 했다. 그런데 이번에도 은새가 먼저 입을 열었다.

"야, 이거 어디 갔어?"

난 무슨 소린가 싶어 은새가 손가락으로 가리킨 곳을 돌아보았다. 문패가 걸려 있던 담벼락이 휑했다.

언제 뗀 거지? 누가 뗐지? 왜…….

나는 '용하네 집' 문패가 사라진 대문을 말없이 보았다. 골목 사이로 불어온 후덥지근한 밤바람에 철썩 뺨을 맞은 것 같았다.

진짜 집에 들어가기 싫었다.

8 / 6 월

피터 최는 건축업자와 부동산 업자를 집으로 데려와서 정확한 땅값과 건축비, 시세 등을 계산했다. 엄마는 아랫입술을 깨문 채 그 모습을 지켜보았다.

한바탕 집을 요란하게 돌아다니며 말이 많던 사람들이 돌아간 후 엄마는 피터 최에게 다가갔다. 다 잘 되어 가는 줄 알았더니 이게 어떻게 된 거냐고 묻는 엄마에게 피터 최가 낯빛을 바꾸고 정색하며 말했다.

"뭔가 오해가 있는 모양인데, 난 공과 사는 엄격하게 구분하는 사람입니다. 막말로 내 집 내가 맘대로 처리한다는데 뭐가 문젭니까? 아 참, 내일이 화요일인 건 아시죠? 약속대로 방 비우세요."

 방을 비우라니, 이제는 아예 우리를 게스트하우스 손님 취급이었다. 그것도 내야 할 방 값이 엄청나게 밀려서 당장이라도 짐 가방을 꺼내 저 멀리 제주도 밖으로 뺑 차 버려도 이쪽에선 아무 소리도 못 할 것처럼 함부로 대했다.

 엄마는 당장 아빠에게 연락했다. 곧이어 아빠가 급히 집으로 오면서 피터 최와 엄마 아빠 사이에 말싸움이 벌어졌다. 네놈이 대체 우리한테 어떻게 이럴 수 있냐! 당신이 나한테 뭔데? 이런 일 당하고 싶지 않았으면 애초에 탐욕을 부리지 말았어야지. 탐욕? 탐욕! 이게 뚫린 입이라고 못 하는 말이 없네. 너 몇 살이야! 주민증 다시 까 봐!

 오고 가는 고성 속에 기둥이 오그라들고 지붕이 내려앉는 것 같았다. 가구들은 발만 있었으면 당장 가출하고 싶은 얼굴로 방 구석에 몸을 쭈그리고 있었고, 큰 소리에 놀란 창문들이 기죽은 얼굴로 파르르 몸을 떨고 있었다.

 그러는 동안에도 난 등딱지 안으로 숨어든 거북이처럼 아무것도 안 했다. 나와는 상관 없는 일이라고 문지방에 길게 금을 그어 놓은 채 방 안에만 처박혀 있었다. 그것이 내가 할 수 있는 유일한 일이었으니까.

8 / 7 화

아무래도 하늘이 우리 가족을 버린 것 같다.

 엎친 데 덮친 격으로 아빠가 접촉 사고를 낸 것이다. 십 년

무사고를 자랑하는 아빠가 택시를 몬 이후 처음 벌어진 사고였다. 아빠의 사고를 수습하느라고 엄마는 하루 종일 혼이 빠진 얼굴로 돌아다녔다.

알고 보니 사고가 난 것도 다 피터 최와 관련이 있었다. 피터 최가 어젯밤 늦게 술을 먹고는 아빠에게 전화해서 빨리 오라고 생난리를 쳤던 것이다. 아빠는 빨리 가려고 전에 없이 불법 유턴을 했다가 접촉 사고가 난 것이었다. 당연한 절차처럼 집 안 뒤꼍에서 엄마와 아빠가 다투는 소리가 또 들렸다.

"그런 수모를 겪었는데 당신은 부른다고 쪼르르 달려갈 생각을 해? 진짜 밸도 없냐. 우린 밸도 없냐고."

"그게 아니라, 그래도 사람 일이란 게 혹시 모르니까 그 사이에 맘이 변했나 싶어서 갔지."

"어차피 술 취했다며? 우리한테 만리장성을 준다고 약속해도 담날이면 저번처럼 또 기억 안 나네 뭐네 하며 발뺌할 텐데."

"그래서 이번엔 확실하게 핸드폰에 녹음해서 증거를 남기려고 했지. 그래서 빨리 가려다가……."

한숨도 나오지 않았다. 숨이 명치끝에 턱 걸려 있었다. 그런 일이 벌어지는 동안 역시나 난 아무 도움도 되지 못했다. 툭 하면 랄라랜드나 가 버리고. 그 핑계로 외출도 못 하고 계속 방 구석에만 처박혀 있다. 빌어먹을 병신 같다. 난 아무것도 할 수 없다.

8 / 8 수

 교통사고 때문에 집 안이 어수선한 와중에 어제 밤늦게 피터 최가 또 술을 퍼마시고 들어왔다. 그러고는 자신의 권리 행세를 하는 것처럼 또 진상 짓을 해 댔다. 뻔뻔하게도 교통사고와 관련된 일들은 아무것도 기억 안 난다면서 해장술로 소주를 떡하니 품에서 꺼내는 것이었다. 맨 정신으로 얘기 좀 하자고 말리는 엄마와 이거 놓으라고 난리치는 피터 최 사이에 한바탕 소란이 일어났다. 아빠 역시 지금 이 상황에 어떻게 술이 들어가느냐며 엄마 편을 들고 나섰다. 이에 열이 뻗친 피터 최가 되는 대로 입을 나불거렸다.

 "어라? 둘이서 지금 협공하는 거야? 같은 편인 척하는 거야? 부부도 아닌 주제에 일심동체인 척하기는, 흥."

 냉장고에서 먹을 걸 챙겨 가려고 잠깐 나왔던 난 깜짝 놀라 그 자리에서 얼음 기둥이 되어 버렸다. 엄마와 아빠는 나를 확인하고는 순간 서로 눈빛을 주고받았다. 그러더니 아빠가 먼저 나섰다.

 "아직 술이 덜 깬 것 같으니까 이따가 얘기하자고. 일단 방으로 들어가세."

 아빠는 피터 최의 팔을 잡고 방 쪽으로 끌었지만 피터 최는 취하긴 누가 취했다고 이러는 거냐며 팔을 돌려서 미꾸라지처럼 몸을 뺐다. 그러다가 나와 눈이 마주쳤다. 곧이어 피터 최가 엄마와 아빠를 번갈아 보더니 비열한 미소를 띠며 지껄였다.

 "자식새낀 아직 모르나 보네. 어이, 부모님 이혼하셨어. 몰랐어?"

"거짓말하지 마요."

난 금방이라도 피터 최에게 달려들어 피떡을 만들어 놓을 수 있을 것처럼 사납게 노려보았다. 그러나 피터 최는 결코 입을 다물지 않았다.

"거짓말은 저 사람들 전공이지. 이혼도 그냥 이혼이 아니라 위장 이혼 했으니까. 순진한 척, 착한 척 가면 쓰고 뒤로는 호박씨를 이따 만큼……."

위장 이혼이란 말에 설마 하는 얼굴로 난 엄마 아빠를 쳐다보았다. 그런데 엄마와 아빠는 초점이 빗나간 사진처럼 눈동자가 몹시 흔들리고 있었다. 나를 똑바로 보지 못했다. 맙소사, 이제껏 그런 사실을 나에게 숨긴 것이었다. 나한테는 아무것도 걱정하지 말라고 다 잘될 거라더니.

그때였다. 아니라고 믿고 싶었지만 내 얼굴 근육이 파르르 떨리는 게 느껴졌다. 얼굴 없는 가면으로 변신 중이었다. 순식간에 변한 내 얼굴을 보고 피터 최가 비웃는다면, 기필코 발작이 풀리자마자 죽여 버릴 거라고 결심했다.

하지만 피터 최는 이어진 아빠의 공격을 막느라 내 얼굴을 보지 못했다. 아빠는 쓸데없는 소리 말라며 입을 막으려 들었고, 피터 최는 아빠의 손을 물려고 이를 딱딱거렸다. 움직이지 않는 건 나와 엄마뿐이었다. 고개를 돌리진 않았지만 엄마가 나를 보고 있는 게 느껴졌다. 내 얼굴을 보고 있겠지. 무너진 내 얼굴을 보면서 엄마는 무슨 생각을 할까. 알 수 없었다. 이번 발작은 예상보다 길어서 나도 어찌할 도리가 없었다.

"어? 이것 봐라. 방금 내 목을 쳤어?"

당황한 아빠의 얼굴을 보아 하니 방어하던 중에 손이 헛나가서 실수로 벌어진 일 같았다. 그러나 피터 최는 한 대 맞은 게 분한지 씩씩 숨을 내쉬었다. 그러더니 아빠에게서 벗어나려고 꿈틀꿈틀 몸을 꼬아 대며 여전히 바보 같은 얼굴을 한 나를 향해 폭풍처럼 말을 쏟아부었다.

"위장 이혼을 왜 했는지도 가르쳐 주지. 그 잘난 택시가 그냥 하늘에서 떨어진 것 같아? 소유주를 네 엄마 이름으로 해 놓고 남들 몰래 재산 지키려고 그 짓을……."

"그만, 그만해!"

집이 떠나가라 울리는 고함에 아빠와 피터 최가 동작을 멈추고 엄마를 돌아보았다. 땡 소리를 들은 것처럼 그제야 얼굴 근육이 조금씩 제자리로 돌아온 나 역시 고개를 돌려 엄마를 봤다. 엄마는 온몸을 부르르 떨고 있었다. 아빠와 나는 처음 보는 엄마의 모습에 아무 말도 못하고 긴장했지만 피터 최는 달랐다. 상황 파악 못 하고 거기에 한 마디를 덧붙였다.

"그러니까 나 우습게 보지 말라고. 맘만 먹으면 뭐든……."

"그만해. 우리가 나갈 테니까 이제 그만하자고. 가자."

엄마는 갈라진 목소리로 피터 최의 말을 가로막으며 아빠와 나의 손을 잡아끌었다. 여행 가방이 보이지 않아 커다란 김장용 비닐봉지에 옷이며 물건들을 보이는 대로 쑤셔 넣었다. 나도 넋이 빠진 채로 옷가지 몇 개와 비트, 핸드폰, 지갑 같은 중요한 것만 챙겼다. 그렇게 우리 가족은 눈 깜짝할 사이에 짐을 챙겨서 밖으로 나왔다.

은새와 망할 고가 설마 하는 눈으로 대문까지 나와 우리가 떠나는 모습을 보았다. 하지만 난 택시 뒷좌석에 앉은 채 절대 돌아보지 않았다. 돌아보면 그 순간 소금 기둥으로 변해 건들기만 해도 폭삭 무너져 내릴 것 같았으니까.

그렇게 나온 지 벌써 반나절이 흘렀다. 싼 모텔과 여관은 저녁이라 꽉꽉 다 들어차 있었다. 택시를 타고 서울 시내를 돌고 돌다 나온 대책이 '목욕이나 하지 뭐.'였다. 그래서 우리는 찜질방으로 왔다.

이곳 역시 사람이 미어터지긴 마찬가지다. 늦은 새벽녘인데도 술에 취해 집으로 못 간 사람들이 하나둘씩 찜질방으로 들어와 베개나 이불을 옆구리에 끼고 내 옆을 스윽 지나간다. 비트를 쓰기엔 최악의 장소이다. 하지만 이렇게라도 비트에 쏟아 놓지 않으면 속이 부글거려 미칠 것 같다. 아까부터 우리 세 사람은 아무 말도 하지 않고 있다.

엄마 아빠와는 말도 섞기 싫었다. 그래도 나한텐 해명을 해야 하지 않나. 도대체 언제 이혼을 한 걸까. 진짜 그냥 형식적인 위장 이혼일 수도 있다. 하지만 위장을 가장한 진짜 이혼일 수도. 3 더하기 3만 6이 되는 건 아니니까. 1 더하기 5, 2 더하기 4도 6이 되니까. 어쨌든 위장이든 뭐든 그런 것도 내가 받아들이지 못할 거라고 생각한 건가. 그게 숨긴다고 숨겨질 일인가.

엄마 아빠는 진짜 아무것도 모른다.

8 / 9 목

여기는 응급실이다.

부모님은 저쪽에서 의사와 얘기 중이다. 혹시 내가 큰 병일까 봐 걱정하는 얼굴이다. 그런 엄마 아빠 얼굴을 보는 게 힘들다. 거짓말하는 것도 지치고. 방금 저쪽에 있던 간호사 누나가 나와 눈이 마주쳤다. 내가 깨어난 걸 보고 의사를 찾고 있다. 곧이어 모두 다 함께 내 쪽으로 걸어오겠지.

이젠 말할 때가 온 것 같다. 이건 내가 아는 병이라고.

8 / 10 금

우리 가족은 지금 부산을 향해 달리는 중이다.

가족끼리 한 번도 여행을 해 본 적 없으니 이참에 어디 새로운 곳에 가 봐도 좋겠다고 했더니, 운전대를 잡은 아빠가 그 길로 부산으로 방향을 잡은 것이다. 아빠는 인생에 가끔은 쉼표도 필요한데 가족 여행이야말로 지금 우리에게 딱 맞는 일정이라며 일부러 밝은 목소리로 분위기를 띄우려고 노력했다. 하지만 조수석에 앉은 엄마는 손수건으로 입을 가린 채 아까부터 계속 창밖만 바라보고 있다. 나도 엄마의 시선을 따라 창 너머를 바라보았다. 차창 밖 뒤쪽으로 도로가 부지런히 달아나고 있었다.

돌아갈 집이 없어서 하릴없이 택한 여행은 첫걸음부터 삐거덕거리고 있다.

밤이 되어서야 부산에 도착했다. 오자마자 일단 잘 곳부터 찾아야 했다.

이제껏 의식주 중에 제일 중요한 첫 번째는 생존과 직결되는 먹을 것이고, 두 번째는 사회생활을 하는 데 꼭 필요한 옷, 마지막 세 번째가 밤에 잠자는 공간인 집이라고 막연하게 생각했었다. 하지만 가족에게 있어서 제일 중요한 건 첫 번째도, 두 번째도, 세 번째도 무조건 '집'이었다. 집이 없으면 가족은 물 위를 떠다니는 부레옥잠처럼 매일매일 방황한다. 지금 우리 가족처럼 말이다.

아까부터 엄마와 아빠는 택시를 바닷가 한편에 세워 둔 채 조금 떨어진 곳에서 얘기 중이다. 부산 톨게이트를 지날 때부터 내가 뒷좌석에서 계속 자고 있는 줄로 생각하시지만 사실 난 십 분 전부터 일어나 비-트를 쓰고 있었다. 부모님은 나에 대해 모르는 게 아직도 많다.

엄마 아빠는 잠이라도 옳은 곳에서 자야 한다며 조곤조곤 다투고 있다. 하지만 좀 편해 보이는 호텔 같은 곳에 가기엔 역시나 돈이 문제였다. 가격이 친절한 모텔은 왠지 애 교육상 안 좋을 것 같고, 게스트하우스는 그 진절머리 나는 피터 최가 떠올라서 싫고, 광안대교 부근에 바다가 보이는 찜질방도 바로 뒤쪽에 있지만 그런 번잡한 곳은 시끄러워서 내 몸에 안 좋을 것 같다는 이유로 오늘 밤 묵을 곳 목록에서 제외되었다.

택시 뒷좌석에 짐 가방처럼 앉아 있는 난 비-트를 쓰면서 멀찍이 떨어진 곳에서 다투고 있는 엄마 아빠를 바라보고 있다. 바람이 엄마 아빠가 다투는 소리를 내 쪽으로 부지런히 실어다

주고 있다. 창문을 닫아야 할까?

 어제 병원에서 난 의사에게 대답했었다. 기면병인 것 같고, 내가 인터넷으로 좀 조사해 봤고, 오래 됐다고. 그 후 영원 같은 침묵이 이어졌다. 한참 후에야 엄마는 두 주먹을 꽉 쥔 채 의사에게 물었다. 혹시 안정적이지 못한 생활 환경이 그 병을 더 자극했을 수도 있냐고. 잠시 고민하던 의사는 무겁게 고개를 끄덕였다.

 기면병에 대해 무지한 엄마 아빠는 의사가 설명하는 원인과 증상과 치료 방법을 열심히 경청했다. 의사의 설명은 인터넷으로 내가 조사했던 내용과 크게 다르지 않았다. 각성 상태를 유지하고 수면 상태를 조절하는 역할을 하는 하이포크레틴이라는 화학 물질이 결핍된 결과 기면병이 많이 발생하는데, 이런 결핍의 이유를 자가면역질환으로 추측한다고 했다. 몸 안의 면역 세포가 자신의 몸 안에 있는 정상적인 세포를 잘못된 정보로 인해 공격해서 질환을 일으키는 게 자가면역질환이라는 의사의 설명에 부모님은 너무 충격을 받았는지 고개를 끄덕이지 못했다. 그러거나 말거나 의사는 기계적인 설명을 이어갔다. 갑작스러운 졸음, 가위 눌리는 환각, 감정의 흥분으로 갑자기 몸에 힘이 빠지는 탈력발작 등을 동반하고, 약을 꾸준히 먹을 수 있으나 완쾌는 자신할 수 없다고.

 난 내가 아는 이야기를 의사의 입으로 한 번 더 들으면서 생각했다. 만일 고온의 찜질방에서 나오다가 전에 없이 빠른 속도의 수면 발작이 와서 갑자기 아빠 위로 쓰러지지 않았다면? 그래서 졸지에 응급실로 실려 오지 않았다면? 그 상황에서 단순히 찜질방 열 때문에 기절한 거라고 내가 또다시 거짓말을 했다면? 만일 아주 오래 전, 내가 기면병임을 알게 됐던 그때 엄마 아빠에게 사실대로 말했다면?

이미 돌이킬 수 없는 수많은 '만일'이 날 사로잡았다.

우리는 결국 시 외곽에 덩그러니 위치한 여인숙에 들어갔다. 생각보다 나쁘지 않았다. 화려한 외관의 모텔이나 초특급 서비스를 자랑하는 호텔, 한옥 체험이라는 특수를 노린 게스트하우스보단 뭔가 조금씩 모자란 구석이 있었지만 그 나머지를 뜻밖에도 정이 채워 주고 있었다. 여인숙을 운영하는 노부부가, 도로에서 시간을 버리느라 저녁도 제대로 못 먹었다는 말을 듣고는 우리를 위해 찐 감자를 슬쩍 밤참으로 넣어 주었던 것이다. 감자는 무척 뜨거웠다. 우리 가족은 평상에 앉아 입천장을 데면서 말없이 감자만 까먹었다.

감자를 다 먹은 후 우리는 각자 방으로 들어갔다. 방은 두 개로 잡았다. 엄마 아빠는 저쪽 방에, 난 이쪽 방에. 금방이라도 폭삭 주저앉을 듯 허름한 외관과 달리 방음이 잘되는 건지 아니면 엄마 아빠가 고된 하루에 지쳐 벌써 잠이 든 건지 저쪽 방에선 아무 소리도 들리지 않는다. 오랜만에 독방을 차지하고 있으려니 깊은 산속 암자에 혼자 들어온 것처럼 조용하다.

살포시 잠이 들려는 순간, 벽을 통해 저쪽 방에서 땅 밑으로 꺼져 들어갈 듯 깊은 한숨 소리가 들렸다.

모든 게 다 내 책임이다. 혹시 엄마 아빠도 자신의 책임이라고 생각하고 있는 걸까. 그래서 저렇게 깊은 한숨을 내쉬는 걸까. 하지만 이런 건 유전이란 소린 없었는데. 결국 이런 병에 걸린 건 신생아처럼 툭하면 잠들어 버리고 마는 나약한 나의 책임이다.

달은 한 번 눈을 감았다가 뜨는 데 한 달이나 걸린다. 지금 밤하늘의 달은 동그랗게 눈을 뜨고 있다. 나도 잠이 오지 않는다.

8 / 11 토

엄마 아빠는 부산에 온 기념으로 나에게 먹을 걸 많이 사 주려고 들었다. 맛있는 걸 많이 먹으면 내 병이 금방 나을 것처럼 말이다. 그래서 하루 온종일 택시를 타고 돌아다니면서 부산에서 유명한 건 하나씩 다 먹어야 했다.

더운 여름철 가장 맛있다는 개금 밀면은 따뜻한 육수와 함께 먹고, 만둣국 비슷하게 생긴 게 입에 들어가면 살살 녹는 완당은 남포동 18번에서 먹고, 시뻘건 양념 범벅이 되어 불 위에서 꿈틀거리는 곰장어 구이 5인분을 우걱우걱 먹자 손대면 톡 하고 터질 것처럼 배가 농구공만 해졌다. 그래도 아침 점심 저녁까지 다 해결했으니 이제 좀 쉬어도 될까 싶었는데 아빠가 또 물었다.

"밤참은 뭐 먹을래?"

나는 미간을 찌푸린 채 한동안 침묵했다. 이젠 진심을 전할 때가 온 것 같았다. 아빠 역시 어떤 강속구를 던져도 받아 낼 수 있다는 표정으로 의미심장하게 백미러로 나를 보고 있었다. 한참 후 난 입을 열었다.

"떡볶이요."

전국 팔도 어디를 가도 먹을 수 있고 심지어는 고속도로 휴게소에도 꼭 있는 떡볶이가 먹고 싶다는 말에 아빠는 약간 맥이 빠진 표정으로 나를 봤다. 그러나 곧 의기충천한 얼굴로 고개를 끄덕였다. 부산에서 제일 맛있는 떡볶이 집을 알아내기 위해 택시 기사들에게 전화를 걸어서 물어보았다. 잠시 후 우리 가족은 범일동으로 향했다.

그곳에는 시장 구석에 천막을 친 추레한 분식집이 있었다. 맛집이라면 응당 풍겨야 할 포스라는 듯 대충 지은 듯한 분식집은 사람들로 붐볐다. 안 그래도 더운 여름에 우리는 혀가 얼얼할 정도로 맵다는 매떡을 한가득 시켜서 먹었다.

매운 떡볶이의 줄임말로 매떡이라는 이름이 붙은 음식답게 청양고추를 솥째 끓여서 진한 소스를 만들기라도 했는지, 죽은 사람도 벌떡 일어날 만큼 무지막지하게 매웠다. 접시에 코를 박고 먹을 것에만 심취했던 우리 가족은 땀을 뻘뻘 흘리며 극한의 맛인 매떡을 오기로 꾸역꾸역 먹으면서 그제야 고개를 들어 서로를 쳐다보았다. 이 정도면 된 것 같다는 눈빛이 오고 가면서 굳어 있던 얼굴이 좀 풀어졌다.

다시 여인숙으로 돌아가기 전에 우리 가족은 바다를 보러 갔다. 1막과 2막 사이의 암전처럼 깜깜한 밤에 보는 바다, 그리고 해변으로 몰아치는 파도는 햇살이 쪼아 대는 낮과 달리 좀 색다른 느낌이었다. 어두운 밤 끝이 보이지 않는 바다 앞에 서 있으니 뭐랄까…… 이제껏 무진장 커 보였던 종기가 아주 작은 뾰루지처럼 시시해 보이고, 별것 아니라고 생각하며 무심코 지나쳤던 것들이 가슴 아프게 소중해지는 것만 같았다.

우리 가족은 부서지는 파도 앞에 나란히 앉아 어둠을 응시했다. 잠시 후 엄마가 먼저 이야기를 꺼냈다.

"난 나쁜 엄마야. 하나뿐인 자식이 아픈 줄도 모르고……."

"내가 숨긴 거였잖아."

내 말이 전혀 위로가 되지 않은 듯 엄마는 가만히 고개를 저었다.

"그런 건 숨긴다고 숨겨지는 게 아니야."

엄마의 말에 문득, 언젠가 망할 고가 나에게 했던 말이 떠올랐다. 엄마는 여전히 파도에 눈을 고정시킨 채 말을 이었다.

"엄마가 알아챘어야 했는데 그러질 못했어. 집 사수하는 데만 혈안이 돼서 내 새끼도 못 챙기고……."

그간 엄마는 게스트하우스 지키느라, 혹시라도 피터 최가 와서 다 내놓으라고 할까 봐 걱정하느라 미처 나에게 신경 쓰지 못했던 것이다. 알고 보니 엄마는 내가 전학 간 학교에서 고군분투하는 동안 친척들에게 지독하게 시달리고 있었다. 괴팍한 성미 때문에 이모할머니를 모른 척했던 친척들이 장례식에 왔다가 이모할머니가 엄마에게 게스트하우스를 남겼다는 얘길 듣고는 속이 뒤틀렸는지 뒷말이 말도 못 하게 많았던 것이다. 하지만 엄마는 억울했다. 이모할머니가 남긴 알량한 저축은 병원비와 한옥 게스트하우스 건축비로 다 날아가 버려서 내부공사와 집 인테리어에 드는 비용은 다 엄마와 아빠의 내 집 마련 저

축에서 뺀 돈으로 충당했다. 그것 때문에 엄마 아빠는 또다시 빈털터리가 되었지만 그런 사실은 아무도 몰라주었다.

"절대로 네가 모르길 바랐는데, 어느 날부터인가 고 할아버지와 가깝게 지내는 걸 보니까 내심 불안했었어."

"그게 왜요? 설마, 그 할아버진 알고 있었던 거예요?"

엄마는 무겁게 고개를 끄덕였다. 게스트하우스 개장을 준비하던 초반에 가구나 침구류를 마련할 때 두 팔 걷고 도와준 사람이 바로 망할 고였기에 그는 엄마 아빠의 자금 사정을 누구보다 훤히 알고 있었던 것이다. 그제야 난 예전에 엄마와 망할 고가 이야기를 나누다가 내가 지나가면 딴짓을 하는 것처럼 느껴졌던 이유를 깨달았다. 당시에 난 망할 고가 혹시라도 엄마에게 내 비밀을 폭로할까 봐 전전긍긍하고 있었는데, 실은 엄마도 망할 고가 나에게 집 재정이 상당히 어렵다는 사실을 말할까 봐 불안해 했던 것이다. 이제야 온 가족이 모여 살면서 겨우 집이 안정된 줄 알 텐데, 부모가 또다시 돈 때문에 허덕이고 친척들에게 시달리기까지 하는 걸 알면 아들이 힘들까 봐 엄마 아빠는 나에게 들키지 않으려 조심조심했다고 말했다. 그 말에 나는 맘이 아렸다.

"엄마는 이제 우리 가족 사이에 더 이상의 비밀은 없었으면 좋겠구나."

이렇게 엄마는 긴 고백을 마무리했다. 그 말은 평서문 같았지만 너도 이참에 비밀 있으면 다 털어놓으라는 청유형의 말 같기도 했다. 명령형 같기도 했고. 하지만 난 비밀이 없었다. 기면병인 것도 다 밝혀진 마당에 비밀이 또 있을 리가······. 그 순간 문득 게스트하우스에서 지내는 은새 얼굴이 떠올랐지만 그건 우리 가족에 관한 건 아니니까라는 핑계로 머릿속에서 은새 얼굴을 슥슥 밀어냈다. 엄마는 여전히 내 얼굴을 빤히 보고 있었다. 내가 더 말하길 기다리는 눈치였다. 그래서 난 고개를 돌려 대뜸 아빠에게 느낌표를 구부린 물음표를 건네며 물었다.

"아빠는 비밀 없어?"

어쩌면 엄마 아빠의 위장 이혼에 대한 설명이 나올지도 모르겠다고 생각했다. 그런데 아빠의 입에서 나온 건 전혀 다른 이야기였다.

"말이 나와서 말인데, 여보. 우리가 열심히 일하고 돈 벌고 하는 게 다 잘 먹고 잘 살자고 하는 일이잖아. 이번 부산 여행에서 뼈저리게 느낀 건 사람은 역시 잘 먹어야 된다는 거야. 진짜 앞으로 어떻게 살지 막막했는데 맛있는 거 먹으니까 속이 좀 풀리잖아. 여보, 세상엔 안 되는 것도 있는 거야. 그러니까 그냥 우리 앞으로 끼니는 요리가 다 된 걸로 사 먹자, 제발. 내가 돈 더 열심히 벌게."

맙소사, 정말 생각지도 못한 이야기가 수류탄처럼 아빠의 입에서 굴러 나와 버렸다. 아빠는 비밀 고백에 영 꽝이었다. 한편, 엄마는 입맛이 수더분한 줄로만 알았던 아빠의 폭탄 고백을 듣고는 등 뒤에 칼이 꽂힌 듯 배신 당한 표정으로 입을 꽉 다물었다. 모닥불을 담아 부은 듯 벌게진 얼굴로 엄마는 발등만 노려보았다. 갑자기 북극에 내던져진 것처럼 하얀 파도가 얼어가는 게 눈앞에 보이는 것 같았다. 한참 후 엄마는 겨우 감정을 추스르며 말했다. 나 말고 아들한테는 할 얘기 없냐고. 엄마의 물음에 아빠는 눈을 끔뻑끔뻑하더니 나에게로 몸을 돌려서는 진심을 다해 말했다.

"미안하다, 사랑한다."

그간 택시에 손님을 태우고 다니면서 하루 종일 입도 벙긋 안 했나 보다. 아빠는 말을 너무 아껴온 탓인지 하는 말마다 분위기만 더 썰렁하게 만들 뿐이었다. 게다가 아무리 고백 타임이라지만 면도도 시작한 아들한테 뜬금없이 미안하다, 사랑한다니……. 드라마 제목 이어달리기처럼 그럼 난 아빠에게 '고맙습니다.' 해야 하나.

이렇게 애매모호한 분위기 속에서 우리 가족의 첫 고백 릴레이는 싱겁게 끝났다. 가족끼리의 대화는 야자타임처럼, 자 지금부터 시작 그리고 십 분 뒤에 땡 한다고 되는 게 아니었다.

다시 여인숙에 돌아왔을 때 예상했던 대로 방 배치가 달라졌다. 옆방 문이 열리는 소리가 들렸다. 문을 열고 살짝 내다보니 역시나 아빠가 베개와 얇은 이불을 옆구리에 끼고 마당에 놓인 평상 위를 향하고 있었다. 눈치 없는 폭탄 고백으로 인한 후폭풍이었다. 요리에 대한 신랄한 평가에 엄마가 마음이 단단히 상한 것 같았다. 이러다가 위장 이혼이 진짜 이혼이 되는 건 아니겠지. 나는 불길한 생각을 털어 버리려고 머리를 세차게 흔들었다.

잡생각을 쫓아내기 위해 게임이나 하려고 핸드폰을 꺼냈더니 전원이 꺼져 있었다. 배터리가 다 된 것이다. 가방에서 충전기를 꺼내 콘센트에 꽂은 후 전원을 켜 보았더니 그간 은새로부터 문자가 와 있었다. 은새는 우리 가족 방을 다른 사람들에게 내주는 걸 막기 위해서 망할 고와 연합해 꼼수를 쓰고 있다고 알려왔다. 손님들이 올 때마다 피터 최 몰래 그 방에서 요 며칠 전에도 사람이 죽어 나갔다는 등 유언비어를 퍼뜨리는 것도 모자라 죽은 쥐를 방 가운데 미리 놓아서 문을 여는 손님을 식겁하게 만드는 등 깨알 같은 훼방을 놓았다면서 자신의 공적을 자랑하듯 길게 문자를 보냈다. 마지막으로 문자를 보낸 것은 십 분 전이었다.

여긴우리가지키고
있으니까걱정마.
근데너언제와?

띄어쓰기 없는 문자를 한참 노려보았다. 누가 문자 보낼 때 일일이 띄어쓰기를 하냐고 생각하면서도 괜히 심통이 났다. 나에게 빨리 대답하라고, 진짜 너 무슨 생각이냐고 재촉하는 것만 같았기 때문이다.

한참 후 난 답문을 보내기 위해 핸드폰을 들었다. '지켜달라고부탁한적없어'라고 썼다가 지우고 '절대다신안가'라고 썼다가 지우고 '니가무슨상관인데'라고 썼다가 지웠다. 공책에 썼더라면 종이가 나달나달해질 만큼 계속 썼다가 지우고를 반복했다.

복잡한 마음을 지우고 싶어서 핸드폰 문자를 전체 삭제하고, 그래도 마음이 정리되지 않아 초기화를 시켜 버렸다. 내가 아는 모든 전화번호가 사라졌다.

하지만 마음은 그대로였다.

8 / 12 일

방문을 열어 보니 밤새 비가 내렸는지 창밖으로 보이는 모든 풍경이 덜 마른 수채화처럼 보였다. 나는 천천히 눈꺼풀을 깜빡였다. 그러다 문득 번개에 놀란 것처럼 눈을 크게 떴다.

비가 왔다고? 그럼 아빠는?

나는 재빨리 문을 열어 평상을 보았다. 아빠는 없었다. 하긴 비가 오는데 아빠가 목석도 아니고 내리는 비를 맞으며 버텼을 리가 없잖아. 택시에라도 들어갔겠지 싶었는데, 잠시 후 아빠는 기지개를 켜며 옆방에서 나왔다. 곧이어 화장실에서 나온 엄마가 어리둥절한 나에게 잘 잤냐고 아침인사를 건넸다. 그 모습에 긴장으로 굳었던 어깨에 힘이 탁 풀렸다. 문득 위장 이혼이니 뭐니 들먹여서 우리를 이간질한 피터 최 얼굴이 떠올랐다. 쳇, 우리 가족은 끄떡없다고 당장이라도 피터 최를 비웃어 주고 싶었다.

하지만 다시 생각해 보니 피터 최가 말하려는 건 그게 아니었다. 나는 택시 쪽으로 눈이 돌아갔다. 택시는 밤새 내린 비에 자동 세차가 돼서 반짝거리고 있었다. 남은 재산을 빼돌리기 위해 위장 이혼을 한 후 엄마 이름으로 몰래 마련했다는 택시였다.

만약에 말이다. 위장이든 뭐든 조금 더 일찍 부모님이 이혼하셨다면 원래 우리 집도 지킬 수 있었을까? 물론 위장 이혼했다가 결국 진짜 이혼으로 이어져서 남처럼 사는 부모가 많다는 얘긴 나도 들어서 알고 있었다. 초등학교 때 옆집 단짝의 부모님도 그랬었다. 그때만 해도 그깟 서류 한 장이 뭐가 대수냐 싶었다. 하지만 그 사이 빚보증 서류 한 장에 우리 집이 날아가고 또 이혼 서류 한 장으로 우리 엄마 아빠가 법적으로 부부가 아니라는 사실을 되짚어 보니 세상에 별것 아닌 건 없었다. 엄마 아빠는 어차피 이혼한 상태니까 지금 두 분이 등 돌려도 전혀 이상할 것 없다는 생각이 비집고 들어오자 머리가 깨질 것처럼 아팠다.

연못 위로 폭우가 쏟아지면 옹기종기 모여 있던 부레옥잠들이 멀어지지 않을까. 땅에 굳게 박힌 뿌리가 없으니까 언제라도 폭우를 핑계로 떨어질 수 있다는 생각에 눈앞이 캄캄해졌다.

언제까지고 이렇게 택시를 타고 계속 여행할 수만은 없었다. 경주든 포항이든 진주든 인천이든 어디든 맘만 먹으면 당장이라도 갈 수는 있겠지만 어느 곳에도 오래 머무를 순 없는 노릇이었다. 그래 봤자 이건 여행이니까. 여행이란 언젠가는 끝나기 마련이니까.

게다가 택시는 우리 가족 자가용이 아니라 아빠의 생계 수단이었다. 손님을 태우려면 엄마와 나는 다른 곳에 있어야 한다. 하지만 집이 없는데 어디로? 난 전처럼 비좁은 고시원으로 가고, 엄마는 숙식이 해결되는 여관 청소 아줌마로 어디든 가야 하겠지? 싫다. 진짜 더는 싫었다.

그때였다. 택시가 광안대교를 건너는데 엄마의 핸드폰이 울렸다. 엄마는 발신자 번호를 보고는 어두운 얼굴로 한동안 핸드폰 액정 화면을 바라보았다. 누군지 알 것 같았다. 나도 아빠도 쩌렁쩌렁 울리는 벨소리에 숨을 죽였다. 엄마는 백미러로 내 얼굴을 보더니 굳게 결심한 듯 핸드폰 배터리를 분리해 버리려고 했다. 하지만 그건 내가 원하는 바가 아니었다.

"엄마, 잠깐만. 혹시 모르잖아. 받아 보고 아니면 끊으면 되니까……."

혹시 그 변덕이 죽 끓듯 심한 피터 최가 우리한테 한 짓이 미안해서 사과하려는 건 아닐까. 나도 모르게 그런 맘이 고개를 들었다. 엄마는 내 말을 곱씹는 표정으로 핸드폰을 바라보다가 잠시 후 숨을 크게 들이쉬고는 전화를 받았다. 전화기 밖으로 앵앵 큰 소리가 나는 게 들렸지만 정확히 무슨 말을 하는지는 알 수 없었다. 택시가 달리는 중이라 빠른 속도 때문에 명확히 들리지 않았다. 엄마는 아랫입술을 깨물고 핸드폰을 꼭 들고 있었다. 그리고 한참 후 말했다.

"그런 건 알아서 해결해요. 그리고 우린 그 돈 받은 적 없어요. 그러니까 당신한테 줘야 할 의무도 없고."

저쪽에서 다시 앵앵거리는 소리가 들리자 엄마가 말을 이었다.

"그건 고 할아버지와 해결하라니까요. 그리고 은새는 쫓아내면 안 돼요. 아니, 고 할아버진 되고 은새만 안 된다는 게 아니라, 둘 다 안 돼요. 특히 은새는……."

엄마는 백미러로 내 눈치를 힐끗 보더니 어쨌거나 절대 그러지 말라고 단호하게 엄포를 놓았다. 엄마의 그런 모습은 처음이었다. 하지만 저쪽에서는 전화라고 엄마를 더 만만하게 봤는지 다다다다 쏘아 대기 시작했다. 엄마는 더는 그쪽에서 말이 끝나길 기다리지 않았다. 할 말은 해야겠다는 듯 또박또박 말했다.

"자꾸 돈돈 하는데 우리도 게스트하우스 개장할 때 있는 돈 없는 돈 다 끌어서 쏟아 넣었어. 평생 이모한테 연락 한 번 안 했으면서 이제 와서 이모가 남긴 집 차지하니까 좋니? 허, 그래, 그러니까 그 집 껴안고 잘 먹고 잘 살라고! 이, 거지새끼야!"

그러더니 엄마는 전화를 끊어 버렸다. 순간 핸드폰을 창밖으로 휙 던져 버리지는 않을까 걱정될 정도로 엄마의 행동은 과격했다. 그리고 거지새끼는, 엄마가 할 수 있는 가장 심한 욕이었다. 아빠는 잘했다면서 엄마의 어깨를 한 번 잡아 주었다. 난 얼떨떨한 표정으로 뒷좌석에 몸을 쭈그린 채 말을 아꼈다.

아침을 먹으러 간 재첩국 식당에서 우리는 무거운 얼굴로 숟가락만 움직였다. 음식은 나쁘지 않았다. 하지만 맛을 느끼지 못할 만큼 엄마의 얼굴이 어두웠다. 얼굴 전체에 다크서클이 곰팡이처럼 퍼져 있는 것만 같았다.

한편 식당의 텔레비전에서는 아침 방송이 나오고 있었다. 교통 상황을 알려 주었는데, 내일이 개학인 학교가 많아서 아침부터 고속도로 곳곳에 정체되는 현상이 두드러진다는 것이었다. 엄마는 고개를 들어 나를 보았다.

"용하 너도 내일 개학이니?"

"응."

우리 가족은 다시 침묵했다. 엄마는 입맛이 없는지 숟가락을 상 위에 놓았다. 나도 숟가락을 놓고 말했다.

"엄마."
"응?"
"이제 우린 어디서 살아?"
"……."
"게스트하우스에 저축한 거 다 쏟아부어서 돈도 없잖아."
"으응."
"나 고시원 싫어. 또다시 엄마랑 떨어져서 사는 것도 싫고, 아빠가 택시에서 쪽잠 자는 것도 싫어."
"걱정 마. 월세 방이라도 구하면 돼. 돈은 어떻게든 빌리면 되고. 엄마 아빠가 다 알아서 할게. 무슨 일이 있어도 다신 예전처럼 고시원 같은 데 너 혼자 두지 않을 거야. 그리고 거기는 다시 안 가야지. 계속 그치와 부딪치면 스트레스 받아서 네 병도 더 안 좋아질 테니까."

나는 말없이 반이나 남은 밥그릇을 내려다보았다. 엄마의 말에서 그간 숨겨 보려 했던 엄마의 속내가 고스란히 느껴졌다. 엄마는 게스트하우스로 돌아간다면 어떻게 될까, 우리의 앞일을 속으로 생각해 봤던 것이다. 나 역시 겉으로 티는 내지 않았지만 그 집을 계속 생각하고 있었다. 언제 올 거냐고 물었던 은새의 문자를 받은 때부터였던 것 같다. 나는 결심을 굳히고 엄마에게 말했다.

"우리 올라가자."
"응?"
"거기 가자고."
"응? 으응. 하긴 짐도 다 못 챙겨서 빼 와야 하고 생각해 보니 집 서류 문제도 있고, 그래 정리하기 위해서라도 한번 가긴 해야겠지?"

엄마는 여전히 내 눈치를 보고 있었다. 그래서 나는 조금 더 확실하게 마음을 다잡고 말했다.

"나 엄마가 생각하는 것보다 강해. 물론 이상한 병 때문에 겉으로는 좀 나약해 보일 수도 있지만 보이는 게 다가 아니잖아. 그러니까 날 믿어 줘. 나 거기 가서도 잘할 수 있어."

엄마는 나를 보았다. 우리 가족을 지키기 위해서라도 같이 살 집이 꼭 필요하다는 걸 엄마가 알아 줬으면 싶었다. 내 마음이 전해진 걸까. 엄마는 천천히 고개를 끄덕이고는 아빠를 돌아보며 물었다.

"여보, 당신은……."

뒷말은 '어떻게 생각해?'였을 것이다. 하지만 엄마는 뒷말을 끝맺지 못한 채 기가 막힌 눈으로 아빠를 보았다. 아빠가 재첩국의 마지막 국물까지 단숨에 들이켠 후 트림을 꺼억 내뱉었기 때문이다. 아빠는 그래도 이야긴 다 들었다는 듯 엄마와 내 생각을 무조건 따를 거라고 말했지만 이미 틀어진 분위기를 수습하진 못했다. 엄마는 한숨을 삼키며 일어서서 먼저 나가 버렸다. 머쓱해진 아빠는 변명하듯 나에게 말했다.

"남기면 아깝잖아. 맛있게 끓인 주방장한테 예의도 아니고."

어쨌거나 그 길로 우리 가족은 서울로 향했다. 하지만 택시 안에서 우리는 서로 한 마디도 하지 않았다. 처음엔 아빠의 재첩국 탐닉 사건 때문에 엄마가 꽁해서 말을 안 하나 싶었지만 꼭 그런 것 같진 않았다. 서울이 가까워져 올수록 엄마 아빠는 나 몰래 서로를 보며 눈으로 대화하고 있었던 것이다. 과연 이게 옳은 결정인지 아직 확신하지 못하는 얼굴이었다. 나 역시 핸드폰을 계속 만지작거렸다. 은새에게 지금 가는 중이라고 연락을 해야 할까, 피터 최가 지금 집에 있는지 물어볼까, 피터 최에게 뭐라고 하지? 머릿속이 복잡해서 멀미가 날 것 같았다.

차가 많이 막혀서 해질녘이 되어서야 서울에 도착했다. 아빠가 근처에 택시를 주차하는 사이 나는 한 손으로는 짐을 들고 다른 손으로는 엄마의 손을 잡고 대문 안으로 들어갔다. 뒤이어 아빠도 나머지 짐을 어깨에 이고 손에 든 채 뒤따랐다.

다행인지 불행인지 마침 피터 최가 공용 거실에 있었다. 얄밉게도 마루에 신문지를 깔아 놓고 한가하게 발톱이나 깎으면서 마당으로 들어서는 우리를 스윽 쳐다보았다. 이제 왔냐는 눈빛인지, 왜 왔냐는 눈빛인지 도무지 속을 알 수 없는 의뭉스러운 눈길이었다. 긴장해서 침을 꿀떡 삼키는데 저쪽에서 문이 열리는 소리가 들렸다. 사람이 들어서는 소리에 방문을 열고 나온 망할 고와 은새가 반기는 눈으로 우리 쪽을 보고 있었다. 잘 왔다는 미소였다. 그들의 응원에 용기를 낸 나는 배에 힘을 주고 말했다.

"우리 가족 앞으로 여기서 계속 살 거예요."

"허 참, 누구 맘대로?"

"여기는 우리 집이니까요."

피터 최가 병찐 얼굴로 보거나 말거나 우리 가족은 짐을 들고 개선장군처럼 우리 방으로 다시 돌아왔다.

8 / 13 월

학교에 가자마자 그간 잊고 있던 녀석들이 다시 나를 귀찮게 했다.

쉬는 시간이면 족제비턱은 드럼 스틱을 무기처럼 마구 휘두르며 마치 드럼 세트가 자신의 주위에 배치되어 있는 양 책상을 두드려 댔다. 신기 들린 듯 빠른 연주였다. 몇몇 애들이 족제비턱 주위로 몰려들어 넋을 잃고 그 모습을 바라보았다. 연주가 끝나자마자 대단하다며 박수까지 터져 나왔다.

반 애들의 환호에 도취된 족제비턱은 드럼 스틱을 휘황찬란하게 돌려 댔다. 거만한 꼴이라니, 목구멍에 손가락을 넣어 토하고 싶을 만큼 꼴불견이었다. 그런데 빙빙 돌아가던 드럼 스틱이 어느 순간 딱 멈추었다. 반 애들의 눈길이 전부 족제비턱 쪽으로 돌아갔다. 족제비턱이 쥐고 있는 드럼 스틱의 뾰족한 끝이 잘 벼려진 칼처럼 내 쪽을 향해 있었다. 너 기다려라, 곧 죽여 주마 하는 의미 같았다.

뒷목의 머리카락이 삐죽 곤두설 만큼 짜증 났다. 하지만 짜증도 감정이었다. 감정은 곧 발작으로 이어진다는 걸 오랜 경험 끝에 터득한 나는 짜증을 누르기 위해 숨을 고르며 족제비턱으로부터 돌아섰다. 하지만 등 뒤에 꽂힌 드럼 스틱이 나를 겨누고 있는 게 오롯이 느껴졌다. 족제비턱 입에서 빵 소리가 나면 간식 하나 얻어먹으려고 애쓰는 강아지처럼 바닥에 픽 쓰러져야 하나. 모두들 나에게 그런 모습을 바라는 것 같았다. 키득거리는 주위의 웃음소리 속에서 잔인한 기대감이 엿보였다.

담임의 종례가 끝나자마자 지옥에서 탈출하려는 것처럼 나는 서둘러 학교 바깥으로 나와 버렸다. 금붕어 똥처럼 은새가 나를 뒤쫓아 왔다.
"솔직히 아까 그건 음악이 아니라 순 폭력이었어. 힘 조절도 못 하는 그런 찌질이 따위 신경 쓸 것도 없어."
은새는 나와 함께 운동장을 가로지르면서 위로했다. 물론 은새의 말 따위 별로 위로도 되지 않았다. 자신의 일이 아니니까 그렇게 쉽게 말할 수 있는 거라고, 니가 내 입장이면 그런 말 못 할 거라고 벌처럼 쏘아 주려는데 불현듯 은새가 걸음을 멈추었다. 은새가 신경 쓰여서 나까지 덩달아 그 자리에 섰다. 갑자기 무슨 일인가 싶어서 주위를 돌아봤더니 교문 앞에 한 아주머니가 서 있는 게 보였다. 은새는 그 아주머니와 눈이 마주치자마자 재빨리 주머니에서 엠피스리 이어폰을 꺼내서 귀에 꽂았다. 마치 전방 20m 앞에 귀신을 발견하고는 황급히 부적을 꺼내 드는 퇴마사처럼 행동이 날랬다.
"너 뭐하냐. 아는 사람이야?"
"나 먼저 간다."
그러더니 은새는 자신을 부르는 아주머니를 피해 햇빛을 본 바퀴벌레처럼 빠른 걸음으로 도망갔다. 얼결에 난 은새를 따라 뛰다가 이건 아닌데 싶어서 제자리에 멈추었다. 뒤돌아보니 아주머니가 몹시 상처 받은 얼굴로 교문에 붙박여 꼼짝도 못 하고 있었다. 나는 멀어지는 은새와 교문에 못 박힌 듯 서 있는 아주머니를 번갈아 보았다. 아무래도 은새 어머니인 것 같았다. 하긴 딸이 가출을 한 후로 하루 이틀도 아니고 거의 한 달 가까이 못 봤을 테니 상처 받지 않았다면 거짓말일 것이다. 병원에서 내가 기면병임을 오랫동안 숨겨 왔다는 사실을 알게 된 엄마의 표정과 아주머니의 상처 받은 얼굴이 묘하게 닮아 있어서 쉽게 돌아설 수가 없었다.

왠지 이 말은 꼭 해야 할 것 같아서 뚜벅뚜벅 아주머니에게 다가갔다.

"은새 저희 집에서 지내고 있어요."

아주머니는 경기를 일으킬 것 같은 표정으로 바뀌었다. 순간 아차 싶었다. 이렇게 앞뒤 빼고 몸통만 말하는 게 아니었는데. 그래서 난 다시 말했다.

"그게 저희 집이 게스트하우스거든요. 은새는 손님방에 머무르고 있어요. 더 일찍 말씀드렸어야 했는데 죄송해요."

난 왠지 은새와 공범이 된 것 같아 어깨도 움츠러들고 고개도 수그러들었다.

"그럼 네가 그 용하네 집의 용하겠구나. 네 어머니한테 들어서 알고 있어."

나는 깜짝 놀란 눈으로 아주머니를 보았다. 아주머니는 은새가 가출할 때 가지고 나간 자신의 신용카드 내역을 조회해서 딸의 행적을 찾아 결국 '용하네 집'에 당도했던 것이다. 이미 우리 엄마를 만나 자초지종을 얘기했다는 말에 난 너무 놀라 아래턱이 빠지는 줄 알았다.

"저희 엄마가 이미 다 알고 있었다고요?"

"네 어머니가 은새를 더 몰아세우면 애가 낯선 곳으로 도망가서 위험해질지도 모르니, 당분간 당신이 잘 보살펴 주겠다고 하셨거든. 그래도 이제 개학도 했고 애 아빠도 은새가 기숙 학원에 간 게 아니란 걸 눈치 챌 텐데 싶어서 이제라도 집에 데려가려고 했는데……."

아주머니는 은새에게 얘기 좀 잘해 달라고 나에게 부탁한 후 무겁게 걸음을 돌렸다. 이걸 어째야 하나 싶어 한동안 나는 망부석처럼 멍하게 서 있었다.

집에 돌아와 보니 피터 최가 뿜어내는 빡빡한 분위기에 질식할 것 같았다. 하지만 난 망할 고의 충고대로 '그러거나 말거나' 무시하기 방법을 택했다. 우리 가족 모두 어젯밤부터 그러거나 말거나로 초지일관 피터 최를 대하고 있었다. 어디서 개가 짖나, 여름이라 모기가 앵앵거리나 보네 하는 표정으로 말이다.

이런 태평한 대응 방법에 피터 최는 잔뜩 약이 올라 똥 마려운 강아지처럼 마당을 동동거리며 돌아다녔다. 큰소리를 치기도 하고 정색하는 방법도 써먹으며 엄마에게 돈 좀 내놓으라고 협박했다. 그러나 전과 달리 씨알도 안 먹히자 다짜고짜 공용 거실로 달려가 도자기를 품에 안았다. 화풀이로 도자기를 팽개치려나 싶었는데 예상과 달리 피터 최는 도자기를 안은 채 그대로 대문 밖으로 나갔다. 이제 보니 아무래도 좀 모자란 사람 같았다.

엄마가 공용 부엌으로 한숨을 삼키며 들어간 후 난 교복도 갈아입지 않은 채 곧바로 은새 방 앞에 똬리를 틀고 기다렸다.

은새는 저녁 늦게 돌아왔다. 사복 차림이었다. 그 모습에 문득, 내가 고시원 주인에게 학생인 걸 들키지 않기 위해 지하철 화장실에서 교복을 갈아입던 게 떠올랐다. 은새도 그런 걸까. 우리 엄마한테 고등학생인 걸 들키지 않으려고?

"잠깐 얘기 좀 해."

"싫어."

은새는 딱 잘라 거절하고는 찬바람을 일으키며 방 안으로 들어가 버렸다. 하지만 방의 구조상 은새는 화장실을 가기 위해서라도 언젠가는 방에서 나올 수밖에 없었다. 난 은새가 나와 이야길 할 때까지 밤을 새서라도 기다릴 요량으로 문 앞에 양반다리를 하고 앉았다. 엄마는 이상한 눈초리로 날 힐금거리면서 지나갔지만 딱히 뭐라고 하진 않았다. 내가 은새의 비밀을 감추고 있었단 사실을 엄마가 진즉에 알고 있었단 게 떠올랐지만 뭐, 서로 감춘 게 있으니 퉁칠 생각이었다.

은새가 시위하듯이 음악을 크게 틀어 놓는 바람에 문 바깥으로 쿵쿵 비트가 새어 나왔다. 하지만 밖으로 나올 생각이 전혀 없는 듯 방 안에서 꼼짝하지 않았다. 누가 이기나 두고 보자며 난 문지기처럼 팔짱을 끼고 기다렸다.

그런데 어느 순간 나도 모르게 깜빡 졸았나 보다. 깨어 보니 방 안이었다. 그것도 엄마 아빠 방.

"남자애가 여자 방 앞에서 그러면 못쓴다."

아빠가 목소리를 깔고 말했다. 은새 방 앞에 널브러져 있는 날 아빠가 데려온 것 같았다. 혹시 그 모습을 피터 최에게 들켰을까 봐 쪽팔려 죽을 것 같았다. 그런데 멀리서 돼지 멱따는 소리로 대애한민국을 외치는 게 들려왔다. 피터 최였다. 피터 최는 아까 들고 나간 도자기를 팔아 술값을 마련했는지 술에 떡이 돼서 네발로 기어들어 왔다. 엄마가 눈치를 주자 아빠는 한숨을 삼키며 피터 최를 어깨에 들쳐 업고 사랑방으로 데려가 눕혔다.

거긴 내 방인데. 나는 아쉬운 눈으로 내 방을 뚫어지게 보다가 돌아앉았다. 일단 은새 문제가 먼저였다. 내일은 은새와 꼭 얘길 해서 담판을 지어야지.

8 / 14 화

은새가 학교에 안 나왔다. 분명 아침에 나보다 일찍 나갔는데 어딜 간 건지……. 혹시 아예 나가 버린 걸까. 설마? 진짜? 아, 모르겠다. 수업 시간 내내 은새가 신경 쓰여서 랄라랜드에 더 자주 갔다. 그리고 그런 내 모습을 기다렸다는 듯 재수탱 녀석들은 나를 더 귀찮게 했다. 이젠 이골이 날 만도 한데 그럴 때마다 매번 화가 났다. 스스로 화를 낸다는 사실이 더 찌질해 보여서 너무 짜증이 났고, 짜증이 차곡차곡 쌓인 탓인지 예고 없이 랄라랜드에 끌려갔다. 깨고 난 후에는 내 의지와 상관없이 랄라랜드에 갔었다는 사실에 또다시 화가 났다. 악순환의 쳇바퀴에 갇힌 것 같았다.

그래서 학교 끝나고 집으로 향하면서 처음엔 은새를 보자마자 내가 받은 오늘 하루의 짜증을 장풍처럼 되돌려 줄 생각이었다. 그래서 은새 방으로 걸어가 문을 벌컥 열었다. 순간, 혹시 말도 없이 내뺀 건 아닐까 싶었는데 짐이 그대로 있었다. 은새의 짐 가방을 보는 순간 목구멍까지 차올랐던 화가 스르르 사라져 버렸다. 다행이라는 생각뿐이었다.

"야! 너 왜 남의 방을 보고 그래?"

뒤를 돌아보니 은새가 서 있다. 깊게 파인 티셔츠에 화장을 짙게 한 무서운 누나 버전의 은새였다. 나는 침을 꿀떡 삼킨 후 은새의 시꺼먼 눈두덩이를 똑바로 바라보며 말했다.

"랄라랜드가 궁금하다고 했지? 알고 싶음 따라와."

그러고는 집 밖으로 나와 홍대 근처 놀이터 쪽으로 앞서 걸었다. 랄라랜드가 진짜 궁금했는지 은새는 군소리 없이 뒤따라 나왔다. 놀이터에 도착해서 벤치에 앉자마자 은새가 먼저 입을 열었다.

"우리 엄마가 너네 집에 왔었지?"

갑작스럽게 명치끝으로 훅 들어온 공격에 깜짝 놀라 은새를 보았다.

"뻔해. 그럴 것 같더라."

그게 뻔한 거였나? 그럴 줄 몰랐던 건 나 혼자뿐이었나? 왠지 당한 느낌이었다. 난 목소리를 가다듬고 은새에게 공격을 되돌려 주었다.

"너 처음부터 그럴 줄 알고 신용카드 막 썼던 거 아니야?"

"뭐?"

"엄마 신용카드 훔쳐 오면서 출처 조회하면 뜨는 것도 몰랐단 말이야?"

내 추궁에 은새의 눈이 가늘어졌다. 곧이어 고개를 외로 꼬고 말했다.

"진짜, 엄마도 아니야. 딸이 집을 나갔는데 보름이 넘도록 찾지도 않았어."

"너네 엄마 너 여기 있는 거 알고 계셨어."

"뭐? 언제부터? 아 씨, 어제가 아니라 예전부터?"

나는 어제 학교 앞에서 은새 어머니로부터 들은 이야기를 들려줬다. 우리 엄마가 은새의 실체를 이미 다 알고 있었다는 것도. 이야기를 다 들은 은새는 온몸에 힘이 빠진 표정이었다. 하지만 곧이어 그러거나 저러거나 상관없다는 듯이 표정을 단단하게 조였다.

"나한테 그때 그런 폭언을 퍼붓고 미안하다고 하지도 않고, 내가 가출해서 멀리 있으니까 오히려 잘됐다는 듯이 이제껏 방관한 것 봐. 진짜, 엄마도 아니야."

은새는 진짜, 엄마가 아니라고 부정하면 맘이 좀 풀릴 것처럼 아까부터 유치하게 굴었다.

"엄마한테서 미안하다는 말을 꼭 듣고 싶은 거야? 그 말 들으면 풀릴 것 같아?"

"넌 누구 편이니? 너도 어른들 편이야?"

"어른이 나빠? 너도 어른인 척했잖아. 음악이 좋으면 고등학교에도 많은데 굳이 어른인 척해서 대학생들 록밴드에 들어가고 미성년자 출입금지 클럽에 공연하러 간 거잖아."

"……."

"난 네가 원하는 게 뭔지 모르겠다."

말로 뱉고 보니 진짜 은새가 원하는 게 뭔지 알 수 없었다. 꽤나 은새를 아는 척 말해 왔지만, 그 애와 몇 번 대화를 나누고 은새 어머니와 한 번 이야기를 나누었을 뿐이었다. 너에 대해서 더 알고 싶다는 표정으로 나는 은새를 물끄러미 바라보았다. 침묵을 고수하던 은새는 한참 후에 입을 열었다.

"내가 원하는 건 부모님이 원하는 거랑 달랐어."

은새 부모님은 은새의 성적이 잘 안 나와도 언니처럼 고등학교 땐 뭔가 달라질 거라고 기대했다. 그런데 은새의 고1 첫 모의고사 성적이 엉망진창으로 나오자 인정사정없는 스케줄로 학원과 과외 뺑뺑이를 돌렸다. 그렇게 닦달하면 은새도 은새 언니처럼 변할 거라고 생각했던 것이다.

하지만 은새 언니가 지독하게 공부한 이유는 하루라도 빨리 집에서 탈출하기 위해서였다. 성공해야 이 지긋지긋한 집으로부터 완전히 독립할 수 있다면서 은새에게만 속마음을 털어놨던 것이다. 은새 언니는 명문대에 붙자마자 기다렸다는 듯 유학을 가 버렸고 은새는 집에 혼자 남겨졌다. 큰딸의 성공으로 자신의 교육 방법에 더욱 확신을 얻은 은새 아빠는 더욱더 은새를 리모컨처럼 컨트롤하려 들었다.

물론 은새도 언니가 성공한 방법을 시도해 보지 않은 건 아니었다. 3년만 나 죽었다 생각하고 참으면 그 후로 평생 자유를 얻을 수 있을 거라며 잠시 공부에 매달려 보기도 했다. 하지만 은새에게 공부는 산 넘어 산이었다. 공부를 안 하면 몰라서 틀리고 좀 하면 헷갈려서 틀렸다. 명문대에 가야만 자신의 가치를 인정받을 수 있다는 그 말도 안 되는 고정관념에 신물이 나기 시작했다.

더는 싫었다. 아무리 가족이라도 나 아닌 다른 사람이 짜 놓은 스케줄 표에 맞춰서 인생을 살기엔 지금 이 순간이 몹시 소중했다. 그래서 은새는 언니가 아이비리그 교환학생으로 떠나기 전 언니의 지갑에서 학생증을 훔쳤다. 그 학생증을 이용해 지겨운 청소년에서 벗어나 어른을 미리 맛보기로 한 것이었다. 그래서 반항하듯 대학생이라고 속이고 오디션을 봐서 밴드에 들어갔다.

하지만 밴드는 초반부터 삐거덕거렸다. 가장 큰 문제는 멤버들과의 부조화였다. 여태껏 지하 연습실에서 혼자 드럼을 치던 은새는 처음 호흡을 맞춰 본 밴드 멤버들과의 부조화로 힘든 시간을 겪었다. 강약을 조절하지 못한 은새의 드럼 소리가 모든 악기 소리를 압도했던 것이다. 하지만 멤버들이 자꾸 소리를 죽이라고 하는 걸 은새는 받아들이지 못했다. 그건 마치 자신의 존재를 죽이라고 하는 것 같았기 때문이다. 잦은 충돌 끝에 밴드 리더가 은새에게 드럼은 어차피 반주 같은 거니까 밑에 안개처럼 깔아 주기나 하라는 말을 함부로 내뱉었고, 그 일은 은새에게 깊은 상처가 되었다.

마그마처럼 부글부글 끓어오르는 와중에도 기말고사는 점점 다가왔다. 밴드 멤버들은 다 대학생이라 벌써 방학한 지 오래여서 매일 연습하자고 난리 치지, 기말시험은 사상 최악으로 죽 쓰지 정말 죽을 맛이었다. 그래서 내가 진짜 원하는 게 뭘까, 음악이 맞는 걸까, 은새는 고민하기 시작했다.

그러던 중 악명 높은 담임의 수업 시간에도 태연히 자는 내 모습을 보고 내심 대단하다고 생각했다고 한다. 용기 있게 자신이 원하는 대로 자고 싶으면 냅다 자 버리는 나를 보며 은새는 스스로를 돌아보았다. 점수도 안 나오면서 공부를 완전히 포기한 것도 아니고, 그렇다고 음악에 올인하지도 못한 채 어정쩡하게 양쪽에 한 발씩 걸친 채로 끙끙대고 있었던 것이다.

물론 수학 시험 시간에 감독 선생님이 나에게 기면병 약 잘 챙겨 먹고 있냐고 묻긴 했지만, 은새는 그 말을 믿고 싶지 않았다. 단순히 병 때문에 내가 자는 거라고 믿고 싶지 않았던 것이다. 그래서 진실을 확인하기 위해 시험 끝나는 날 무작정 나를 따라왔다가 내가 재수탱 녀석들에게 랄라랜드 얘길 하는 걸 들었다.

"어쩌면 내가 꿈꾸는 세상이 네가 가는 랄라랜드일지도 모르겠다 싶었어."

이제껏 은새의 말을 가만히 경청하던 나는 랄라랜드란 말이 나오자마자 망치로 머리를 맞은 것처럼 정신이 번쩍 들었다.

"하지만 내가 랄라랜드로 널 데려갈 수 있는 것도 아니잖아. 난 피터팬도 아니고, 거긴 네버랜드도 아니야."

"맞아. 그리고 난 웬디도 아니지. 그래도 너한테 랄라랜드 얘길 많이 들으면 나도 내 꿈에서 랄라랜드에 갈지도 모르잖아."

꿈에서 랄라랜드로 간다고? 나는 은새를 처음 보는 사람처럼 쳐다보았다. 뭐야, 이제껏 그래서 랄라랜드를 그렇게나 궁금해 했던 거였나!

"그래서였어? 그래서 너도 기면병에 걸린 나처럼 툭툭 쓰러지려고? 그러면 라알라랜드로 가니까? 그런 게 부러웠던 거야?"

은새는 갑작스럽게 흥분하는 내 모습에 놀랐는지 입을 다물고 놀란 눈으로 나를 보았다. 나는 그런 은새 모습에 더욱더 화가 났다. 탄젠트 곡선을 그리듯 화가 머리 위로 쭉쭉 뻗어 나갔다.

"너 진짜 웃기는 애구나."

나는 그 말과 함께 은새를 놀이터에 남겨 두고 집으로 발길을 돌렸다. 애초에 어머니와 화해시켜 주려고 랄라랜드를 내세워 은새와 대화 좀 해 보려고 했던 게 잘못이었다. 아까 은새 가족 이야기를 들으면서 나도 모르게 그 앨 이해하고 위로해 주고 싶었던 맘 따위 쓰레기통에 처박아 버리고 싶었다. 기분이 더러웠다.

기분 탓일까. 심장이 벌렁거리면서 눈앞이 흐려졌다. 젠장, 하필 이런 순간에. 나는 걸음을 조금 더 재촉했다. 쓰러지더라도 최대한 은새에게서 멀리 떨어진 곳이어야 했다. 일 분도 되지 않아 어어 하는 순간 정신을 잠깐 잃었다. 몇 분 뒤에 일어났을 때 예상한 대로 주위에는 아무도 없었다. 개미 새끼 한 마리도. 바닥에서 몸을 일으킨 후 이쯤이야 아무 일도 아니라는 듯 난 일부러 엉덩이를 세게 털고 집으로 향했다.

잊고 있었다. 인생은 어차피 독고다이라는 걸. 남 일에 참견해선 안 된다는 걸.

8 / 15 수

오후에 엄마와 함께 병원에 갔다. 예약한 날이었기 때문이다. 병원에서는 약을 처방해 주면서 수면 패턴의 특징을 명확하게 파악하기 위해 수면 일기 쓸 것을 추천했다. 엄마가 옆에 있어서 난 이미 쓰고 있다고 말도 못하고 건성건성 네네 대답했다.

그런데 병원에서 주는 수면 일기용 종이는 내가 지금 쓰는 것과 전혀 달랐다. 뭔가 체계적이고 꽉 짜여 있다고 할까. 24시간이 세분화 돼 있었는데 낮잠 잔 시간과 실제로 잠들었다고 생각한 시간, 그리고 완전히 잠자리에서 일어난 시간에 빗금 표시를 하라고 했다. 비가 내리는 것처럼 죄다 빗금 표시를 하라니. 이게 어떤 도움을 준다는 건지 알 수 없었다.

집에 돌아와 보니 망할 고가 이번엔 공용 거실에 있던 노트북을 들고 나가려는 피터 최를 말리느라 한바탕 엉겨 붙어 있었다. 엄마와 내가 끼어들어 겨우 피터 최에게서 노트북을 빼앗았다. 삼 대 일 쪽수에 밀려서 진 게 분했는지 피터 최는 어디 두고 보자고 씩씩거리더니 대문을 박차고 나가 버렸다.

이 난리가 벌어지는 동안에도 은새 방은 굳게 닫혀 있었다. 나도 흥이었다.

8 / 16 목
오늘은 정말 쓰러질 뻔했다.

한두 번도 아니고 재수탱 녀석들이 심심풀이 땅콩처럼 날 대하는 것에 진절머리가 났다. 반 애들은 그걸 뻔히 보면서도 입에 금 쪼가리라도 물고 있는 것처럼 침묵했다. 은새도 마찬가지였다. 자신의 자리에 앉아 주머니에 손을 넣은 채 이어폰을 귀에 꽂고 1교시부터 7교시까지 꼼짝도 안 했다. 아무도 건들지 말라는 식으로.

난 쓰러지는 모습을 보이고 싶지 않아서 아침부터 수업 끝날 때까지 쉬는 시간에도 계속 책상에 누워 있었다. 아무도 날 건드리지 않았다. 선생님들도 애들도. 모두들 차라리 내가 그렇게 죽은 듯 자기를 바라는 것 같았다.

집에 왔다는 인사도 없이 터덜터덜 방으로 향했다. 문을 여는 순간, 안에 있던 엄마가 화다닥 종이 같은 걸 감추었다. 설마 내 비-트를 본 건가 싶어서 온몸의 털이 곤두섰다. 그런데 생각해 보니 비-트는 내 가방 안에 있었다. 엄마 아빠와 함께 방을 쓰게 된 이후부터 비-트는 언제나 내 가방 깊숙이 따로 보관했던 것이다.

엄마는 종이를 서둘러 앞치마에 구겨 넣은 뒤 간식이라도 줄까 물으며 방을 나갔다. 내 대답도 듣지 않고서. 엄마가 왜 저러는지 모르겠다.

늦은 밤 엄마가 피터 최에게 이모할머니의 산소 위치를 가르쳐 주려다가 또 큰 소리가 났다. 열 받은 피터 최는 고소장을 제출하겠다고 방방 뛰었다. 이러니 방 하나가 비어 있어도 손님이 제대로 들 리가 없었다.

병원에서 준 수면일기에 온통 빗금 표시를 해 버렸다.

8 / 17 금

몸이 안 좋다는 핑계로 학교를 빠졌다. 엄마는 병원에 가 보자고 했지만 나는 내 몸은 내가 더 잘 안다면서 방 안에 드러누운 채 꼼짝하지 않았다. 얼마 후 공용 거실에서 엄마가 용하 몸이 안 좋아서 학교에 못 갈 것 같다고 통화하는 소리가 들렸다. 그런데 곧이어 엄마가 새된 목소리로 되물었다.

"용하 할아버지라뇨? 네? 무슨 말씀이신지……."

아차. 반사적으로 나는 몸을 벌떡 일으켰다. 아까 엄마가 담임에게 전화한다고 했을 때 이 상황을 예측했어야 했는데……. 나는 전전긍긍 애태우며 뒤늦게 머리를 굴렸다. 양단간에 결정해야 했다. 방문을 걸어 잠그든지, 즉시 밖으로 튀어 나가든지. 난 두 번 생각할 것도 없이 잽싸게 옷을 주워 입고 대문 밖으로 달렸다. 엄마가 뒤에서 내 이름을 부르는 소리가 들렸지만 나는 무작정 앞으로 달렸다.

그간 꼬박꼬박 먹은 약이 효과가 좀 있는 건지 다행히 거리에서 쓰러지진 않았다. 하지만 갈 곳이 없었다. 돈도 가지고 나오지 않아서 피시방 같은 곳에 갈 수도 없었다. 그래서 땀만 삐질삐질 흘리며 걷다가 놀이터로 갔다. 놀이터에는 사람이 없었다. 애들도 모두 유치원에 있을 시간인 것 같았다.

계단을 올라가 공중에 연결된 플라스틱 터널 속으로 들어갔다. 터널 안에 몸을 길게 누인 후 엠피스리를 꺼내 더는 효과도 없는 비탈리 샤콘느를 들었다. 몇 시간이 지날 때까지 계속.

그러기를 한참 후 왠지 누군가의 시선이 느껴져 몸을 일으켰다. 아니나 다를까 터널 끝에서 누가 고개를 거꾸로 한 채 나를 보고 있었다. 꼭 영화의 한 장면처럼 섬뜩하게 말이다. 한기와 함께 몰려든 두려움에 난 꼼짝도 못한 채 상대를 바라보았다.

역광이어서 누군지 잘 안 보였다. 설마 엄마? 난 반사적으로 눈을 꽉 감아 버렸다. 모른 척하고 싶었다. 아니, 그건 제발 날 가만히 내버려 두라는 의미였다. 잠시 후 발소리와 함께 미지의 인물이 멀어지는 소리가 들렸지만, 난 여전히 꼼짝 않고 있었다.

그런데 곧이어 밑에서 누군가 툭툭 터널을 치기 시작했다. 진도 7의 지진이 오는 것처럼 플라스틱 터널 전체가 흔들렸다. 뭐야 이건! 나는 발딱 몸을 일으켜 터널에서 나왔다. 날 좀 가만히 내버려 두라고 소리치려는데, 상대는 엄마가 아니라 은새였다. 내가 놀란 눈으로 보자 은새가 가려운 데 긁어 주는 것처럼 먼저 입을 열었다.

"너네 엄마가 너 좀 찾아 달랬어."

"뭐?"

"너네 엄마가……."

"들었어. 근데 날 찾아서 뭘 어쩌려고?"

"그거야, 나도 모르지."

은새가 속 편하게 대답했다. 나는 너무 쉽게 내 위치를 발각당했다는 생각에 기분이 헝클어졌다. 그래서 따지듯이 물었다.

"너 내가 여기 있는 줄 어떻게 알았어?"

"몰랐는데?"

"뭐? 너 여기 나 찾으러 온 거 아니야?"

"찾으러 온 건 맞는데, 설마 했지. 넌 갈 데가 그렇게 없냐. 고작 나랑 저번에 왔던 데를 오게. 세 번 만에 맞혔다. 록클럽 앞, 공원, 그리고 여기."

은새는 날 찾으러 온 사람답지 않게 몹시 귀찮다는 투로 말했다.

"근데 네가 왜 날 찾으러 와?"

"아까 말했잖아. 너네 엄마가…… 야, 근데 너는 무슨 일을 그렇게 처리하냐. 너네 엄마가 학교에 담탱이 보러 와서 그 녀석들 하고 있었던 일 다 듣고, 나까지 다시 담탱한테 불려가고……. 아까 교무실에서 너네 엄마랑 딱 마주치는데 심장 떨어지는 줄 알았어."

"설마 엄마가…… 담임이 너 우리 집에 머무는 거 알아? 미치겠네. 그 녀석들도 다 알아?"

"사람 말을 끝까지 들어. 나도 그래서 모든 게 들통 날까 봐 완전 쫄았는데, 너네 엄마가 날 처음 보는 척하시더라. 그래서 나도 가만히 있었지. 다음 쉬는 시간 틈타서 토끼려고 가방 들고 학교 밖으로 나왔는데, 글쎄 너네 엄마가 교문 앞에서 날 기다리고 있더라고. 엄마들은 어쩜 그렇게 수법이 다 똑같은지. 교문 앞에서 기다리면 장땡인 줄 알아. 어쨌든 나한테 널 좀 찾아 달라고 부탁하시더라고."

"찾아서 뭐하게. 거짓말했던 거 반성하라고? 나한테 실망했다고 하려고?"

"그건 모르겠고 나한테 돈 주시더라. 너 지갑도 핸드폰도 없이 나갔다고, 너 찾으면 이 돈으로 같이 밥 먹으래."

나는 할 말이 없었다. 이 와중에도 엄마는 밥 타령이라니. 밥 좀 안 먹으면 어때서. 좀 안 먹는다고 죽기라도 하나. 괜히 코끝이 매워졌다.

"진짜 너네 엄마 왜 이렇게 짜증 나게 착하시냐. 사악한 우리 엄마랑 너무 달라. 아, 짜증 나."

은새처럼 나도 진짜 짜증 난다고 말하고 싶었다. 하지만 짜증이 나기보단 몸에 힘이 빠졌다. 엄마는 내가 그 녀석들에게 기면병 쇼를 보여 주겠다고 했다는 담임의 말을 곧이곧대로 믿었을까. 날 어떻게 생각할까.

그때 은새가 내 손에 들려 있는 엠피스리를 가져가서는 자신의 한쪽 귀에 꽂고 나를 올려다보았다.

"이거였구나."

"뭐가?"

"항상 궁금했었어. 랄라랜드 출입증 말이야."

나는 얼굴이 따끔거렸다. 제발 은새의 눈에 내 얼굴이 잘 익은 토마토처럼 비치지 않길 바랐다. 은새는 엠피스리에 시선을 고정한 채 말을 이었다.

"끝내주네. 근데 이걸 이 정도 볼륨으로 듣는단 말이야? 너 큰 소리에 약하다고 하지 않았나? 이거 듣다가 혹시 쓰러진 적 없어?"

"음, 없어."

"왜? 이것도 소리가 크긴 마찬가지잖아."

"그냥, 그건 소리가 아니라 음악이잖아."

난 그 음악과 싸워서 내 감정을 무디게 만든다는 이야기는 차마 할 수 없어서 그렇게 얼버무렸다. 그런데 조금 이상하긴 했다. 내 기억으로는 비탈리 샤콘느뿐만 아니라 음악을 들을 때는 랄라랜드에 끌려간 적이 없는 것 같았다. 음악으로 인해 감정이 무뎌진 게 아니라 혹시 난 나를 편안하게 만들어 주는 걸 원했던 건 아닐까. 그런데 그게 음악이라고? 난 목소리도 별로고 악기도 하나 못 다루는데……. 혼란스러웠다.

난 생각을 쫓아내려고 머리를 좌우로 흔들었다. 어차피 가출 같지 않은 가출을 한 지금, 놀이터 말고는 갈 곳도 마땅찮아서 은새에게 딱 걸리지 않았는가. 당장은 그 문제가 먼저였다. 난 은새에게 물었다.

"넌 이럴 때 어디 가?"

은새가 나를 빤히 보았다. 나는 고개를 떨어뜨린 채 말을 이었다.

"진짜 갈 데가 없더라고. 속은 부글부글 터질 것 같은데 갈 데가 없어."

내 말에 은새는 갑자기 가방에서 드럼 스틱을 꺼냈다. 나도 모르게 얼굴이 찌푸려졌다. 드럼 스틱을 보는 순간 족제비턱의 야비한 얼굴이 떠올랐기 때문이다. 하지만 은새는 내 표정과는 상관없이 드럼 스틱을 쥐고 놀이터 미끄럼틀을, 그네 기둥을 투두두둑 때렸다. 그러자 소리가 뚜두두둥 울렸다.

"난 그럴 땐 그냥 무작정 막 이러고 다녀. 아무 데나. 테러하듯이. 너도 한번 해 볼래?"

그러더니 은새가 나에게 드럼 스틱을 던졌다. 얼결에 드럼 스틱을 잡았지만 하기 싫었다. 드럼 스틱을 잡고 두드리는 순간 족제비턱이 그랬던 것처럼 야비한 놈이 되는 것 같았기 때문이었다. 난 됐다면서 은새에게 다시 드럼 스틱을 던졌다. 그러고는 놀이터 밖으로 나와 버렸다. 은새는 말없이 내 뒤를 따라왔다.

 그런데 어느 순간, 빠른 걸음으로 날 앞선 은새가 드럼 스틱으로 골목 중간에 있는 철제 대문을 두드려 두그두그두그 비트를 쳤다. 조용하던 골목이 은새의 깜짝 테러에 쩌렁쩌렁 울렸다. 곧이어 그 집에서 아기가 앙 우는 소리와 함께 어떤 자식이야 하고 새된 소리로 받아치는 아기 엄마의 목소리가 들려왔다. 쿵쾅쿵쾅 마당에서 대문 쪽으로 걸어오는 소리가 들리자 그 즉시 은새는 빠르게 도망갔다. 그 자리에 멀뚱히 있다가는 내가 한 짓으로 오해 받을 것 같아서 나도 은새를 따라 골목을 내달렸다. 그렇게 말도 안 되는 장난과 뜀박질이 계속 이어졌다. 세 번째부터는 사이좋게 드럼 스틱을 하나씩 나눠 쥐고 젓가락 행진곡을 치는 것처럼 서로 비트를 맞추며 철문을 두드려 댔다.

 그런데 다섯 번째 장난을 치려고 할 때쯤, 누가 신고를 한 건지 아니면 동네 순찰 시간에 걸린 건지 골목 저 끝에서부터 경찰 둘이 짝을 지어 오는 게 보였다. 우리는 이크 소리를 삼키고는 부리나케 반대 방향으로 도망쳤다. 세상 끝으로 가는 것처럼 숨이 차오르도록 내달려서 경찰을 따돌린 우리는 가로등을 붙잡은 채 배를 잡고 웃었다. 한바탕 시원하게 웃고 나자 뱃속에 눌려 있던 짜증의 찌꺼기까지 모두 비워진 것 같았다.

 해가 지고 난 후 한참이 지나서야 우리는 누가 먼저랄 것도 없이 집으로 향했다. 은새는 같이 들어가면 좀 웃기니까 너 먼저 들어가라면서 내 등을 떠밀었다. 자신은 편의점에 들렀다가 이따 가겠다고 했다. 그래서 난 먼저 집으로 들어갔다.

 그런데 내가 올 줄 알고 있었다는 듯 엄마와 아빠가 마당에서 있었다. 아무래도 은새가 미리 문자를 보낸 것 같았다. 공용 부엌에서 나오던 망할 고는 헛기침을 하며 방으로 들어가려고 종종걸음을 쳤다. 내가 사라진 사이 망할 고가 부모님의 추궁을 옴팡 다 뒤집어썼을 생각을 하자 좀 미안했다. 나는 미안한 마음에 차마 망할 고를 똑바로 마주보지 못하고 옆으로 슬쩍 비켜섰다. 하지만 망할 고는 나를 향해 괜찮다는 듯한 눈짓을 보내준 후 방으로 들어갔다.

"밥은 먹었냐?"

아빠가 물었다. 그러고 보니 오늘 하루 종일 아무것도 안 먹었다는 게 생각났다. 그냥 먹었다고 고개를 끄덕일까 하다가 가로저었다. 비밀이든 거짓말이든 더는 솔직하지 않은 것에, 내 감정을 무장하고 다르게 표현하는 것에 지쳤던 것이다. 그러자 엄마는 밥을 챙겨야겠다면서 공용 부엌으로 들어가려 했다. 난 지금이 아니면 안 되겠다 싶어서 엄마를 붙잡았다.

"드릴 말씀이 있어요."

그리고 엄마 아빠와 함께 방으로 들어갔다.

"학교에서 무슨 말씀을 들으셨는지 모르겠지만, 저 기면병 이용해서 쇼 같은 거 한 적 없어요."

엄마 아빠는 아무 말이 없었다. 그게 우리도 그렇게 생각했다는 믿음의 묵언인지, 아니면 네 말을 믿기에는 그간 거짓말이 너무 많은 것 같은데 하는 불신의 침묵인지 알 수 없었다. 그때 꼬르륵 소리가 났다. 아빠였다. 아빠는 헛기침으로 무마하려 했지만 방귀 소리처럼 장은 계속 밥 달라고 소리 쳤다.

"밥부터 먹자."

아빠의 말이 떨어지기가 무섭게 엄마가 공용 부엌으로 향했다. 엄마가 나간 후에 아빠가 나에게 공책 한 권을 스윽 내밀었다. 비-트였다. 나는 깜짝 놀라서 죽는 줄 알았다. 설마설마하고 있는데 아빠가 입을 열었다.

"아까 네가 나가 버렸다고 엄마한테 연락이 와서 집에 왔는데, 뭘 어째야 할지 알 수가 있어야지. 걱정 돼서 일단 네 핸드폰에 전화를 걸었는데 핸드폰이 가방 속에서 울리더구나. 그래서 핸드폰 찾다가 이걸 발견했다. 흠흠, 엄마는 모른다."

"읽으⋯⋯셨어요?"

아빠는 입을 굳게 다물었다. 진짜 창피해서 죽고 싶었다.

"첫 장만 읽었다. 더 읽고 싶었지만 읽으면 말하고 싶어질 거고, 그러면⋯⋯ 그게 앞에 적어 놓은 경고문이 맘에 걸리더구나. 사실 내가 요즘 치질이 있어서⋯⋯."

아빠는 택시에 너무 오래 앉아서 생긴 치질로 고생 중이었는데 개미가 기어 다니는 것처럼 엉덩이가 간지러울 거라는 경고 문구에 너무 짜증이 나서 비-트를 덮어 버렸다고 했다. 그 말에 나는 눈치 없이 웃음이 튀어나오려고 해 이를 꽉 깨물었다. 잠시 후 엄마가 아빠와 나를 부르는 소리가 들렸다. 아빠는 나에게 재차 비-트를 내밀면서 헛기침을 했다.

"아빠도 옛날에 일기 많이 썼어. 방학 숙제로 써서 근면상도 받았었는데, 아무래도 네가 날 닮았나 보구나."

아빠는 '국민학교' 1학년이었던 호랑이 담배 피우던 옛날 옛적을 회고했다. 그러더니 어쨌든 들키지 않게 간수 잘하라면서 내 어깨를 툭 치고 일어났다.

엄마가 준비한 음식은 라면이었다. 믿을 수 없게도, 맛있었다. 아빠는 조용히 엄지를 치켜들었다. 엄마는 이 상황에 주책맞게 굴지 말라는 듯 아빠를 조용히 흘기고는 땀을 뻘뻘 흘리면서 초특급 청양고추 팍팍 라면을 먹었다. 우리 가족은 대화 없이 라면만 먹었지만 속은 비할 수 없이 든든했다.

8 / 18 토

나는 엄마와 함께 게스트하우스 단장에 들어갔다. 마트에 가서 손님들용 세면도구와 녹차 티백, 생수 등을 한껏 마련하고 인사동에 가서 멋스럽게 생긴 금고도 이참에 하나 마련했다. 그리고 마당에 있는 작은 텃밭에 토마토, 상추, 고추도 나란히 심었다. 마지막으로 결정적으로 서비스를 하나 더 늘렸다. 일정한 거리에서의 픽업 서비스를 아빠의 택시로 해 준다고 대대적으로 광고를 했다.

피터 최는 팔짱을 낀 채 그렇게 용써 봤자 다 쓸데없는 짓이라며 큰소리쳤지만 그러거나 말거나 우리는 우리 할 일만 했다. 결국 피터 최는 혼자 씩씩거리다가 두고 보자면서 집 밖으로 나가 버렸다.

"두고 보자는 사람 치고 무서운 사람 하나 없는 법이지."

망할 고는 걱정 말라면서 우리와 함께 텃밭을 일구었다. 나는 씨앗을 심은 흙을 덮으면서 피터 최가 나간 대문을 보았다. 다신 돌아오지 않았으면 좋겠다는 바람을 가지고.

8 / 19 일

이른 아침부터 은새 어머니가 집으로 찾아왔다.

은새 어머니는 얘기 좀 하자며 은새 방 앞에 계속 서 있었다. 엄마는 자리를 피해 줄 생각인지 아빠와 함께 장을 좀 보러 가야겠다면서 나가 버렸는데, 하필 그때 나는 방에서 랄라랜드에 다녀오느라 동참하지 못했다. 피터 최는 어젯밤 외박해서 아직 안 들어온 상태였고, 망할 고 역시 일이 있다며 일찍 나가 버렸다. 하릴없이 난 방 안에 앉아 밖에서 나는 소리에 귀를 기울였다. 문 두드리는 소리가 계속 마당을 울렸다. 은새는 한참 후 방에서 나와 짜증이 그을음처럼 밴 목소리로 퉁명스럽게 말했다.

"난 할 얘기 없어."

"엄마는 있어. 나가서 얘기 좀 하자."

"하려면 여기서 해."

"제발 엄마 말 좀 들어."

"싫어."

"은새 너 변했어. 시끄러운 음악 하더니 더는 엄마 아빠 말도 안 듣고."

"엄만 그렇게 생각해? 내가 드럼을 시작하더니 변했다고? 난 내가 언니처럼 자기 생각도 감정도 없이 공부하는 기계로 변해 버리는 게 무서워서 시작한 거야. 솔직히 말해서 우리 집은 너무 조용해. 공부를 위해서라는 핑계로 펜 움직이는 소리 외에는 그 어떤 소리도 낼 수 없잖아. 그게 얼마나 사람 숨 막히게 하는 건 줄 알아?"

"그게 다 너희 잘되라고 그런 거지. 지금 너 이러는 건 반항 그 이상도 이하도 아니야. 아빠 곧 출장에서 돌아오셔. 그러니까 얼른 집에 가자."

"언제나 엄마는 아빠 눈치만 보지. 맞아, 나 반항하고 싶어서 드럼 시작했어. 드럼 스틱으로 북이며 심벌즈며 막 두들겨 패는데 스트레스가 풀리더라. 처음엔 그랬어. 그냥 두드리고 큰 소리 나고 그게 너무 좋았다고. 그런데 이젠 아니야. 요즘은 드럼 없인 못 살 것 같아. 드럼 연주가 나한텐 특별하다는 걸 인정해 줘."

은새 어머니는 은새의 절절한 얘길 잠자코 듣더니 말했다.

"그래서 집에 안 들어오겠다는 거니?"

"집? 이런 식으로 들어가면 뭐가 달라지는데? 나 혼자 또 다 참으라고?"

은새는 더는 엄마랑 말 섞기도 싫다면서 신발을 신고 밖으로 나가 버렸다. 뒤이어 은새 어머니가 따라 나가는 소리가 들렸다. 마당은 다시 조용해졌다.

방 가운데 대자로 누워 천장을 보고 있던 나는 그래도 친구인데 아까 쫓아나가서 은새를 편들어 줬어야 하는 게 아닌가 하는 생각을 했다. 그러나 이미 지난 일이었다. 생각의 핸들을 돌리듯이 팔베개를 하며 옆으로 돌아눕는데 문득, 시야 저편 옷걸이에 엄마의 앞치마가 걸려 있는 게 보였다. 앞치마는 공용 부엌에 있어야 하는 거 아닌가 하는 생각이 잠깐 들었지만, 그게 뭐 대순가 싶어 다시 반대 방향으로 돌아누웠다. 그런데 저번에 엄마가 앞치마 주머니에 어떤 종이를 후다닥 감추던 모습이 머릿속에 떠올랐다. 나도 모르게 고개가 스르륵 뒤로 돌아갔다.

도대체 무슨 종이였을까.

얼마 전 아빠가 나를 존중해서 비-트를 읽지 않았던 게 떠올랐지만 내 손은 이미 슬금슬금 앞치마 주머니로 향하고 있었다. 결국 난 앞치마를 가져와 종이를 꺼냈다. 여러 번 접었다 폈는지 종이가 고깃고깃했다.

종이에 적힌 내용을 읽은 후부터 나는 밖으로 나가지 못하고 있다. 엄마의 앞치마에 숨겨져 있던 종이는 이모할머니의 유언장이었다. 그런데 우리가(아빠와 나) 알고 있는 변호사가 준 유언장과 정반대되는 내용이 담겨 있었다.

왜 이런 게 여기 있는 거지? 난 이걸 대체 왜 읽은 걸까.

종이를 없애 버리고 싶다.

8 / 20 월

저녁에 피터 최가 우리에게 폭탄을 던졌다. 오늘 아침에 고소장을 제출하고 왔다는 것이었다. 세상이 떠나가라 자동차 경보장치가 빠앙 울린 것 같았다. 그 말 한마디에 순식간에 우리는 빙하 속에 갇힌 것처럼 꼼짝도 못 했다. 피터 최는 이로써 자신에게 공이 넘어온 걸 눈치 챈 듯 의기양양하게 술 약속을 잡으며 밖으로 나가 버렸다.

피터 최가 나간 뒤에도 우리 가족은 뭐라고 쉽게 입을 떼지 못했다. 기어코 이 집을 자신이 가져가려는 것 같았다. 모르긴 몰라도 법정까지 가면 아무래도 친자식인 피터 최의 말을 들어주지 않을까. 이모할머니의 변호사를 통한 정당한 법적 절차로 얻은 집이지만, 또 다른 유언장이 있는 한 안심할 수 없었다.

엄마는 넋이 나간 얼굴로 앞치마의 아랫배 부근을 감싸고 있었다. 나는 알고 있었다. 엄마의 손은 배가 아니라 주머니를 가리고 있다는 것을. 그리고 그 주머니 안에는 우리에게 절대적으로 불리한 내용이 담긴 종이가 들어 있었다. 당장이라도 빌어먹을 앞치마를 낚아채 불태워 버리고 싶었다. 하지만 내가 그 종이에 대해 아는 척하는 순간, 종이의 위력을 인정하는 꼴이 되어 버리고 우리 집도 끝장난다는 생각에 겨우 참았다.

그런데 그런 종이가 있다는 비밀을 끝까지 지키면 피터 최를 이겨서 우리 집에서 몰아낼 수 있을까? 모르겠다. 모를 때는 일단 입 다물고 모른 척하는 게 최선인 것 같다. 음.

우리 집을 지키기 위해서는 영원히 종이의 존재를 모르는 척 침묵해야 한다는 걸 나도 알고 있다. 알고 있는데, 이때까지 우리가 피터 최에게 당한 걸 생각하면 이게 맞는데, 자꾸만 사십구재 때 보았던 사진 속 이모할머니의 얼굴이 떠오른다.

8 / 21 화

야자가 끝나고 집으로 돌아오는 길이었다. 집으로 가는 골목에서 커다란 배낭을 멘 대학생 둘이 나오는 걸 봤다.

"그러니까 내가 들어가지 말자 그랬잖아."

"간판이고 뭐고 아무것도 없을 때부터 알아봤어야 했는데."

"근데 아까 그 술 취한 남자 너무 웃기지 않니?"

그 말을 듣자마자 난 여행객으로 보이는 그 누나들이 우리 집에서 나오는 길이라는 걸 직감할 수 있었다. 나는 멈추어 선 채 내 옆을 스쳐가는 그들의 대화에 귀를 세웠다.

"방에 사람이 뻔히 있는 것 같던데 바로 방을 빼 준다니 그게 무슨 경우야. 그리고 그 아줌만 또 뭐래."

"낸들 알아? 지연이가 인터넷에 올라온 후기 보고 거기 완전 초특급 싸다고 해서 일부러 찾아갔더니, 뭐 싼 게 비지떡인 거지."

"그렇게 싸지도 않더구만. 그 돈이면 차라리 최신식 모텔에 가겠다."

대학생 누나들이 골목길을 돌아 사라질 때까지 난 그 자리에 못 박힌 듯 서 있었다. 그런데 문득 그들의 대화 중에 '술 취한 그 남자'라고 묘사한 부분이 떠올랐다. 피터 최가 또 술을 먹은 건가. 이번엔 또 어떤 진상 짓을 하고 있는 건지. 나는 혼자 있을 엄마의 방패가 되기 위해 집으로 달려갔다.

대문을 열어 보니 역시나 술에 취해 눈이 게게 풀린 피터 최가 엄마를 향해 삿대질을 하며 큰 소리를 내고 있었다.

"그 이모 소리 좀 그만하라고! 당신한테는 친절하고 고마운 이모였을지 몰라도 그 여잔 나한테는 아무것도 아니라고! 지나가는 개미 새끼만도 못해."

"아무리 술에 취해도 그렇지 못 하는 소리가 없네. 그게 자식으로서 할 소리야!"

"내가 왜 못 해. 왜! 그 여자가 자식한테 해 준 게 뭐가 있는데! 이 집만 해도 그래. 빌어먹을. 그것도 엄마라고 뒤늦게 죽었단 소식 듣고 달려온 내가 바보지. 그동안 연락 와도 모른 척했던 게 면목 없어서, 장례식에도 못 가고 가슴 끓인 내가 미친놈이지. 장례식 때 가서 보란 듯이 상을 다 엎어 버렸어야 했는데. 마지막까지 나한테는 아무것도 안 해 준 양반한테 더 모질게 했어야 하는 건데! 한국에 들어와 작은아버지한테서 이 집이 알랑방귀나 뀌던 당신한테 넘어갔다는 거 안 들었으면 평생 나만 아무것도 모르고 바보 천치 됐을 거라고. 나 바보 아니야! 더는 무시 당하지 않을 거라고!"

울분을 토하는 피터 최의 말에 엄마는 아무 대꾸도 하지 못했다. 엄마는 앞치마 주머니 속에 찔러 넣은 두 손을 그러쥔 채 발발 떨고 있었다. 나는 그런 엄마를 보았다. 그리고 피터 최를 보았다. 입안에 있는 주먹을 휘두르듯 피터 최의 혀는 멈출 줄 모르고 거침없이 공격을 가했다.

"그러니까 이 집 좀 받았다고 유세 떨지 말라고! 그 노인네가 남긴 거 내가 다 말아먹고 부숴 버릴 거니까. 어디 두고 봐!"

피터 최의 목적을 이제야 알게 되었다. 그는 단순히 재산을 챙기려던 게 아니었다. 이 집을 산산이 파괴해서 돌아가신 이모할머니에게 복수하려는 것이었다. 엄마는 말을 하고 싶지만 속에 너무 많은 응어리가 맺혀 말이 안 나오는 사람처럼 입을 벌렸다가 다물었다. 그리고 사시나무 떨듯 몸을 떨었다.

나는 가만히 엄마에게 다가갔다. 그리고 엄마의 손을 꽉 잡아 준 뒤 앞치마의 주머니 속으로 두 손을 넣었다. 엄마의 주먹

안에 구겨진 종이가 느껴졌다. 나는 엄마를 보았다. 엄마도 나를 보았다. 알고 있었니 하는 물음과 알고 있었어요 하는 대답이 눈에서 눈으로 오고 갔다. 곧이어 엄마의 주먹이 스르르 풀어졌다. 나는 앞치마 속에서 구겨진 종이를 꺼내 피터 최에게 건네주었다. 피터 최는 날 선 눈으로 나를 노려보았다.

"이모할머니가 돌아가시기 전에 엄마에게 남긴 편지예요."

"뭐, 이 집을 네 엄마한테 준다는 유언장? 변호사한테 줬다는 그거? 이런 확실한 증거가 있으니 나보고 이제 그만 포기하고 떨어지라는 거야 뭐야!"

내가 아니라고 입을 열려는데, 엄마가 옆으로 와서 내 어깨를 감싸며 대신 나섰다. 엄마는 더 이상 떨지 않았다. 엄마의 목소리는 단단해져 있었다.

"이모가 남긴 마지막 편지야. 처음엔 나한테 쓰신 줄 알았는데, 계속 읽다 보니 아마도 이모는 내가 너한테 이걸 보여 주길 바라셨던 것 같아."

피터 최는 그런 냄새피우는 말 따위 믿지 않는다는 듯 코웃음을 치더니 내 손에서 종이를 채 갔다. 두 눈으로 직접 확인해 보겠다는 것이었다. 피터 최는 거실 불빛 아래에서 종이를 눈에 바짝 갖다 댔다. 하지만 술에 취해서 잘 안 보이는 듯 눈을 크게 껌뻑거리며 한 자 한 자 힘들게 읽어 나갔다. 피터 최의 얼굴에서 서서히 술기운이 걷히는 게 내 눈에도 보였다. 한편 다리에 힘이 풀린 엄마는 쪽마루에 앉으면서 혼잣말하듯 피터 최를 향해 말을 이었다.

"이모는 이 집이 결국 너에게로 가기를 바라셨던 거야. 네 가슴에 큰 멍에를 준 건 이제 와서 되돌릴 수 없다는 걸 뼈저리게 아셨지만, 그래도 마지막으로 어미의 정이 담긴 무언가를 주고 싶으셨던 거지. 혹시라도 상진이 네가 돈이 필요하다고 하면 이 집을 팔아서라도 주길 바라셨던 것 같아. 변호사를 통해 내 이름으로 이 집을 남긴 이유도 얼마 전에야 알 것 같더라. 상진이 네가 마음의 골이 깊어서 이모가 이 집을 너한테 남겼다고 하면 뻗대면서 받지 않을 게 뻔하니까, 일단 나한테 남기셨던 거겠지. 어쩜, 이모는……."

엄마는 숨을 크게 들이마신 후 다시 말을 이었다.

"마지막 편지는 공식적인 것도 아니고, 네가 말했듯이 나한테는 변호사가 인정한 정식 유언장도 있는 마당에 이런 냄새피우는 편지 사실 모른 척하려고 했어. 우리 가족도 이 집 아니면 나가서 살 데가 없으니까 나만 독하게 맘먹고 버티면 된다고 생각했는데, 근데 이건 아닌 것 같다."

엄마가 이야기하는 동안 피터 최는 편지를 다 읽었는지 숨을 식식 몰아쉬었다. 엄마는 피터 최를 보면서 말했다.

"이모도 흠이 많은 사람이었지만 너한테는 그래도 친엄마였잖니. 마지막으로 가시는 길에 그토록 자식한테 엄마 품을 주고 싶으셨던 건데 내가 막을 순 없지. 나도 엄만데."

그 말을 하면서 엄마는 날 쳐다봤다. 못 먹을 음식을 억지로 입에 넣은 것처럼 피터 최의 볼이 실룩댔다. 그러고는 침을 뱉듯이 소리쳤다.

"이딴 거짓말 하나도 안 믿어!"

그러더니 편지를 갈기갈기 찢어서 던져 버렸다. 잘게 찢긴 종이가 바람에 흩날려 허공을 떠돌았다. 곧이어 피터 최가 대문을 열고 나가면서 그 찢어진 종이들도 함께 집 밖으로 휩쓸려 나가 버렸다. 피터 최는 그렇게 집을 나갔다.

8 / 22 수

저녁에 돌아와 보면 여기가 과연 우리 집이 맞을까 싶을 만큼 심각하게 조용했다. 피터 최는 오늘도 소식이 없었고, 은새는 자정이 넘어서야 들어올 때가 많았고, 망할 고는 볼일이 있는지 요즘 집을 자주 비웠다. 그리고 아빠는 야간 근무를 하느라 평일에는 얼굴 보기도 힘들었고, 엄마는 지친 얼굴로 방에 드러누워 있었다.

난 멍하니 대문을 보고 있을 때가 많았다. 새로운 손님을 기다리는 건 아니었다. 그냥 나도 모르게, 계속 기다려졌다.

8 / 23 목

아침에 피터 최가 마당으로 들어섰다. 불과 며칠 사이 많이 상한 얼굴이었지만 술에 취하진 않은 것 같았다. 피터 최는 아무 말 없이 곧장 방으로 들어가더니 곧이어 커다란 짐 가방을 들고 나왔다. 떠나려는 것이었다. 내 아침 식사를 챙겨 주던 엄마는 황급히 마당으로 나가 피터 최를 말렸다.

"이렇게 갑자기 떠나는 법이 어딨어."

엄마의 만류에도 피터 최는 입에 자물쇠라도 채운 것처럼 말이 없었다.

"일단 그 짐 놓고 나랑 얘기 좀 해."

엄마는 나가려는 피터 최의 짐 가방을 빼앗으려 들었다. 실랑이를 벌이면서 몸을 돌리던 피터 최가 나와 눈이 마주쳤다. 뭘 보냐고 한 소리 할 줄 알았는데 의외로 피터 최가 먼저 눈을 피했다. 당황스러웠다. 왠지 내가 피터 최에게 몹쓸 짓을 한 것 같아 죄책감마저 들었다.

그때 망할 고가 식빵을 씹으면서 다가와 벙쪄 있는 나에게 말했다.

"넌 학교 안 가냐? 은새는 아까 나가던데."

"오늘은 안 가도 돼요."

"이 녀석이 은근히 학교를 날로 먹으려 들어. 넌 학교 가, 이 녀석아. 집은 내가 지킬 테니까."

"할아버진 요즘 맨날 밖에 나가면서…… 됐어요. 우리 집은 제가 지켜요."

"오늘은 쉬는 날이야. 그러니까 넌 학교 가."

그렇게 망할 고에게 등 떠밀리는 바람에 얼결에 난 집 밖으로 나왔다. 다시 들어갈까 싶었지만 밖으로 나오니 다시 들어가는 게 좀 머쓱하게 느껴졌다. 그리고 나 대신 집을 지키겠다는 (도대체 무슨 수로 지키겠다는 건지 모르겠지만) 망할 고의 말이 왠지 미덥기도 했고, 내가 있으면 오히려 피터 최가 엄마와 이야길 나누는 데 방해될 것 같아서 학교 쪽으로 걸음을 옮겼다.

근데 쉬는 날이라니? 망할 고가 혹시 일을 구했나? 궁금해서 다시 집으로 돌아갈까 했지만, 그랬다간 지각이었고 지각이면 운동장 오리걸음이라 일단 학교로 부리나케 뛰었다.

점심시간에 은새를 학교 뒤쪽 공터로 불러서 우리 집에 있었던 일을 숨도 쉬지 않고 다 말해 주었다. 은새는 흥미진진한 얼굴로 내 말을 경청하더니 아리송한 표정으로 물었다.

"그럼 뭐야. 피터 최가 집을 나간다는 거야, 안 나간다는 거야?"

"그건 나도 모르겠어. 오늘 집에 가 보면 알 수 있지 않을까?"

"으음. 어쨌거나 그래도 난 피터 최는 맘에 안 들어."

"나도 그래. 참, 근데 너 요즘 왜 이렇게 늦게 다니냐. 집에서 얼굴 보기가 힘들어서 이런 일을 한꺼번에 보고해야 하잖아. 맨날 밤 열두 시 넘어서 들어오고. 여자애가……."

내가 구시렁거리자 은새가 내 얼굴을 빤히 보았다. 그러더니 바늘처럼 가늘어진 눈으로 나를 보며 말했다.

"너 지금 좀 웃긴 거 알지? 내가 밤에 들어오건 새벽에 아침이슬 맞으면서 들어오건 그런 걸 니가 왜 신경 써. 니가 우리 아빠도 아니고, 그렇다고 내 남친도 아니고. 너 설마, 내가 들어올 때까지 기다려?"

"아니, 그게 아니라……. 야, 너 사람 되게 이상하게 몬다. 자다가 밤늦게 대문 소리 나면 그것 때문에 잠에서 깨니까 넘 짜증 나서, 진짜 모기가 귓가에서 앵앵대는 것처럼 신경 쓰여서 그런 거지."

"짜증? 모기가 앵앵?"

이상하게 대화가 벌레 쪽으로 휘어지면서 은새와 나는 티격태격 다투었다. 운동장 스피커에서 나오던 가요가 끊기면서 점심시간이 끝나자 우리는 어쩔 수 없이 휴전을 하고 돌아섰다. 그렇게 숨을 식식거리며 공터에서 같이 걸어 나오다가 하필이면 재수탱 녀석들과 딱 마주치고 말았다.

"뭐냐, 이 안 어울리는 조합은?"

"설마 너희들, 에이…… 그거야?"

녀석들은 붕어가 뻐끔거리는 것처럼 입술을 내밀어 쭉쭉거리고 놀리면서 저쪽으로 멀어져 갔다. 상상하는 것 하고는…… 완전 저질이었다. 어쨌거나 이로써 난 재수탱 녀석들에게 놀림거리를 하나 더 던져 준 거나 다름없었다.

재수탱 녀석들이 우리 사이를 오해해서 유치하게 놀린 사건 이후로 은새와 난 학교 끝날 때까지 한 마디도 하지 않았다. 당연히 눈도 마주치지 않았고 집에도 같이 오지 않았다. 물론 다른 날에도 그랬지만 오늘은 더 의식적으로 서로를 하루 종일 피했다.

야자가 끝나고 진이 빠져서 집에 돌아와 보니, 어라! 피터 최가 아직 집에 있었다. 망할 고가 따로 알려 준 이야기에 따르면, 오전에 엄마가 피터 최와 함께 아빠 택시를 타고 이모할머니의 산소에 다녀왔다고 했다. 진즉에 했어야 할 일을 이제야 치른 것이었다. 엄마 아빠는 내가 온 줄도 모르고 밤늦게까지 피터 최와 방에서 이야기를 나누고 있었다.

"참, 근데 아침에 오늘 쉬는 날이라고 했었죠? 혹시 일 구한 거예요?"

"뭐, 일이라고 할 것까지야······."

"뭔데요? 어디서 일해요? 저번에 같이 갔던 곳 중에 연락 온 거예요?"

"사내 녀석이 궁금한 것도 많다. 나중에."

대화를 끊을 용도로 맞춰 둔 알람처럼 절묘한 타이밍에 망할 고의 핸드폰이 울렸다. 망할 고는 발신자를 보더니 빙글빙글 웃으면서 핸드폰을 들고 방으로 들어가 버렸다. 아무래도 망할 고가 더위를 먹은 것 같았다. 어쨌거나 그래서 결국 마당에 나 혼자 남겨졌다. 이럴 때 은새라도 있었으면 좀 덜······.

안용하, 너 왜 이러냐. 재수탱 녀석들한테 또 놀림 받고 싶어? 그리고 네가 왜 자꾸 은새 걱정을 해! 걘 알아서 하겠지. 근데 진짜 무슨 여자애가 겁도 없이 맨날 이렇게 늦게까지 돌아다니는지 모르겠다. 늦게 들어오는 걸 모르면 모를까, 알면서 무시하기란 콧등에 난 커다란 여드름을 모른 척하라고 요구하는 것처럼 무진장 어려운 일이다. 아, 차라리 몰랐던 때가 너무 그립다. 분명히 말하는데 은새와 한집에 사는 거 무지하게 싫다. 너무 짜증 나고 신경 쓰인다. 빨리 은새가 자기네 집으로 가 버렸으면 좋겠다.

8 / 24 금
엄마는 피터 최와 함께 살기로 결정했다고 나에게 통보했다.

굳이 결사반대 피켓을 들지 않아도 내 표정이 다 말해 주길 바라면서 난 최대한 미간을 찡그렸다. 엄마와 아빠가 내 속마음을 눈치 채고는 이야기를 시작했다.

"음, 많이 불편할 거란 거 엄마 아빠도 알아. 하지만 용하야, 상진이 삼촌도 이제 우리 가족이라고 생각하자. 가족은 서로 싸우기도 하고 때론 실수도 하지만 그래도 가족이잖니."

그러니 지난 허물일랑 다 덮자고 말하는 엄마 아빠를 나는 불신의 눈으로 쳐다봤다. 혹시 피터 최가 그사이 무슨 농간을 부린 건 아닐까. 아무리 그래도 그렇지, 망할 고도 아니고 은새도 아니고 하필이면 피터 최를 가족으로 생각하고 같이 살자니! 하숙생도 아니고 가족처럼 말이다. 피터 최를 가족으로 맞아들이느니 차라리 지나가던 개 한 마리를 데려다 기르는 게 정서적으로나 경제적으로나 훨씬 더 도움이 될 것 같았다.

"저번에 이모할머니 마지막 편지 일도 있었고, 나도 엄마 말 이해 못 하는 건 아니야. 하지만 그래도 이건 너무 충동적이잖아. 엄마도 겪어 봐서 알겠지만 그 사람 성격도 진짜 이상하고, 술도 많이 마시고, 술 마시면 또 개처럼 되는데……."

아빠가 멋쩍은 얼굴로 끼어들었다.

"앞으로 술 문제는 없을 거다. 어제 아빠랑 굳게 약속했어. 원래 술 때문에 문제가 좀 있어서 외국에서 금주 모임도 나가면서 꽤 노력했다더라. 그것도 모르고 네 엄마랑 내가 저번에 그 사람 맘을 돌리겠다고 술을 억지로 권해 가지고는……. 어쨌든 앞으로 술 문제는 없을 테니 걱정 말아라."

"뭐 술이야 그렇다 쳐도…… 그래도 사람 성격이 쉽게 변하는 것도 아니고……."

 난 끝까지 인정할 수 없다는 태도로 구시렁거렸다. 물론 어린애 입양하는 것도 아니고 다 큰 어른을 가족으로 맞아들인다는데 문제가 복잡해 봐야 얼마나 복잡해지겠냐고 생각할 수도 있다. 하지만 누누이 말하지만 생전 처음 보는 친척도 아니고, 노란 머리 휘날리며 우리를 집요하게 괴롭혔던 바로 그 피터 최였다. 난 엄마 마음을 돌리기 위해 마지막으로 감정에 호소해 보기로 했다.

 "엄만 저 아저씨 안 미워? 엄마를 이상한 사람으로 몰면서 바로 며칠 전까지 그렇게 못 되게 굴었는데도?"

 엄마는 내 말에 지난 일들이 잠시 떠오르는 듯 숨을 크게 들이마셨다. 옳거니 이제야 엄마도 이성을 찾는구나 싶어 난 희망을 가지고 대답을 기다렸다. 엄마는 크게 숨을 고르더니 나에게 말했다.

 "음, 용하야, 우리 게스트하우스 첫 손님 생각나니?"

 "첫 손님? 아…… 그 시인?"

 "시인?"

 "그게…… 시각장애인의 앞글자랑 뒷글자를 따서 줄임말로 내가 시인이라고 이름 붙였었거든. 왠지 그 사람은 사람을 보는 눈이 시인처럼 특별한 것 같아서."

 조금 쑥스러워서 고개를 숙이고 말했다. 엄마는 내 어깨를 감싸 안아 주었다.

 "그래, 용하도 그렇게 느꼈었구나. 엄마도 그랬어. 이번 일 겪으면서 자꾸 그때 그 시인이 해 준 말이 생각나더라. 사람이 보이면 두려움이 사라진다고 했잖아."

무슨 말인지 알 것 같았다. 지금 엄마에게는 피터 최라는 사람이 보였던 것이다. 우리 집을 빼앗아 갈까 봐 두려운 사람에서 이모할머니가 끝까지 눈에 밟혀 하던 가슴 아린 자식으로, 나이만 먹었지 아직도 가족의 손길이 많이 필요한 철없는 사촌 동생으로 말이다. 하지만 나에게 그는 아직도 짙은 안개 속에서 언제 발목을 휙 잡아챌지 모르는 경계의 대상이었다. 그리고 어떤 사람인지 앞으로도 별로 알고 싶지 않았고. 엄마는 내 표정에서 또 속마음을 읽었는지 다시 한 번 조곤조곤 말을 이어갔다.

"음, 용하야. 여기가 원래 여관이었던 건 알지?"

"으응."

난 엄마가 뜬금없이 왜 그런 얘길 하는지 알 수 없었다.

"이모할머니가 말년에 전 재산 다 털어서 여관에서 게스트하우스로 재건축 공사를 한 게, 친척 분으로부터 상진이 삼촌이 여기저기 해외로 많이 다닌단 말을 듣고 난 후였어. 그땐 엄마도 이모할머니가 왜 그러시는지 잘 몰랐는데 이제야 알 것 같아."

나는 엄마가 무슨 말을 하려는 건지 알 수 없었다.

"역마살이란 거 들어 봤지? 이모할머니는 상진이가 어렸을 때부터 눈칫밥 먹으면서 친척 집을 전전해서 그런지, 나이가 들어서도 한곳에 잘 머물러 있지 못하고 계속 떠돈다는 생각이 드셨나 봐. 그래서 여러 나라 사람들이 여행하면서 오고 가는 이런 게스트하우스를 만들어서 이곳에 보금자리를 마련해 주고 싶으셨던 거야. 다양한 이들에게 더 열려 있는 곳으로 여관보다는 게스트하우스가 더 좋다는 이야길 손님들한테 들으셨던 게지."

엄마는 어느새 혼잣말처럼 주저리주저리 이야기하고 있었다. 하지만 난 아직도 엄마 맘을 돌리고 싶었다.

"이모할머니도 이상해. 왜 우리 가족을 이용해서 자기 아들을 챙겨. 그리고 엄마 말대로 피터…… 아니 그 삼촌이 역마살이면 언제 갑자기 떠날지 모르는 거잖아. 근데 집이 무슨 소용이야."

"그럴지도 모르지. 또 갑자기 무슨 바람이 불어 당장 내일이라도 상진이가 훌쩍 다른 곳으로 여행이든 뭐든 떠날지도 몰라. 그래도 집이란 곳은 있어야 하는 거야. 다시 돌아올 품 같은 거지."

다시 돌아올 곳이 있는 여행과 그렇지 않은 여행의 차이점은 나도 알고 있다. 부산에 갔을 때 부레옥잠처럼 둥둥 떠도는 듯한 그 기분 때문에 가족끼리 떠난 첫 여행이 그다지 즐겁지 않았다. 고개를 돌려서 아빠의 얼굴을 보니 부산 여행할 때 먹었던 음식들이 새삼 떠올랐는지 침을 꿀떡 삼키고 있었다. 정말 도움이 안 됐다. 고개를 숙이고 골똘히 생각에 빠져 있는데 이쯤 얘기하면 됐다고 생각했는지, 엄마가 앞치마를 털고 일어나며 덧붙였다.

"참, 방은 상진이가 자기 짐을 손님방 쪽으로 옮겨 놨어. 이제 네 짐만 그 방으로 다시 옮기면 돼."

그럼 진즉에 그것부터 말씀하시지, 엄마는! 나는 용수철을 깔고 앉은 것처럼 휙 일어나 잽싸게 내 방으로 짐을 옮겼다. 아, 이게 얼마 만의 컴백인지. 뭐, 피터 최도 딱히 나쁜 사람 같지는 않다.

8 / 25 토

엄마는 놀토라 늦잠을 자며 늘어져 있던 은새를 아침부터 공용 거실로 따로 불렀다. 전에 없이 엄숙한 엄마의 표정에서 느껴지는 분위기가 왠지 심상치 않았다.

"얼마 전에 신용카드 정지돼서 방 값 추가분도 계산 안 된 거 알고 있니?"

졸린 눈으로 눈곱을 떼던 은새는 마당에서 기지개를 켜고 있던 내 쪽을 흘긋 보았다. 눈썹과 눈빛의 각도가 날카로운 것으로 보아 이게 대체 무슨 소리냐고 묻는 것 같았다. 하지만 난 전혀 모르는 얘기였다. 난 모르는 이야기라는 걸 전하기 위해 묘기 대행진에 나오는 서커스 단원처럼 눈썹을 휘황찬란하게 움직여서 은새에게 신호를 보냈다. 은새는 내 신호를 알아들은 건지 아니면 과장된 눈썹의 움직임이 부담스러웠던 건지 나에게서 눈을 돌려 버렸다. 그러고는 엄마를 향해 무겁게 입을 열었다.

"지금 제가 여기서 나가길 원하시는 거예요?"

"방 값을 못 냈으니까 원칙대로 하면 나가는 게 맞지."

단호한 엄마의 어조에 놀란 나는 엄마의 뒤통수 쪽으로 고개를 휙 돌렸다. 설마 이제부터 은새에게 방 값 대신 집안일을 시키겠다는 건가? 마늘 까고 마당 쓸고 화장실 청소 같은 그런 잡일을? 그럼 나는 주인집 아들로서 당당히 은새를 부려 먹는 호사를 누릴 수 있고? 빨리 물! 하고 외쳐 보고 싶어서 입이 근질거렸다. 흥분으로 인해 날개가 퍼덕이는 것처럼 콧구멍이 벌름거려졌다. 그런데 엄마는 내 기대와는 전혀 다른 이야기를 했다.

"그 방에 오늘부터 손님이 한 분 더 들어오시기로 했는데, 은새 네가 같이 사용한다고 하면……."

그때 대문이 열리면서 은새 어머니가 들어왔다. 그런데 황당한 건 은새 어머니의 손에 커다란 여행 가방이 들려 있었다는 사실이다. 엄마는 당황한 표정을 내비쳤고, 은새 어머니는 손목시계를 서둘러 보며 난 시간 맞춰 왔는데 하는 표정을 지어 보였다. 누가 봐도 엄마와 은새 어머니가 미리 짠 일이었다.

"딸이 없는 집이 어떻게 집이겠니."

그러더니 은새 어머니는 지금부터 은새 방에 함께 머물겠다고 선언하고는 다짜고짜 방 안으로 가방을 들고 들어가 문을 닫아 버렸다. 마치 간장 고추장을 숙성시키려고 장독대 뚜껑을 닫는 것처럼 말이다. 하지만 그런다고 제 의지와 상관없이 호락호락 숙성되어 줄 나은새가 아니었다. 두 사람이 실랑이를 벌이는 소리가 닫힌 방문 사이로 새어 나왔다.

"자꾸 이러면 내가 나갈 거야. 엄마가 절대 못 찾을 곳으로 가서 꽁꽁 숨어 버릴 거라고."

폭탄 중에서도 메가톤급 폭탄 투척이었다. 곧이어 은새 어머니가 숨을 고르더니 받아쳤다.

"너 때문에 집까지 나왔는데, 네가 여길 나가 버리겠다고? 그래, 정 그렇게 가겠다면 나 혼자라도 여기 좀 있어야겠다."

"진짜 뭐하자는 거야."

"엄마도 아빠랑 싸웠어. 이렇게는 나도 집으로 못 들어가."

"그냥 나왔다고? 엄마가 아빠를 집에 혼자 두고?"

"네 아빠는 진짜 고생 좀 해 봐야 돼. 그래야 마누라 귀한 줄 알고 자식 중한 줄 알지."

한창 얘기가 재미있게 흘러가서 방 가까이 가 엿들으려는데 엄마가 그만하라는 식으로 눈치를 주었다. 난 아쉬운 듯 입맛을 쩍 다시며 내 방으로 돌아왔다.

근데 이렇게 되면 은새 어머니도 진짜 집을 나온 건가? 모녀가 둘 다 가출을? 그것도 우리 집으로? 뭐야, 우리 집이 가출하는 사람들의 집결지도 아니고. 뭐가 어떻게 돌아가는 건지 모르겠다.

8 / 26 일

점심 때 상머리에서 피터 최가 젓가락으로 반찬을 깨작거렸다. 이걸 어떻게 사람이 먹으라고 내놓았냐는 듯한 표정으로 딴 건 없냐고 구시렁거렸다. 아빠는 천군만마를 얻은 표정으로 피터 최를 보았다.

"저번에 만든 초특급 청양고추 팍팍 라면도 괜찮은데……."

아빠가 작게 중얼거리면서 엄마 눈치를 보았다.

"몸에 좋지도 않은 라면을 어떻게 삼시 세끼 매일 먹어요?"

샐쭉하게 받아친 엄마는 결심을 굳힌 듯 젓가락을 상 위에 딱 붙이며 폭탄선언을 했다.

 "그렇게 불만이면 앞으로 돌아가면서 아침 점심 저녁을 준비하면 되겠네. 아침은 상진이가, 점심은 당신이, 저녁은 용하가. 목마른 사람이 우물을 파야지."

 피터 최와 아빠와 나는 서로 눈이 마주쳤다. 매일 돌아가면서 부엌에서 전쟁을 치를 생각을 하자 벌써부터 뒷목이 뻐근해져 왔다. 피터 최가 그 방법도 나쁘지 않다고 말하려는 걸 아빠가 밥을 토해 낼 듯이 크게 헛기침을 해서 막았다.

 "소금 덜 쳐서 싱겁게 먹으면 간은 좀 안 맞아도 건강에 좋겠지. 그리고 뭐 밥이야 좀 설익어서 많이 씹어야 되는 것도······ 생쌀도 몸에 좋다고 먹는 판국에 밥도 뭐 오래 씹을수록 몸에 좋을 거고, 이게 다 건강식이지. 허허."

 피터 최가 타 버린 빵은 그렇다 쳐도 설익은 밥은 진짜 못 참아 주겠다며 구시렁거리자, 아빠는 그럴 거면 자네가 아침 점심 저녁 다 준비하라고 으름장을 놓았다. 그건 생각만으로도 너무 부담스러웠는지 피터 최는 웰빙이 요즘 대세라면서 젓가락 대신 숟가락을 들어 밥을 푹 퍼서 먹었다. 돌 씹은 얼굴로 한 숟가락을 다 넘긴 피터 최가 다시 입을 열었다.

 "근데······."

 아빠와 나는 또 무슨 이야길 꺼내려는 거냐며 불안한 눈으로 피터 최를 보았다. 피터 최는 아빠의 시선을 느끼지 못한 듯 주저하며 말을 꺼냈다.

 "게스트하우스 명패를 달아야 될 것 같은데······."

명패가 없어서 그런지 사람들이 여기가 게스트하우스인지 일반 가정집인지 헷갈려 하면서 지나치는 경우가 많았으니 안 그래도 명패는 다시 달아야 했다. 하지만 명패에는 씁쓸한 추억이 담겨 있던지라 이제껏 누구도 먼저 이야길 못 꺼내고 있던 참이었다.

"저번에 뗐던 거 다시 달면 되잖아요. 어쨌어요?"

나는 총대를 메고 피터 최에게 직격탄을 날리며 물었다. 피터 최는 우물쭈물하더니 대답을 못 했다. 안 봐도 비디오였다. 예전 명패를 불살라 버렸거나 망치로 빠갰겠지. 지금쯤 난지도 어딘가의 쓰레기봉투 안에서 썩어가고 있을 확률이 99%였다. 내 질문으로 인해 분위기가 몹시 어색해졌다.

"이번 기회에 새 마음으로 새 출발하자는 뜻에서 명패를 새로 만드는 것도 좋지."

분위기를 바꿔 보려는 아빠의 말에 피터 최가 지금이 기회라고 생각했는지 엉덩이 밑에 깔고 앉았던 나무판 하나를 꺼냈다.

"주문할 수도 있는데 직접 만들면 더 좋겠다 싶어서……."

피터 최도 그사이 우리 가족의 이상한 말투에 전염된 것처럼 말을 제대로 끝맺지 못했다. 엄마는 나무판을 들여다보며 향이 좋다면서 결을 매만졌다. 나는 엄마에게서 나무판을 받아 들었다. 중간에 짙은 심도 있어서 꼭 먹물이 튄 것처럼 보였다. 단언컨대 저번 것보다 훨씬 못해 보였다.

"그럼 이건 제가 한번 만들어 볼게요."

피터 최가 조심스럽게 나서자 아빠와 엄마의 눈이 그에게 꽂혔다. 뒤이어 아빠가 기대할 테니까 잘 만들어 보라며 피터 최의 어깨를 툭툭 쳐 주었다. 피터 최는 부담스러운 건지 감격한 건지 입을 꾹 다문 채 고개를 끄덕였다. 하지만 내 눈엔 '용하네 집' 네 글자가 들어가기엔 나무판이 좀 작아보여서 여러 모로 맘에 들지 않았다.

8 / 27 월

월요병에 걸린 것처럼 진이 빠지는 하루였다.

수업은 여전히 졸렸고, 교실 뒤쪽에서 나오는 에어컨 바람은 내 자리까지 오지 않았고, 재수탱 녀석들은 변함없이 오늘도 태클이었다.

야자 끝내고 집으로 돌아왔더니 명패가 아직도 없었다. 피터 최는 한 땀 한 땀 장인의 손으로 파고 있나 아니면 그새 마음이 바뀌어서 명패 만들기로 한 걸 잊어버렸나. 명패에도 시비를 걸고 싶을 만큼 진짜 무지막지하게 더운 날이었다.

짜증스러운 걸음으로 대문 안으로 들어섰는데 순간 집이 뭔가 달라졌다는 걸 확 느낄 수 있었다. 은새 방문이 활짝 열려 있었던 것이다. 은새 방에서 걸레를 들고 엄마가 나왔다. 방을 청소하고 나온 것이었다. 이상한 느낌에 활짝 열린 방을 들여다보니 안에 짐이 하나도 없었다. 얘가 인사는커녕 일언반구 말도 없이 방을 뺀 것이었다. 이렇게 짐을 빼려고 오늘 야자도 안 하고 혼자 토낀 거였나. 당장 전화해서 너 뭐냐고 따져 물으려다가 왠지 쪼잔해 보일 것 같아 핸드폰 전원을 꺼 버렸다. 그래도 감정이 가라앉질 않았다.

쪽마루에 앉은 채로 환기시킨다고 문을 활짝 열어 놓은 은새 방을 노려보는데 피터 최가 마당으로 들어서며 은새 방을 보았다.

"오, 드디어 손님방이 비었네? 이제 명패 만들면 되겠구만."

그러고는 이렇게 얄밉게 말하는 것이었다. 이제까지 손님방이 비어 있지 않아서 명패를 만들지 않았다는 듯이. 진짜 핑계도 가지가지였다. 그럼 피터 최는 이제껏 은새든 망할 고든 방을 빼길 은근히 바랐다는 건가. 나는 화가 나서 피터 최를 펑 터뜨려 버릴 것처럼 노려보았다.

"명패는 아직도 안 만든 거예요?"

나는 시비를 걸듯이 퉁명스럽게 말했다.

"실은 '용하네 집'을 새기려고 했더니 띄어쓰기까지 다섯 칸이나 공간이 필요한데, 나무판이 좀 작아서 글씨를 세로로 가늘게 해야 하나 어째야 하나 고민 중이야."

이렇게 주저리주저리 말하는 것이었다. 그러게 처음부터 나무판을 좀 큰 걸 가져왔어야지 코딱지만 한 걸 가져와서는. 나는 심통 맞게 툭 말했다.

"공간이 모자라면 세 글자로 줄이면 되잖아요."

그렇게 짜증스럽게 말하고 내 방으로 들어와 버렸다.

으아! 아직도 분이 풀리지 않는다. 가족 따위 짜증 난다고 할 땐 언제고, 자기 엄마가 우리 집에 온 지 며칠이나 됐다고 쪼르르 다시 자기네 집으로 가냐. 백 번 양보해서 가족과의 화합이니 뭐니 해서 은새의 행동을 다 이해해 준다고 쳐도, 아니! 어떻게 쪽지 하나 문자 하나 없이 팽 가냐 이 말이다. 내일 학교에 가자마자 따져야겠다.

8 / 28 화
진짜 학교 가기 싫다.

재수탱 녀석들이 1교시 쉬는 시간에 화장실까지 쫓아왔다. 그러더니 날 겁주기 위해 내가 들어간 곳 옆 칸의 벽에 대고 드럼 스틱을 마구 두드려 댔다. 쓰러져라 쓰러져라 주문을 거는 것처럼. 진짜 최악이었다. 마치 내 자신이 있어선 안 되는 곳에 서 있는 유리처럼 위태롭게 느껴졌다. 사람들은 내가 더러워지고 금이 가고 산산이 깨져야 비로소 내가 그 자리에 있었다는 걸 알아챌까. 아직 이걸로는 부족한 건가. 마음속이 개미지옥처럼 소리 없는 아우성으로 바글거렸다.

그때부터 나는 수업 시간 내내 책상 위에 엎드려 있었다. 아무도 날 건들지 못하게. 재수탱 녀석들이 지나가면서 진짜 자나 확인해 보려는 듯 툭툭 건드리는 게 느껴졌지만, 오래 전에 죽어서 딱딱하게 굳어 버린 시체처럼 난 꼼짝도 안 했다.

수업이 끝나자마자 몸이 안 좋다는 핑계로 야자를 빼고 나오는데 은새가 따라 나왔다. 난 어제 귀띔도 없이 나가 버린 것 따위는 전혀 궁금하지 않다는 듯 입을 굳게 다물고 걷기만 했다. 그러자 은새는 엄마랑 둘이 같은 방 쓰는 게 힘들었다며 운을 뗐다. 그리고 콩나물 사는 것 가지고도 왈가왈부 말이 많다며 아빠 험담을 늘어놓는 엄마 얘기를 더는 견딜 수 없었다며 고개를 가로저었다. 결국 은새와 은새 어머니는 우리 모녀가 왜 죄

지은 사람처럼 집을 두고 나와야 되냐는 근원적인 물음을 던졌고, 그에 대한 답을 얻은 후 바로 행동으로 옮겼다. 독재자 아빠와 정면으로 부딪쳐 보기로 했다면서 은새는 이야기를 마무리 지었지만 난 그러거나 말거나 상관없다는 듯 한마디도 대꾸하지 않았다. 독백 끝에 은새는 우리 집 앞까지 함께 와 버렸다.

"근데 너 아까 2교시부터 좀 이상하던데, 무슨 일 있었어?"

집에 들어가려는데 은새가 날 가로막고 물었다. 하긴 은새가 이유를 알 리가 없었다. 재수탱 녀석들의 치사한 짓은 남자 화장실에서 벌어진 일이었으니까. 1교시 쉬는 시간 내내 이어진 공격에 결국 난 화장실 안에서 기절해 버렸다. 그래서 2교시 시작하고 삼 분이나 지나서야 교실로 돌아갔었다.

"원래 난 이상한 놈이잖아."

나는 더러운 기분을 그대로 표출하고 싶어서 한껏 비꼬아서 말했다.

"하긴, 넌 좀 이상하긴 해."

그런데 은새가 이렇게 받아치는 것이다. 은새는 태어나서 위로라곤 해 본 적 없는 사람 같았다. 그러더니 사족을 덧붙였다.

"하지만 난 언제나 이상한 나라의 앨리스가 좋더라. 그리고 난 너의 그 이상한 점이 좋아. 다 왔네. 들어가. 내일 보자."

그러더니 은새는 발레를 하듯 휙 뒤돌아서 골목 반대편으로 걸어갔다. 이상한 나라? 왜 갑자기 앨리스 타령이지? 짱구를 굴린 끝에 난 은새가 말한 이상한 나라의 의미를 알아챘다. 그건 랄라랜드를 말하는 것이었다. 아직도 은새는 나의 이상한 나라, 랄라랜드를 동경하고 있었다. 물론 은새는 랄라랜드의 실체를 모르니까 그런 말을 하는 것이었다. 순간 가슴이 먹먹해져 왔다.

8 / 29 수

드디어 피터 최가 명패를 달았다. '우리집'으로.

'용하네 집'이 아니란 사실에 아빠와 엄마가 좀 놀란 눈으로 봤더니 피터 최가 나를 가리키며 세 글자로 하라는 조언을 해 줘서 그 팁을 십분 발휘해 만들었다며 자랑스럽게 말했다. 어이 없었다. 그런데 그 말에 저번 것보다 이 명패가 훨씬 더 좋은 것 같다면서 엄마 아빠는 피터 최와 짝짜꿍이었다.

왠지 소외된 느낌에 난 툴툴거리면서 공용 부엌으로 갔다. 피터 최를 못마땅한 얼굴로 쳐다보던 망할 고도 나와 마음이 통했는지 부엌으로 왔다. 망할 고는 나와 더불어 이 집에서 피터 최를 못마땅하게 여기는 사람이었다. 우리는 피터 최 안티카페 회원처럼 뒤에서 구시렁구시렁 험담을 나누었다.

"'우리집'이라니 진짜 의뭉스럽다니까. '우리'에 은근슬쩍 자기도 껴들려는 속셈인 거지."

"진짜 저번에 내 일기장 빼앗아 갔던 거 생각하면 아직도 소름 돋게 짜증 나는데 엄마 아빠는 뭐가 좋은지……. 아휴 진짜 내가 말을 말아야지."

망할 고가 거북이처럼 눈을 껌뻑거리더니 나에게 물었다.

"일기장? 비트라는 게 그러니까 네 놈 일기장이었냐? 근데 왜 그걸 비트라고 부르냐?"

"아 그게…… 비밀노트의 줄임말이에요. 비-트."

"하긴 세제 이름일 린 없다 싶었지만……."

"에?"

"아니다. 그런데 일기장에 이름도 붙인 거냐? 꽤 열심히 쓰나 보다."

"뭐, 그냥."

"이제 보니 생각보다 어른 말 잘 듣는 놈이었구나. 허허, 기특하네."

"할아버지가 쓰라고 시켜서 계속 쓴 거 아니거든요? 그냥 쓰다 보니까……."

망할 고는 내 말은 듣지도 않고 씨익 웃었다.

"열정도 재능이지."

도저히 망할 고랑은 말이 안 통한다며 나는 입이 댓 발 나온 채 방으로 돌아와 버렸다. 그리고 그 후부터 지금까지 계속 비-트를 쓰고 있다. 곰곰이 생각해 보니 그동안 비-트 쓰는 걸 하루도 안 빼먹은 것 같다. 이렇게나 할 말이 많았을까 싶을 정도로 참 많이도 써 왔다. 돌이켜 보니 내 인생에서 무언가를 이렇게 꾸준히 한 건 비-트가 처음이다. 아마 난 나에게 괜찮다고 말해 주고 싶었던 것 같다. 다른 누군가가 아닌 바로 나 자신에게 위로가 필요했던 것이다. 그래서 이토록 많은 글자와 문장을 뽑아 고치를 만든 게 아닐까.

비-트를 쓰게 된 계기는 망할 고가 만든 게 아니었다. 맨 처음은 바로 내가 랄라랜드로 간다고 말한 그 순간부터였다. 그때부터 재수탱 녀석들과의 싸움도 커졌고, 은새와도 알게 되었고. 음.

은새는 아직도 랄라랜드로 가는 나를 부러워하고 있다. 내일은 은새와 꼭 이야기를 해야겠다.

8 / 30 목

학교 끝나고 우리의 아지트 같은 놀이터에서 은새를 만났다.

"랄라랜드에 대해서 말해 준다며? 오늘은 진짜 말해 주는 거야?"

나는 고개를 끄덕였다. 은새는 가방에서 드럼 스틱을 짠 하고 꺼냈다. 랄라랜드 얘기가 끝나면 그 기운을 받아서 저번처럼 동네를 들쑤셔 놓자는 것이었다. 은새의 눈에서 장난기가 번뜩였다. 나는 은새의 발랄함에 휘말려 진실을 말할 기회를 놓칠까 봐 고개를 돌렸다. 그리고 입을 열었다.

"나 랄라랜드에 가 본 적 없어."

첫마디를 내뱉고 나자 그 다음부터는 말이 술술 이어졌다.

"네가 어디서 무슨 글을 읽었는지 모르겠지만 난 쓰러지면 그냥 블랙아웃이야. 깜깜해. 아무것도 없어. 간혹 환몽이니 뭐니 쓰러질 때 꿈을 꾸는 사람도 있다고 하지만, 모르겠어. 어쨌든 난 아니야. 난 쓰러지면 그냥 온통 암흑일 뿐이야. 그때 랄라랜드니 뭐니 한 거는 그냥 걔들한테 엿 먹이려고, 얼굴 근육이 무너져서 이상한 표정 드러날까 봐 두려워서, 무슨 말이든 해서 입 근육을 움직이려고 멋대로 지어낸 말이야. 사실 난 소리가 무서워. 고시원에 살았던 경험 때문인지 소리가 없는 게 지독히 싫은데 그 반대로 큰 소리 나는 것도 두려워. 소리가 크면 감정이 미친년 널뛰듯 뛰는데 그럼 나도 내 자신을 제어하지 못하겠어. 그래서 소리가 만들어 내는 감정이 싫어. 그게 음악이든 뭐든. 걔들 말이 맞았어. 랄라랜드에 간다느니 뭐니 한 거, 다 거짓말이야."

뒤에 무슨 말이라도 더 붙였어야 했다. '거짓말이야.'에서 말을 끝맺을 순 없었다. '거짓말이지만 그래도.'라는 말로 꼬리를 잇고 싶었지만 배터리가 다 닳은 것처럼 입을 움직이는 모터가 멈춰 버렸다. 그리고 은새는 아까부터 아무 말이 없었다.

한참 후, 은새는 표정 없는 사람처럼 드럼 스틱을 쥔 채 그대로 일어나 먼저 가 버렸다. 코팅된 책받침에 떨어진 물방울처럼 내 말이 흡수되지 못한 채 또르르 흘러가 버린 것 같았다. 난 놀이터에 혼자 남아 한참을 동상처럼 앉아 있었다.

밤늦게 집에 돌아와 보니 피터 최가 영업 부장처럼 능글능글 웃음을 흩뿌리며 우리 집을 찾은 외국인 관광객에게 이 방 저 방을 소개하고 있었다. 인정하고 싶지 않았지만 피터 최는 꽤 유창하게 영어를 잘했다. 피터 최 안내에 맞춰 엄마가 흐뭇한 표정으로 방문을 열어 주고 냉장고 안을 보여 주면서 부산하게 움직였다.

새 손님이 들면서 저녁 내내 그들이 가져온 이야기보따리뿐만 아니라 그들이 만들어 내는 새로운 소리가 집 안에 가득 찼다. 세면대에서 땀에 전 얼굴을 씻느라 오래도록 흐르는 물소리, 부엌에서 무언가를 만드는지 달그락거리는 소리, 한옥 마루에 앉아 기와지붕을 배경으로 찍은 사진을 보며 웃는 소리 등 별별 소리가 모여 바람이란 그릇에 담겨 음악이 되었다. 지금 우리 집은 사람들이 만들어 내는 음악으로 가득 차 있다.

그런데 왜 이렇게 나 혼자 소리도 없는 동굴에 떨어진 것 같지?

8 / 31 금

수업이 끝나고 야자 할 애들은 남고 학원이나 과외가 있는 애들은 가방을 챙길 때였다. 족제비턱이 내 뒷자리에 떡하니 앉아서 드럼 스틱으로 내 머리와 책상을 번갈아 치며 두드렸다. 마치 가운뎃손가락을 길게 가지고 태어나기라도 한 것처럼 드럼 스틱을 젠장 맞게 잘도 활용하고 있었다. 몇몇 애들이 그 모습을 보며 키득거렸다.

더는 참을 수 없었다. 나는 녀석의 드럼 스틱을 빼앗아서 부러뜨려 버렸다. 흥분해서 나도 모르게 벌인 일이었다. 이럴 때 최악은 감정의 흥분으로 인해 기절하는 것이었다. 심장이 두 개, 아니 천 개는 되는 것처럼 마구 뛰기 시작했다. 참을 수 없는 흥분으로 인해 얼굴 근육이 무너지는 게 느껴졌지만 나는 아랑곳하지 않고 녀석을 쏘아보았다. 녀석은 웃지 않았다. 대신 녀석의 얼굴엔 혐오스러운 표정이 스쳤다. 녀석의 숨소리가 거칠어지면서 피부 아래 벌레가 우글거리는 것처럼 관자놀이 정맥이 불거졌다. 키득거리던 아이들의 웃음소리도 어느새 싹 사라졌다. 숲에 거대한 야수가 등장했을 때 주위의 모든 소리가 숨을 죽이는 것처럼.

족제비턱의 신호에 따라 아무도 못 나가게 막으려는 듯 칼귀가 뒷문을 잠갔고 앞문으로 큰바위얼굴이 움직였다. 여기가 학교라는 사실은 더 이상 녀석의 행동을 제어하지 못하는 것 같았다.

그때였다. 땅이 쪼개지는 것 같은 소리가 들렸다. 족제비턱의 시선을 따라 뒤돌아보니 교단 앞에 은새가 서 있었다. 자리에서 발딱 일어선 은새가 방금 자신의 드럼 스틱을 교탁 위로 꽝 내리친 거였다. 족제비턱을 바라보는 은새의 두 눈이 그믐밤처럼 검었다.

"할 거면 정면 승부로 해. 맨날 뒤에서 약이나 올리고 너무 찌질하잖아?"

"저게, 뭐 찌질? 야, 너 미쳤냐. 내가 여자라고 봐줄 것 같아!"

"여자라고 봐줘? 누가? 네가? 너 착각하고 있는 것 같은데, 그럼 넌 남자라서 블랙홀 오디션에서 떨어졌냐? 이제 와서 말이지만 드럼 치는 데 남자 여자가 어딨어!"

이야기는 조금 이상한 데로 흘러가고 있었다. 반 애들은 동작을 딱딱 맞추어 은새와 족제비턱을 번갈아 쳐다보았다.

"웃기지 마. 블랙홀에 네가 뽑힌 건 대학생인 척 구라 까서 그런 거였잖아. 너네 누나 꺼 훔친 거였다며? 공부도 못하는 게 명문대생인 척한 주제에."

"그래 나 공부 못한다. 근데 그게 드럼 치는 거랑 뭔 상관이야? 그리고 방학 때 록클럽에 미짜 드나든다느니 어쩌느니 하면서 담탱한테 흘린 것도 너지? 그러니까 그때 담탱이 거기로 출동했던 거 아니야? 너 담탱 알바생이냐."

"죽고 싶냐?"

족제비턱은 주먹을 불끈 쥐고 은새에게 덤벼들었다. 애들도 있으니 참으라며 칼귀가 말리지 않았으면 은새 얼굴이 묵사발이 될 수도 있는 위기의 상황이었다. 목을 좌우로 꺾으며 족제비턱이 차갑게 말했다.

"작정하고 기어오르는 데에는 이유가 있겠지. 씨발, 원하는 게 뭐야?"

"말했잖아. 정면 승부."

"그래 너랑 나랑 한판 뜨자. 누가 더 실력이 뛰어난지 한번 보자고."

"아니. 이건 너랑 내 싸움이 아닌데? 정면 승부를 하려면 용하랑 해야지."

또 이야기가 이상한 데로 휘어져 버렸다. 모든 아이들의 눈이 일제히 나에게 향했다. 그건 결코 내가 의도한 바가 아니었다.

"용하 저 새끼랑? 드럼도 못 치는 새끼랑 뭔 승부를 해?"

족제비턱의 눈이 나에게 향했다. 그 순간 난 은새가 뭘 원하는지 알 것 같았다. 은새는 내가 이 말을 할 수 있도록 족제비턱을 끌어낸 것이었다. 나는 은새에게서 눈을 돌린 후 족제비턱을 정면으로 보았다.

"내가 니 드럼 연주 소릴 견디면 더는 귀찮게 굴지 말고 날 내버려 둬."

"뭐? 시시하게 겨우 그거야? 내 드럼 연주를 감상하는 거?"

"네가 날 괴롭히는 건 내가 드럼을 못 쳐서 그런 게 아니잖아. 큰 소리에 못 견디고 쓰러질 거라는 이유로 함부로 대하는 거지. 그러니까 남자답게 한번 붙어 보자고."

족제비턱의 얼굴이 일그러졌다. 날짜는 자신이 정하겠다며 돌아서는 족제비턱에게 은새는 지금 정하자며 월요일을 말했다. 그러자 한 아이가 월요일은 유난스러운 담탱 때문에 아무도 야자를 뺄 수 없는 날이라면서 안 된다고 했고, 뒤이어 다른 아이가 그럼 화요일이 좋겠다고 했다. 그렇게 아이들이 고개를 끄덕이면서 졸지에 날짜가 다음 주 화요일로 정해졌다. 눈 깜짝할 사이에 메뚜기 떼가 훑고 지나간 것 같았다. 뼈대도 남지 않아 제대로 서 있기도 힘들었다.

그래서 오늘은 D-4가 되어 버렸다. 내 인생에서 D-DAY가 정해지는 순간이 이렇게 빨리 오다니…… 믿을 수 없다.

3. 랄라랜드로 고고씽

9 / 1 토

오늘은 D-3이었다.

아침에 눈을 뜨는 순간 깨달았다. 뭔가 엄청난 짓을 저질러 버렸다는 걸. 이건 아닌데 어쩌자고 그랬을까. 그냥 꾹 참고 넘어갈걸. 하지만 진짜 어젠 견딜 수 없었다. 비록 100원짜리 자존심일지언정 나도 그런 게 있다고 소리치고 싶었는지도 모르겠다. 하지만 자존심을 지키기 위한 대가가 이리도 클 줄이야.

난 가만히 누워서 생각해 보았다. 그날까지 내가 할 수 있는 일이 과연 뭐가 있을까. 일단 병원부터 가야 할까? 독한 주사 한 방 놔 달라고 하든지 약 복용량을 늘리든지 해야겠다. 병원에 가야 한다는 생각에 난 주섬주섬 옷을 입기 시작했다. 그때 방 앞에서 헛기침 소리가 들렸다. 무척이나 오랜만에 듣는 소리였지만 내 방 앞에서 토요일 아침부터 저런 소릴 낼 사람은 딱

한 명뿐이었다. 문을 열어 보니 역시나 망할 고였다.

"에헴, 너 오늘 뭐하냐."

"왜요."

"어른이 묻는데 싹수 없게 왜요가 뭐냐 왜요가."

"그럼 궁금해도 입 딱 닫고 있어요?"

망할 고랑 부딪치면 나도 모르게 꼭 이렇게 말이 나왔다.

"지 부모한테는 양처럼 순한 녀석이 꼭 나한테만…… 뭐, 이 것도 나쁘지 않겠군. 친구처럼 편한 할아버지라고 하면 되니까 나쁘지 않아. 오히려 더 좋다고 생각할 수도 있겠어."

망할 고는 알 수 없는 소릴 혼자 구시렁거리더니 나에게 일렀다.

"홍대 앞 뒷골목에 있는 편의점으로 저녁 여섯 시부터 열두 시 사이에 와라."

"내가 왜요?"

"이 녀석이…… 오라면 와. 맛있는 것도 공짜로 줄 테니까."

"에? 할아버지 설마 거기서 일해요?"

망할 고는 편의점에서 일하게 된 사연을 이야기해 주었다. 홍대 주변이라 늦은 밤이면 술에 취한 녀석들이 편의점에 와서 알바생들을 상대로 행패 부릴 때가 유독 많았다고 한다. 그런데 어르신이 편의점 야간근무를 하면 분란이 줄어든다는 다른 지역 선례를 본 지점장이 얼마 전부터 마련한 방도라며 망할 고는 어깨를 으쓱해 보였다. 그래도 편의점은 직원이 아니라 잘해 봐야 아르바이트생일 텐데, 라고 꼬리를 달고 싶었지만 꾹 참았다. 얼마나 자랑하고 싶었으면 나에게 한번 오라고까지 할까 싶었기 때문이다.

　시간 되면 가겠다고 대답하며 고개를 끄덕이는데 대문이 열리면서 은새가 마당으로 들어왔다.

　"너 아직 세수도 안 했어? 뭐, 하나 안 하나 그게 그거지만, 준비 됐으면 빨리 가자."

　은새는 들어오자마자 재촉이었다.

　"뭐냐. 여기 너네집 아니거든? 저 방 뺀 거 기억하지?"

　"설마 그것도 모르겠냐. 맞짱 앞으로 삼 일 남았잖아. 준비하러 가야지."

　어쩌면 꿈일지도 모른다고 생각했던 기대가 와르르 무너졌다. 악몽 같은 현실이 내 앞에 기다리고 있다는 생각에 쪽마루에 퍼질러 앉았다. 진짜 세상 살기 힘들었다. 하긴 병원에 간다고 해도 딱히 뾰족한 수가 있을 리 없었다. 독한 주사 한 방 같은 게 있었으면 애초에 이게 치료가 잘 안 되는 병이라고 의사가 말했겠는가.

　새삼 은새가 미웠다. 언제나 그렇듯 이게 다 나은새 때문이었다.

　"너만 아니었으면 일이 이렇게 커지지도 않았어. 왜 항상 넌 남 일에 끼어들어서는……. 나한테 무슨 원한 있냐. 너 진짜 왜 그런 거냐. 왜……."

　"은새 왔니? 아침 같이 먹을래?"

　그때 엄마가 공용 부엌에서 나오면서 은새에게 인사했다. 은새 역시 밝게 웃으면서 엄마에게 인사한 후 묻지도 않은 말을 주저리주저리 늘어놓았다.

"화요일 날 그 못된 녀석들이랑 한판 뜨기로 해서 아침 먹을 시간 없어요. 저희 지금 나가 봐야 하거든요. 뭐, 도시락 싸 주셔도 되고요."

"화요일 날? 한판?"

"네. 용하가 그때 그 재수 없는 녀석들이랑 직접 맞서기로 했어요."

"설마 치고 박는 건 아니지?"

"에이, 용하 몸으로 설마요. 그런 건 아니에요. 걱정 마세요."

"그래, 다행이구나. 조금만 기다려라. 금방 유부초밥 싸 줄 테니까."

글쎄, 은새와 엄마가 이런 말들을 주고받는 게 아닌가. 난 정말 기가 막혀서 뒤로 넘어갈 것 같았다. 외출 준비를 하던 망할 고도 그 이야기를 듣고는 오호라 하는 눈길로 은새와 나를 번갈아 봤다. 그러더니 방금 카나리아를 한 마리 잡아먹은 고양이 같은 음흉한 미소를 짓고는 잘해 보라고 내 머리를 쓰다듬고 밖으로 나갔다. 잘해 보라니, 뭘? 누구랑? 왜 은새와 나를 번갈아 본 거야? 진짜 미치겠네 이거. 자꾸만 일이 이상하게 꼬여 갔다. 거듭 말하지만 난 이상한 거 따위 딱 질색이었다.

"야, 너 미쳤어? 너 진짜…… 나한테 왜 이러냐!"

"너 그러고 나갈 거야? 아무리 연습실이지만 눈곱은 좀 떼지? 더럽게……."

은새의 재촉과 엄마의 응원으로 인해 집 밖으로 밀려난 나는 엉거주춤 유부초밥 도시락을 들고 일부러 눈곱도 떼지 않은 채 길을 나섰다. 정말 열 받아서 아무 말도 하고 싶지 않았지만 집에 있으면 엄마에게 그 한판에 대해서 구구절절 이야기해야 했기에 삼십육계 줄행랑치는 심정이었다.
"근데 연습실이라니. 너 설마……."
"네가 생각하는 곳 맞아. 드럼 연습실이야."
은새는 나에게 드럼 스틱을 툭 던졌다. 나는 본능적으로 손을 뻗었지만 드럼 스틱은 내 손에서 아슬아슬하게 미끄러져 바닥으로 떨어졌다. 일부러 안 받은 것처럼 수습하고 싶었지만, 둔한 운동 신경을 들킨 것 같아 난 시선을 다른 곳으로 돌렸다. 은새는 목석처럼 서 있는 나를 흘기더니 떨어진 드럼 스틱을 줍고는 별것 아니라는 듯 앞서 걸었다. 나는 하면 된다와 아님 말고 사이를 계속 방황하며 은새 뒤를 따라갔다.
연습실은 생각만큼 코딱지만 하지는 않았다. 하지만 무지 갑갑했다. 방음 때문에 당연한 거겠지만 지하실에 있는 데다 손바닥만 한 창문도 없었다.
의자에 앉아서 보니 내 앞으로 북과 심벌즈가 펼쳐져 있었다. 은새는 드럼 스틱을 잡는 법부터 나에게 알려 주었다. 스틱의 삼 분의 일 지점을 엄지와 검지로 잡고 나머지 손가락으로 감싸듯이 잡으면 되는 거였다. 이 정도야 뭐 별로 어렵지 않았다. 내가 드럼 스틱을 아래위로 돌려 보는 사이 은새는 앞에 있는 북이니 심벌즈 같은 것들을 내가 치기 쉬운 위치로 조정했다.
"가장 기본은 스네어 드럼, 하이햇 심벌즈, 베이스 드럼이야."
맨 처음은 스네어 드럼이었다. 다리 사이에 있는 스네어 드럼을 때리기 위해서 난 때리는 면을 중심에 두고 손목을 어깨

높이까지 올린 후 팔과 스틱의 무게를 이용해서 때렸다. 딱 소리가 났다. 1초 동안 지구에서는 710톤의 산소가 줄어들고 우주에서는 79개의 별이 폭발하는 것처럼, 딱 소리가 나는 1초 동안 내 안에서 거대한 뭔가가 움직이는 게 느껴졌다.

"할 만하지?"

은새는 내 표정에서 이거 영 아닌데 하는 잘못된 신호를 읽었는지 걱정스러운 눈빛으로 물었다. 그래서 난 가슴속에 일던 파동을 잠시 잠재우고, 이 정도는 괜찮다고 말하며 가볍게 검지로 코를 쓸었다.

그 다음은 하이햇 심벌즈였다. 왼발로 페달을 밟고 스틱으로 심벌즈를 때렸더니 칫칫 소리가 났다. 숲 속에서 몸을 숨긴 채 아카펠라를 하려고 시동을 거는 벌레 소리 같았다. 드럼 스틱이 나와 심벌즈를 연결해서 이런 소리를 만들어 낸다는 게 신기했다. 몇 번 더 쳐 보았다. 칫칫 하고 반응이 돌아왔다. 이것도 생각보다 어렵지 않았다.

그런데 오른발로 풋 페달을 밟아서 소리를 내는 베이스 드럼이 문제였다. 페달을 통해 소리를 내기 때문에 타이밍에 맞춰서 발로 치는 게 어려웠던 것이다. 둔한 운동 신경이 여기서 내 발목을 잡는 것 같았다.

"그렇게 킥을 힘줘서 하면 비트의 그루브가 묻힐 수 있어. 처음이니 입으로 쿵 쿵 소리를 내면서 때려 봐."

그루브? 킥? 드럼을 친 지 1분도 안 됐는데 은새는 마음이 급해졌는지 전문 용어까지 써 가며 나에게 이것저것 요구하기 시작했다. 은새는 직접 시범도 보이지 않으면서 계속 이래라저래라 시키기만 했다. 시범을 보여 주기 싫으면 동영상이라도 틀어 주든지, 정말 뭘 어쩌라는 건지 하나도 알 수가 없었다. 게다가 자기가 말하는 대로 잘 못하자, 나를 빨래집게 놓고 알파벳 A도 모르는 바보 천치 취급했다. 나는 자존심 때문에 이를 더 악물었다. 허리를 곧추세우고 발끝에 힘을 주고 눈과 귀를 온통 은새에게 집중했다. 진짜 치사해서 이거 꼭 해내고야 만다는 오기였다.

원래 연습실 안에서는 물 이외에는 아무것도 먹으면 안 되지만 은새는 우리에겐 시간이 없다면서 엄마가 싸 준 유부초밥으로 대충 점심을 때우며 계속 연습을 시켰다. 난 유부초밥 한입도 먹지 못한 채 땀을 뻘뻘 흘리며 은새가 말하는 대로 움직였다. 그렇게 휴식도 없이 빡세게 연습한 결과 세 가지 파트를 동시에 연주하는 게 가능해졌다. 내가 해냈다는 생각에 작은 희열까지 느껴졌다.

하지만 은새는 만족하지 않았다. 계속 더 어려운 걸 시켰다. 난 비트가 조금만 빨라져도 중심이 아니라 자꾸 모서리를 스틱으로 때려서 음이 엉망이 되어 버렸고, 급기야 박자도 놓치고 소리도 안 나기 일쑤였다. 나도 이상적인 제자 타입은 아니었지만 은새는 정말 남 가르치는 데엔 젬병이었다.

"그것도 제대로 못하면 어쩌자는 거야!"

은새의 잔소리에 더 이상 참을 수 없어 난 버럭 화를 냈다.

"야! 그럼 네가 치든지. 넌 손 하나 까딱 안 하면서 이래라저래라. 내가 무슨 종이야? 네가 직접 해 보라고. 넌 잘한다며?"

"그랬는데 네가 쓰러지면 어떡해!"

은새 역시 흥분했는지 숨도 안 쉬고 바로 받아쳤다. 그러나 곧이어 은새는 자신도 모르게 튀어나온 말을 어떻게 수습해야 할지 몰라 난처한 표정을 지었다. 이 말은 하지 말걸 후회하는 표정이었다. 나는 은새의 말보다 오히려 그 표정에 상처 받았다.

"그러니까 너도 날 못 믿는 거네. 내가 드럼 연주 소리를 못 견딜 거라고 생각하는 거잖아……. 이게 다 무슨 소용이냐."

난 드럼 스틱을 의자 위에 놓고는 뒤돌아서 연습실을 나왔다. 계단을 지나 1층 현관문으로 올라와 보니 벌써 깊은 밤이 내려 있었다. 아래쪽에서 희미하게 두두둥 드럼이 울리는 소리가 들렸다. 어떻게든 빠져나가려고 요동치는 소리를 베개로 눌러서 막은 듯, 진이 빠진 소리가 엉금엉금 기어 계단 위로 올라와선 등 뒤에서 날 덮치는 것 같았다. 이 세상에 완벽한 방음은 없었다. 소리는 어디로든 새어 나가고 길을 만들어 세상 밖으로 퍼져 나가기 마련이었다. 내가 할 수 있는 일은 없어 보였다. 난 그 길로 집에 와 버렸다.

은새에게 아까 말하지 못했다. 나 역시 혹시라도 내가 쓰러질까 봐 두려워서 드럼을 마음껏 치지 못했다고. 드럼을 치는 본인이 그 소리를 견디지 못하고 픽 쓰러지는 것만큼 꼴사나운 일은 없을 테니까.

방금 자정이 지났다. 이제 D-2다.

9 / 2 일

오늘 아침엔 아무도 내 방 앞을 지키지 않았다. 날 찾아오지도 않았고. 그래서 점심까지 방 안에서 빈둥거렸다. 가을이라는데 날씨는 한여름 같았다. 너무 더워서, 그래서 밖으로 나왔다. 다른 이유는 없었다.

하지만 바깥 역시 더웠다. 대책 없이 무작정 걸어 다니다가는 더위 먹고 탈진하기 딱 좋았다. 그래서 연습실로 갔다.

연습실 입구 카운터에서 어제 봤던 아저씨가 아는 척을 했다. 은새는 연습실에 들어가 있다면서 어제 들어갔던 방 쪽을 턱짓으로 가리켰다. 나는 연습실 쪽으로 걸어갔다. 역시 문 틈 사이로 드럼 소리가 새어 나오고 있었다. 나는 그 자리에 가만히 서서 귀를 열었다. 연주 소리가 끝내줬다.

더 선명하게 듣고 싶은 마음에 연습실 문을 열었다. 눈을 감은 은새가 비트에 몸을 맡긴 채 무아지경에 빠져 드럼을 치고 있었다. 내가 들어온 것도 모르는 것 같았다. 난 등 뒤로 문을 살며시 닫고 은새의 드럼 연주를 들었다. 내가 아는 은새가 아니었다. 화장한 무서운 누나도 아니었고, 학교에서 보이는 것처럼 아웃사이더도 아니었고, 더는 특징 없는 아이도 아니었다. 은새는 비트에 몸을 맡겨 스스로 파도치는 것처럼 몸을 재우쳤다.

어느 순간 땀에 흠뻑 젖은 채로 은새가 눈을 떴다. 어려운 악절이 시작되기 직전이었다. 은새는 나를 보았다. 하지만 드럼 연주를 멈추지 않았다. 계속 드럼을 치면서 나를 보았다. 나는 은새의 스틱으로 눈을 돌렸다. 그러고는 드럼 스틱을 따라 하이햇에서 스네어로 스네어 스네어 스네어 다시 하이햇 베이스 등으로 미친 듯 빠른 속도로 시선을 옮겼다. 은새의 연주는 점점 빨라지고 있었다. 음량도 더 커지더니 어느덧 클라이맥스에 다

다랐다. 은새의 몸에서 에네르기파가 나오는 것 같았다.

그리고 마지막으로 하이햇 심벌즈를 내리치면서 모든 연주가 멈추었다. 하지만 아직도 비트가 멈추지 않은 것만 같았다. 비트가 연습실 안의 허공 속으로 스며들어 공간을 꽉꽉 채우고 있었다. 잠시 후 은새는 귀에서 무언가를 꺼냈다. 귀 보호개였다. 손바닥으로 이마의 땀을 닦으면서 은새는 웃어 보였다. 나도 알고 있었다. 난 쓰러지지 않았다. 심장이 터질 것 같은데도 상쾌한 기분이었다.

"멋지다."

나는 감탄했다. 그러자 은새는 기쁜 마음을 그대로 드러내며 입을 벌려 활짝 웃었다.

"근데 그 곡 뭐야?"

"지옥의 곡."

"지옥?"

"응, 굉장히 비트가 강하고 무진장 어렵고 또 드러머와 청중을 극으로 몰고 가거든. 겁나게 멋지지."

은새는 말하면서도 자꾸 웃었다. 내가 왜 웃느냐고 묻자 은새가 대답했다.

"방금 내가 친 거, 너 아무렇지도 않았잖아. 오히려 즐겼잖아."

"응. 그게 왜?"

"분명히 그 자식이 화요일에 이걸 선택할 거야. 자작곡을 만들지 않는 한 기존 곡 중에 이게 최고로 세니까."

"아, 아!"

나는 그제야 은새의 말을 이해할 수 있었다. 연주가 끝난 뒤

십 분이 지났지만 난 아무렇지 않았던 것이다. 이 정도라면 녀석과 붙을 결전에서도 잘 이겨 낼 수 있을 것이다.

"여기 내일까지 24시간 풀로 빌린다고 했는데, 이미 목표 달성을 해 버렸네. 시간이 많이 남는데 이제 뭐하지?"

은새는 이렇게 쉽게 풀리다니 하는 여유 만만한 얼굴로 나를 보았다.

"기왕 한 거 나도 좀 쳐 보지, 뭐."

"좀?"

"좀."

은새와 나는 좀 더 편안해진 마음으로 드럼을 쳤다. 은새는 이번엔 시범을 보여 주었고 나도 금방 박자를 따라갔다. 운동엔 젬병이었지만 박자 감각은 나쁘지 않았다. 문제는 힘 조절이었다. 드럼은 무조건 세게 치는 게 능사가 아니었다. 살살 쳐야 할 때가 있고 힘을 내야 하는 부분이 있었다. 하지만 난 세게 치는 게 좋았다. 한 번 쾅 내리치면 심장을 때리는 듯한 그 비트가 날 사로잡았다. 그럼 난 비트가 퍼져 나가는 걸 온몸으로 느끼며 다음 비트를 향해 또 달려갔다.

늦은 밤이 되어서야 연습실에서 나왔다. 배가 고파서 어디 갈까 고민하다가 내가 쏘겠다고 말하며 앞장섰다. 망할 고가 말한 편의점이 생각났던 것이다. 편의점에 갔더니 망할 고가 아닌 어떤 할머니가 알바생 조끼를 입고 인사했다. 당황한 나는 이 편의점이 아닌가 싶어서 나가려고 했는데, 뒤쪽에서 창고 문을 열며 망할 고가 나왔다.

"녀석, 안 오는 줄 알았더니⋯⋯."

망할 고는 편의점 안쪽 자리로 우릴 안내했는데, 조끼를 입고 있지 않았다. 뭐야, 알바생인 줄 알았더니 그냥 무료 봉사였나. 내가 어떻게 된 거냐고 묻자, 자신의 근무 시간은 자정부터 새벽 여섯 시까지라고 했다. 지금은 할머니 혼자 일하기 심심할 테니까 같이 있어 주는 거라며 어깨를 으쓱했다.

"돈도 안 받고 연장 근무를 하는 거예요?"

"넌 데이트하는데 돈까지 받냐?"

"에?"

내가 놀라거나 말거나 망할 고는 물건 진열대에 누군가 쏟아 놓은 커피를 닦고 있던 할머니에게 다가가 우리를 소개했다. 난 망할 고의 손자로, 은새는 손녀로 둔갑해 있었다. 우리는 졸지에 5분 차이로 태어난 쌍둥이 남매가 되어 버렸다. 할머니는 참 귀여운 남매라며 온화한 얼굴로 우리를 보다가 손님이 와서 다시 카운터로 돌아갔다. 그 즉시 난 개미만 한 목소리로 대체 왜 그런 거짓말을 하는 거냐고 물었다. 그러자 망할 고는 할머니가 손자 자랑을 너무 많이 해서 자기도 자랑할 게 필요했다면서 우리에게 손자 손녀로 변해 준 보답으로 이것저것 먹을 걸 가져다 주었다.

은새와 난 컵라면에 삼각 김밥에 볶음 김치에 과자에 음료수까지 뷔페처럼 차려 놓고 먹었다. 어느 정도 배가 부르자 갑자기 아까 쳤던 비트가 떠올랐다. 그래서 난 나무젓가락으로 빈 라면 용기와 과자를 늘어놓고 드럼 치듯이 두그두그두그 쳐 보았다. 은새는 별짓을 다 한다며 피식 웃었다.

"근데 족제비턱 그 자식은 드럼을 왜 치는 걸까?"

"글쎄, 맞짱 뜨는 기분이라서 그런 거 아닐까? 드럼이 은근히 그런 매력이 있거든. 다 덤벼 보시지, 내가 다 때려 주겠어. 뭐, 이런 거?"

"너도 그래? 그래서 드럼을 치는 거야?"

"뭐, 그건 완전 초짜일 때고 요즘은 좀 달라. 내가 낼 수 없는 소리를 쨍쨍하게 울려 주는 게 너무 좋더라고. 내 심장에 확성기를 대고, 나 살아 있다! 그러니까 잘 들어! 하고 내 소릴 울려 주는 기분이랄까. 그러는 넌?"

"난 뭐…… 난 드럼도 잘 못 치잖아."

"너도 드럼 좋아하잖아. 아니야?"

"뭐…….

난 진퇴양난에 빠졌다. 내가 세상에서 제일 싫어하는 놈이 드럼으로 날 쓰러뜨리겠다고 벼르는 마당에, 이렇게 드럼을 좋아해도 되나 싶어 좀 혼란스러웠다. 은새는 삶은 계란을 테이블에 툭툭 두드려서 껍데기를 깼다. 난 그 모습을 보며 말을 이었다.

"드럼에서 울리는 비트가 내가 두르고 있는 갑옷을 깨뜨려 주는 것 같아. 안에서부터 쿵쿵 움직이면서 알을 깨고 나오는 느낌이랄까. 그동안 숨기고 있던 내 모습을 다 보여 주는 거지."

은새는 삶은 계란을 까서 입에 넣으려다가 손을 멈추었다. 그러고는 반질반질한 계란의 속살을 응시하더니 눈살을 찌푸렸다.

"변태."

은새는 아주 작게 말한 뒤 내 쪽으로 삶은 계란을 툭 밀어 버렸다. 한참 후에야 난 은새가 무슨 생각을 하는지 알 수 있었다.
"야, 너…… 너 진짜 이상해. 무슨 상상을 한 거냐. 너야말로 변태야."

내 목소리가 조금 컸는지 정적 속에서 할머니와 망할 고가 우리 쪽을 쳐다보았다. 할머니의 눈이 가늘어졌다. 우리가 남매가 아니라는 걸 눈치 챈 것 같았다. 그러자 흠흠 헛기침을 하던 망할 고가 밤이 늦었는데 빨리 집에 가라며 우리의 등을 떠밀었다. 그렇게 우리는 편의점 밖으로 밀려났다.

은새와 나는 기가 막혀서 편의점을 보다가 진짜 어이없다는 표정으로 식식거리며 거리를 걸었다. 그런데 아무리 생각해도 이상했다. 우리가 남매라니. 어떻게 거짓말을 해도.

"쌍둥이라니 진짜 웃겨."
"내 말이, 내가 너랑 어딜 봐서."
은새와 나는 그저 웃고 말았다.

집으로 돌아와서도 새벽 세 시가 넘어가도록 잠이 안 온다. 차라리 내일 붙는다고 할걸. 괜히 애들 때문에 하루를 미뤘다. 기다려진다. 빨리 녀석의 드럼 연주를 보기 좋게 비웃어 주며 뭉개고 싶다.

9 / 3 월
녀석들은 드럼 스틱으로 날 열 받게 하는 방법 백만 스물두 가지를 연구해 온 것처럼 아침부터 날 지독하게 괴롭혔다. 내 신경을 건드리려고 애썼고 그 방법은 여지없이 먹혔다. 어젯밤 늦게 자서 피곤해 그런 것뿐이라고 변명하고 싶었지만, 스트레스가 심했는지 녀석들의 지독한 장난에 몇 번이나 책상에 쓰러졌는지 모른다.

 방과 후 은새는 위로를 해 주려고 내 뒤를 따라왔지만, 난 누구하고도 말을 섞고 싶지 않아서 뛰다시피 해 집으로 향했다. 하지만 역시 무리를 했는지 랄라랜드에 곧 떨어질 거라는 신호가 오기 시작했다. 난 근처에 보이는 벤치로 엉금엉금 다가갔고 곧이어 여지없이 쓰러졌다. 얼마 지나지 않아 깨어나 보니 지나던 행인이 혹시 낮술이라도 먹은 건가 하는 의심스러운 눈초리로 나를 보고 있었다. 난 불쾌한 시선을 헤치고 집으로 걸어왔다.

 집 앞에는 은새가 기다리고 있었다. 은새도 아까 학교에서 분명 내가 족제비턱의 적수가 안 된다는 걸 두 눈으로 똑똑히 확인해 놓고 왜 자꾸 날 귀찮게 하는지 알 수 없었다.

 "이건 의지로 되는 게 아니야. 오늘도 내가 몇 번이나 쓰러진지 알아?"

 "……."

 "다 끝났어. 내일 난 병신 되는 거야. 공식적으로."

 "……."

 내가 아무리 퍼부어도 은새는 아무 말도 하지 않았다.

 "이게 다 너 때문이야. 너만 아니었으면! 됐다. 누굴 탓하냐. 처음부터 찌질하게 시끄러운 드럼 연주 소리에 버티느니 마니 한 것부터가 웃긴 거야. 야! 뭐라고 말 좀 해!"

"그래, 네 말이 맞아. 좀 찌질해 보일 수도 있어. 일대일 드럼 솔로로 맞짱 뜨는 것도 아니고 걔는 드럼 연주하고 너는 쓰러지지 않기 위해 버티는 거, 찌질하지. 근데 걘 널 음악도 즐기지 못하는 찌질이로 치부하고 있는 거잖아. 그럼 넌 그게 아니란 걸 보여 주면 되는 거 아니야?"

은새는 그 말만 남기고 이어폰을 귀에 꽂더니 주머니에 손을 찔러 넣고 가 버렸다. 아무 말 못한 채 나 역시 집으로 들어와 버렸다.

쪽마루에 앉아 은새가 놓고 간 드럼 스틱을 쥐고 전전긍긍하는데, 피터 최가 와서 드럼 스틱을 눈짓으로 보며 물었다.

"혹시 내일 오디션 같은 거 보냐?"

"뭐 오디션은 아니지만……."

"내일 뭔가 있구만?"

"뭐."

"그럼 내가 도움을 좀 줄까? 인생 선배로서 충고하는데 무슨 일이든 알코올 한 방울이 들어가면 만사 오케이야. 무서워 보였던 세상이 만만하게 보이고 어떤 일에든 자신만만해지지. 내가 가서 하나 사다 줄까?"

진짜 그럴지도 모르겠다는 생각이 들었다. 그렇게 피터 최의 제안에 이끌려 '그럼 한 병만' 하고 부탁하려다가 순간 정신이 퍼뜩 들었다. 피터 최가 나에게 갑자기 이렇게 친절할 리가 없었다. 피터 최는 나를 이용해 이 집에 있는 동안 술을 먹지 않겠다는 규칙을 깨려는 것이었다. 역시 잔머리 대마왕이다. 이참에 못 이기는 척 술을 부탁해서 그걸 빌미로 피터 최를 몰아낼까 하는 마음이 꿈틀거렸다. 하지만 그건 좀 치사한 방법 같아서 고민하는 사이 망할 고가 화장실에서 삿대질을 하며 튀어나왔다.

"뭐 눈엔 뭐밖에 안 보인다고, 어디서 술타령이야?"

망할 고가 피터 최에게 큰 소리로 호통쳤다. 피터 최는 노인네가 늙어서 잔소리만 심하다면서 구시렁거리며 귀를 씻고는 제 방으로 들어가 버렸다. 망할 고는 피터 최가 방에 들어간 뒤에도 다시 한 번 술의 시옷 소리만 꺼내 보라며 으름장을 놓았다. 왠지 망할 고는 피터 최가 우리 집에서 쫓겨나길 바라지 않는 것 같았다. 물론 날 위해서였을 수도 있지만, 왠지 피터 최 쪽을 더 생각해서 한 행동처럼 느껴졌다. 그런 거라면 오히려 피터 최에게 훨씬 다행이란 생각이 들었다. 잘은 모르겠지만 술을 끊는다는 게 쉬운 일은 아닐 텐데, 옆에서 감시해 주고 달달 볶아 주는 사람 한 명 정도 있으면 좀 더 견딜 만하지 않을까?

한바탕 소란 끝에 내 방으로 들어왔다. 아까보다 마음이 한결 가벼워졌다. 술을 마셔서는 녀석을 절대 이길 수 없다는 걸 나도 알고 있었다. 저번에 의사 선생님이 약을 처방해 주면서 엄마 몰래 혹시 술을 마신 적이 있는지 물었었다. 그때 말하길 기면병에는 담배, 커피, 술이 삼대 악마니까 기필코 조심하라는 충고를 들었다. 어떤 비겁한 방법도 통하지 않을 터였다.

내일 이 시간이 되면 나와 녀석 사이에 존재하는 건 오로지 드럼 연주 소리뿐일 것이다. 어떤 음악이 흘러나올까? 어떤 게 됐든 긴장할 것 없다. 음악일 뿐이잖아. 조금 볼륨이 큰. 나는 내 안에 에어백을 채우려는 것처럼 숨을 크게 들이쉬었다.

9/4 화

결전의 날이 왔다. 하지만 내 컨디션은 최악이었다. 지난밤에 한숨도 못 잤기 때문이다. 잠깐이라도 억지로라도 자야 한다고 스스로를 다잡았지만, 그럴수록 눈은 밤을 지키는 부엉이처럼 더욱 또렷해졌다. 주간 졸음을 방지해 주는 약이라도 먹어야겠다고 생각했지만, 아침에 비몽사몽간에 허둥대다가 약을 챙기는 것조차 잊어버렸다.

방과 후 반 애들이 삼삼오오 돈을 모아 빌린 공연장으로 향했다. 창문 하나 없는 지하 공연장에 들어서는 순간 나는 비쩍 마른 해골처럼 금방이라도 바닥에 주저앉을 것 같았다. 문득 홈 어드벤티지 법칙이 떠올랐다. 개들도 자기 동네에서 싸우면 먹고 들어가는데, 이런 공연장은 나에게는 너무도 생소했지만 녀석에겐 엄청나게 유리한 곳이었다. 나는 어떻게든 힘을 내기 위해 바다로 뛰어들기 직전의 다이빙 선수처럼 뱃속 깊이 숨을 들이마셨다.

한편 족제비턱은 무대 위에 세팅 된 드럼 세트 쪽으로 올라가면서 헤비메탈 연주자처럼 장갑을 꼈다. 역도 선수들이 손을 보호하기 위해 사용하는 것과 같은 장갑으로, 손에서 땀이 날 때도 스틱을 잘 잡을 수 있게 하는 거라고 은새가 알려 줬다. 하지만 내가 볼 땐 똥폼 잡으려고 끼는 것 같았다.

생각보다 사람들이 꽤 많이 왔다. 반 애들의 반이 왔고 녀석들의 친구들도 왔다. 그리고 난생처음 보는 사람들도 많았다. 모두들 어떻게 알고 왔을까. 신기한 쇼라도 보러 온 걸까? 아니면 족제비턱의 연주를 들으러? 제발 내가 쓰러지는 모습을 보고 싶어서 온 것만은 아니길 바랐다.

무대 옆엔 앰프까지 설치되어 있었다. 아무래도 내 고막을 터뜨릴 셈인 것 같았다. 긴장해서 침도 못 삼키고 있는데 이제 시작하자면서 족제비턱이 드럼 세트 앞 의자에 앉았다.

난 족제비턱과 정면으로 마주보는 청중석에 서 있었다. 곧이어 하나 둘 셋 스틱이 맞부딪치는 소리와 함께 드럼 연주가 시작되었다. 시작하는 순간 은새와 나의 눈이 마주쳤다. 은새가 연주했던 바로 그 곡이었다. 이 곡이라면 자신 있었다. 그 후로도 은새와 열 번도 더 호흡을 맞춰 보았고 조금 쉬운 부분은 내가 직접 쳐 보기도 했던 것이다.

나는 비트를 즐겼다. 주위 소음이 하나씩 사라지고 녀석의 비트에 내 심장을 맞췄다. 조금씩 손이 움직이는 것 같았다. 마치 내가 드럼 스틱을 들고 비트를 치는 것처럼. 비트를 오롯이 느낄 수 있었다. 녀석은 수준급이었다. 은새와 비슷하면서도 어딘가 달랐지만 녀석만의 매력이 보였다.

그런데 고개를 들어 보니 녀석의 얼굴이 조금씩 일그러지는 게 보였다. 연주에 몰입하기보다는 이제껏 내 반응을 살피는 것에 급급하던 녀석의 드럼 스틱에 점점 힘이 들어가고 있었다. 클라이맥스도 아닌데 벌써부터? 중반부터 족제비턱의 지옥의 곡은 은새의 연주와 다른 길을 갔다. 새우 버거와 불고기 버거의 차이 정도가 아니라 새우 버거와 질소처럼 완전히 달라지고 있었다. 점점 연주가 강해졌다. 녀석은 싸우듯이 드럼을 쳤다. 바로 몇 센티미터 옆에서 도로를 뚫는 드릴 소리처럼 드럼 소리가 점점 강해졌다. 귀에서 악취가 날 것만 같은 소음이었다. 나는 점점 몸이 노곤해졌다. 솜사탕이 바람에 흩날리는 것처럼 모든 것이 경계도 없이 모호해져 갔다. 그리고 나는 쓰러졌다. 나의 패배였다.

시간이 얼마나 지났을까. 내가 일어났을 때는 공연장에 아무도 없었다. 너무 오래 잔 것 같았다. 모두들 돌아가고 은새 혼자 남아서 내 옆을 지키고 있었다. 은새는 웃지도 않고 그렇다고 실망한 표정도 아닌 그냥 은새다운 얼굴로 나를 쳐다보았다. 그러더니 씨익 미소를 지었다. 이건 뭐지?
"가자."
은새는 엉덩이를 털고 일어나 공연장 밖으로 나갔다.
"아까 그건 진짜 못 들어 주겠더라. 드럼을 그 따위로 치다니. 당장 녀석의 얼굴에 킥을 날리고 싶었다니까."
"위로하지 않아도 돼."
"넌 걔 연주가 이상한 거 못 느꼈단 말이야? 난 니가 걔 엿 먹이려고 일부러 쓰러진 줄 알았는데?"
"뭐?"
"그딴 건 음악도 아니다. 도저히 그런 소음 못 들어 주겠다. 꺼져라! 이런 의미로 꼭 한 방 먹여 주는 것 같았다니까."
말도 안 된다고 대꾸했지만 나도 모르게 피식 웃음이 새어 나왔다. 날 위로하려고 그렇게 말해 주는 은새가 고마웠다. 그런데 생각해 보니 녀석의 드럼 연주가 좀 이상하긴 했다. 은새가 했던 건 그렇지 않았던 것 같은데.

"그 비트가 좀 이상하긴 했지?"

"응. 무조건 힘자랑하듯이 세게 치다가 비트가 엉클어져서 소음이 되어 버렸잖아. 넌 못 봤나? 걔 결국 미친 듯이 세게 치다가 막판에는 악력이 떨어져서 드럼 스틱이 손에서 떨어져 나가 버렸다니까. 진짜 쪽팔리게 초보나 저지르는 실수를 한 거지. 지 얼굴에 똥칠을. 물론 블랙홀도 물 건너갔고."

"블랙홀?"

"응, 내가 블랙홀 멤버들 불렀거든. 블랙홀에서 내가 빠진 후에 아직 드러머를 못 구했나 봐. 그래서 괜찮은 애 공연 있다고 내가 연락했었어. 물론 저번에 오디션 봤던 애인 걸 알고 연주도 듣기 전에 가려는 걸, 여름 동안 또 어떻게 변했을지 모르니까 일단 들어 보기로 했던 거지."

"녀석도 알고 있었어?"

"당연하지. 걔 지가 그렇게 들어가고 싶어 한 밴드 앞에서 자기 실력을 보여 줄 수 있는 절호의 기회였는데, 널 쓰러뜨리고 싶은 욕심에 음악이고 뭐고 죄다 던져 버린 거지. 무조건 힘으로 쾅쾅."

은새는 잠시 쉬었다가 말을 이었다.

"사실 그건 내가 밴드에서 저지른 실수이기도 했어. 무조건 크게 소리 내고 싶어서 드럼을 치다가 비트까지 놓쳐 버렸지. 드럼이 불안하면 연주가 잘 들어맞지 않는데 난 그런 기초적인 것도 무시할 만큼 나를 과시하는 데 혈안이 되어 있었던 거야.

드러머인 내가 정신 차리지 않으면 음악이 그냥 잡음이 되고 마는데."

"그래서 블랙홀 밴드를 일부러 부른 거야? 녀석을 골탕 먹이려고?"

"아니, 꼭 그런 건 아니었어. 걔가 멋진 연주를 해서 너도 안 쓰러지고, 나 같은 실수도 하지 않길 바랐는데…… 뭐 이렇게 된 거지."

"근데 결국 다 실패했네."

은새와 나는 그쯤에서 입을 다물었다. 제대로 된 건 아무것도 없는 것 같았다. 우리는 내일 보자며 서로 손을 흔들고 각자의 집으로 향했다.

머릿속이 아직 혼란스럽다. 내일 학교에 또 가야 한다. 학교에 가서 녀석들을 그리고 공연장에 와서 보았던 애들 얼굴을 다시 봐야 하는데 어떡해야 할지 한숨부터 나온다. 학교에 꼭 가야 하나.

9 / 5 수

재수탱 녀석들은 달라진 게 없었다. 학교에 도착하자마자 기다렸다는 듯 나를 놀렸다. 더는 상대할 힘도 없었다. 입을 꽉 다물고 화장실로 피하려는데 한 녀석이 맨날 똑같은 소리 지겹다며 구시렁거렸다. 옆에 있는 다른 녀석들도 마찬가지 얼굴이었다. 무게 중심의 1도가 바뀌고 있었다. 내 쪽에 내려앉은 작은 깃털 하나 같았지만 요지부동의 시소가 조금씩 내 쪽으로 흔들리고 있었다. 재수탱 녀석들은 뭐라고 했냐며 시비를 걸고 싶어 했지만 싸늘한 반 애들의 반응에 잠시 후 복도로 나갔다. 나는 화장실로 피할 필요가 없었다.

방금 일어난 일을 봤냐는 표정으로 난 황급히 은새 쪽으로 고개를 돌렸다. 좀 떨어진 곳에서 은새는 음악을 듣는지 이어폰을 꽂은 채 어깨로 비트를 타며 손가락을 오징어처럼 움직이고 있었다. 역시나 은새는 좀 이상했다.

어쨌거나 이 재미없는 시소게임을 그만두려면 반 애들을 내쪽으로 끌어오는 게 중요한 게 아니었다. 내가 시소에서 내려오면 되는 것이었다. 난 이제야 그 사실을 깨달았다.

다음 쉬는 시간에 재수탱 녀석들이 다른 방법으로 날 괴롭히려고 애썼지만 난 그러거나 말거나 신경도 쓰지 않았다. 녀석들의 얼굴이 소금을 들이붓기라도 한 듯 일그러졌다. 이제껏 녀석들은 놀림 받았을 때 내가 어쩔 줄 몰라 하는 모습을 즐겼는데 더는 그럴 수 없게 되자 당황한 것이었다. 재수탱 녀석들은 기가 죽은 얼굴로 쉬는 시간이면 자기들끼리 교실을 나가 버렸다.

점심시간 식당에서도 녀석들은 고전했다. 어떤 애가 젓가락 두 개로 드럼 치는 흉내를 내다가 젓가락을 핑 튕겨서 앞에 앉은 아이의 머리에 맞췄다. 그러자 그 테이블에서 웃음이 터졌다. 다른 반 아이 같았다. 어제 온 아이들 중 하나였는지도 모르겠다. 이미 어제의 한판 승부에 대한 소문은 발이 천 리가 되어 부지런히 퍼져 나가고 있었다.

그 모습에 족제비턱이 똥 씹은 얼굴로 테이블에서 일어났다.

그런데 칼귀와 큰바위얼굴이 따라 일어나지 않았다. 더 이상 같이 어울리다가는 자기네들도 우스워질 수 있다는 생각이 들었는지 금을 긋는 것이었다. 붉으락푸르락 바뀐 얼굴로 족제비턱은 식판도 치우지 않은 채 식당을 나가 버렸다.

분열된 녀석들은 이제 영향력이 없어졌다. 누구도 더는 녀석들을 무서워하지 않고, 그런 짓은 찐따나 하는 거라고 생각하게 만드는 것 그게 바로 가장 큰 복수였다. 통쾌했냐고? 물론이다. 조금이라도 안됐단 생각이 들었냐고 묻는다면…… 전혀.

하지만 좀 불편하긴 했다. 애들은 조롱거리가 필요한데 그 대상이 이젠 나에게서 족제비턱으로 옮겨간 것 같다는 생각이 들었기 때문이다. 언제 내가 그 타자로 다시 지명될지 몰랐고 또 다른 애로 넘어갈지도 모른다. 그러나 누군가 한 명을 집중 공격하는 건 야비한 짓이다.

이런 것들이 금방 시들해지길 바란다. 오줌 멀리 싸기 시합처럼 유치한 짓 따위보단 우리에게 더 재미있는 놀잇거리가 많다고 믿고 싶다.

9 / 6 목

은새가 또 우리 집 마당에 와 있었다. 분명히 저번 달에 짐 챙겨서 자기 집으로 돌아갔는데도 틈만 나면 우리 집으로 왔다. 은새는 마치 우리가 유치원 때 모래로 지은 밥을 나눠 먹은 사이라도 되는 양 은근히 친한 척이었다.

"여기가 무슨 네 별장이야? 왜 시도 때도 없이 맨날 오냐."

"별장? 하하. 별장보다는 뭐랄까…… 여긴 마음의 고향이랄까?"

비꼬는 내 말에도 은새는 발랄하게 대답했다. 오늘따라 어딘지 좀 나사가 풀린 것 같기도 했다. 무슨 좋은 일이 생긴 건지 계속 생글거렸다.

"너 좀 이상하다?"

"이상해? 확실히 이상하지? 내가 생각해도 이상해."

이상하다는 말을 칭찬으로 듣는 진짜 이상한 애라는 건 알고 있었지만, 어쨌거나 이상하다는 내 핀잔에도 은새는 계속 싱글거렸다. 혹시 낮술이라도 먹었나, 아니면 로또 당첨? 미성년자가 로또 당첨이 되던가? 뭐지? 은새가 이렇게 좋아할 만한 게? 설마…….

"너 블랙홀에 다시 들어가?"

"뭐?"

"그 밴드 있잖아. 그저께 공연장에도 네가 불러서 왔었다며. 너 거기에 다시 들어가고 싶었던 거 아니야? 아무래도 너랑 다시 해야겠대?"

은새는 웃음을 거두고 눈도 깜빡이지 않은 채 나를 빤히 보았다. 곧이어 고민스러운 표정으로 말했다.

"그러게. 그렇게까지 진상인 연주를 봤으면 더욱더 나의 진가를 알아챘을 텐데, 어떻게 연락도 없지? 어차피 같이 하자고 했어도 안 했겠지만 은근히 기분 나쁘군."

"같이 하자고 해도 안 한다고?"

"당연하지. 생각해 봐. 록이란 게 금기에 도전하는 건데, 내가 나이를 속이면서까지 대학생들 밴드에 합격해서 미성년자 출입금지 클럽에서 공연하려 한 것 자체가 록 스피릿 아니야? 나 같은 알짜배기를 못 알아보고 담탱이 때문에 첫 공연 좀 망쳤다고 바로 퇴출시키다니. 게다가 19금의 파격적인 퍼포먼스도 맘에 안 들었어. 공연 리허설 때 이쯤에서 멤버가 서로의 옷을 찢고 기타랑 보컬이랑 키스하기로 합을 다 짜 놓질 않나. 도대체 어딜 봐서 그게 록 스피릿이야. 즉흥적인 걸 보여 주자고 미리 계획해 놓는 것도 웃기고. 한마디로 음악으로 승부할 자신이 없으니까 그런 자극적인 눈요기로 때우려는 거였지."

나는 파격적인 퍼포먼스 설명에 벙쪄서 한동안 아무 말도 못 했다. 머릿속에는 온통 그때 그 공연장에 갔어야 했는데…… 그 생각뿐이었다. 내가 그러거나 말거나 은새는 자신만의 생각에 빠져 계속 종알거렸다.

"어쨌든 그래서 결심했어. 내가 직접 밴드를 만들기로. 내일 거리에 공고문 쫙 돌려야지. 밴드 할 사람 여기 여기 모여라 하고."

밴드를 만들겠다니! 자다가 봉창 두드리는 소리에 정신이 번쩍 들었다.

"밴드? 너 뭐야, 갑자기. 드럼 혼자 무슨 밴드를 해?"

"나머지 멤버는 구해야지. 그래서 말인데, 너 드럼 칠 생각 없어? 저번에 보니까 배우는 속도도 빠르고 비트 감각도 꽤 있던데."

"너 미친 거지? 공연장에서 나 쓰러졌던 거 기억 안 나?"

"그건 워낙 음악이 구리니까 그런 거고. 멋지게 하면 괜찮았잖아?"

"뭐 그거야 그렇다 치고, 내가 드럼 하면 넌 뭐 하려고?"

"난 기타."

은새는 스스로를 음악 천재라고 생각하는 것 같았다. 뭐가 됐든 악기에 손만 대면 다 될 거라고 생각하는. 그러면서 뜬금없이 기타 피크를 주머니에서 꺼내 나에게 보여 줬다.

"기타는?"

"내가 원하는 건 너무 비싸서 용돈으론 턱없이 부족하더라고. 엄마 카드를 다신 한 번 뽀릴까 생각해 봤지만 그건 양심에 좀 찔리고 그래서 일단 기타 피크 먼저."

이건 도대체가 말이 안 되는 일이었다. 은새가 좀 심각하게 즉흥적인 애라는 건 알았지만 갑자기 밴드라니. 그리고 내가 왜…….

"근데 내가 왜 네가 정해 주는 악기를 하냐? 그러느니 차라리 내가 기타를 치지."

"그래? 그럼 네가 기타 하든지."

그런 말이 아닌데 또 이상하게 되어 버렸다.

"싫다니까. 기타 연주 하나도 못 하는데, 기타를 하느니 차라리 조금이라도 배워 본 드럼을 하지."

"그러니까 너 드럼 하라니까."

도대체가 말이 통하지 않았다. 은새와 나는 마당에 서서 네가 악기를 이걸 해야 한다 아니다 저걸 해야 한다며 설왕설래했지만 도통 결론이 나질 않았다. 떡 줄 사람은 생각도 않는데 김칫국 먼저 마신다는 말은 이럴 때 쓰라고 만들어진 것 같지만, 어쨌거나 우리는 서로 경쟁하듯이 김칫국을 마셨다. 그러다 문득 은새가 말했다.

"그래도 너 곧 죽어도 밴드 안 할 거란 소린 안 한다?"

난 할 말이 막혔다. 은새의 일침이 맞았다. 언제 공연할지, 연습은 어디서 할지, 멤버도 정해진 거 없고, 악기 파트도 물론 미정이다. 그런데 밴드는 할 거다! 처음부터 밴드 얘기를 듣는 순간 마음속에 그것 하나는 확실했던 것이다. 뭐, 어차피 만들 거라면 밴드에는 이름이 있어야 했다.

"좋아. 일단 한다고 치고, 밴드 이름은 내가 정하게 해 줘. 너한테 맡기면 분명히 블랙홀을 눌러 버리겠다면서 말을 거꾸로 뒤집어서 화이트마운틴이니 아니면 또 '이상한 나라'에 꽂혀서 래빗홀이니 앨리스니 하며 엉뚱한 이름으로 지을 거 아냐."

"아닌데? 나 이미 정해 놓은 거 있는데?"

"됐고! 이름은 내가 정할 거야."

"아 씨, 뭐로 할 건데?"

"웃지 마."

"뭔데?"

"웃지 않기로 먼저 약속해."

"좋아."

"랄라랜드."

내 말이 떨어지자마자 은새는 약속도 잊고 배를 잡고 웃었다. 난 얼굴이 화끈거렸다. 분명 홍당무처럼 벌게졌을 거라고 생각을 하니 볼이 더 뜨거워졌다. 그래도 이름만은 양보하고 싶지 않았다. 난 랄라랜드가 좋았다.

"그래, 내일 수업 끝나고 공고문 만들어서 같이 돌리자."

은새는 한참 다 웃더니 이렇게 쉽게 수긍하는 것이었다.

"그럼 악기는? 멤버를 구하려면 악기 파트를 적어야 할 거 아냐?"

"멤버가 중요하지. 누가 뭘 하는 게 뭐 그렇게 중요해. 모르면 서로 가르쳐 주면 되는 거고."

은새는 시원시원하게 말했다. 저것이야말로 진정한 록 스피릿이 아닐까 싶었다. 자유로움, 구속되지 않는, 엉뚱함, 일단 지르고 보는.

"그럼 멤버는 무슨 기준으로 뽑을 건데?"

"맘 맞는 사람으로. 우리처럼."

은새는 의미심장하게 말을 던지더니 가 버렸다. 맘 맞는 사람이라니? 무슨 뜻이지? 설마 은새도 랄라랜드를 생각했던 건가? 생각해 보니 충분히 그럴 수 있었다. 나만 보면 맨날 랄라랜드가 어떤 곳이냐고 캐물었으니까. 그런데 진짜 밴드가 만들어지는 건가.

9 / 7 금

아침부터 머리에 뽀얗게 안개가 끼는 수학 시간을 틈타 몰래 랄라랜드 공고문을 만들었다. 쉬는 시간마다 은새와 난 서로가 적은 부분을 보며 의견을 조율한 후 학교 끝나자마자 집에 와서 초안을 옮겨 적었다.

마당 한쪽에서는 피터 최와 망할 고가 가을맞이 새 단장을 하겠다면서 엄마의 지휘 아래 이리저리 가구들을 옮기고 있었다. 피터 최는 으샤 소리만 무지하게 크게 내며 일을 말로만 하는 스타일이었다. 한껏 과장해서 걸음도 뒤뚱뒤뚱 크게 걷는 피터 최의 모습을 망할 고는 못마땅한 눈으로 보다가 잔소리를 시작했다. 피터 최는 말 한마디 지지 않고 그럼 그쪽이 다 해 먹으라며 손을 털어 버렸다.

그때 아빠에게서 전화가 왔다. 손님을 모시고 가니 방을 준비해 달라는 것이었다. 엄마와 피터 최와 망할 고는 힘을 합해서 가구를 다시 원위치시켜 놓고 손님맞이 준비에 분주해졌다. 이번에는 아주 손발이 척척 맞았다.

마당이 분주한 사이 나는 은새가 직접 쓴 공고문을 공용 거실 한쪽에 설치된 복사기에 넣고 복사 버튼을 눌렀다. 곧이어 기다렸다는 듯 종이가 계속 나왔다. 기계에서 막 나온 종이는 열기로 무척 뜨거웠다. 밖에서는 은새가 빨리 나오라고 난리였다. 난 벌겋게 익은 손으로 뜨거운 종이 뭉치를 들고 밖으로 나갔다.

공고문을 다 붙이고 돌아왔다. 은새의 지휘 아래 동네 골목 곳곳을 뛰어다녔더니 격투기라도 한 것처럼 다리고 팔이고 안 아픈 데가 없다.

내일 몇 명이나 올까? 가슴 한편이 설렌다. 나는 지금 친구들과 함께 랄라랜드에 갈 순간을 기다리는 중이다. 가슴이 드럼 비트를 치는 것처럼 두그두그두그하다.

나는 랄라랜드로 간다
록밴드 하고 싶은 사람, 여기 여기 모여라

* 밴드 이름 : 랄라랜드
* 오디션 : 9월 8일 토요일, 홍대 뒷골목 팸 편의점 앞 놀이터
* 멤버 모집 : 구하는 악기 파트? 아무거나.
  보컬이든 드러머든 기타리스트든 뭐 아무거나.
  악기 못 해도 괜찮음. 하면서 배우지 뭐.
  이미 멤버로 한솔고 1-3 나은새와 안용하 확정.
  (불만 있으면 너희들끼리 새로 밴드 만드삼!)

만화책이 나달나달해질 때까지 혼자 보다 문득 인생무상을 느끼고, 피시방에서 GG 날리기도 지겨운 애들 다 모여!

참, 동아리나 과 활동 대학 점수에 포함하는 거 전혀 없음.
동아리짱 먹어서 수시 자기소개서에 한 줄 채우려는
우등생들 무지개 반사!

참2, 음악 듣다 쓰러지는 사람 완전 환영.
구린 음악은 절대 참을 수 없다며 듣자마자 바로 쓰러지는
'천재적인 귀'는 멤버에 있으니 환상적인 음악에 쓰러져 줄
그루피 역시 완전 대 환영!

참3, 눈팅만 하지 말고 일단 만나자고!

● 작가의 말

나만의 랄라랜드를 찾아서

나는 어렸을 때부터 유독 잠이 많은 아이였다. 사람들은 그렇게 많이 자서는 나중에 뭘 해도 성공하기 힘들 거라고 나를 걱정했다. 그래서 그 시절 나는 이런 식으로 계속 자면 성공도 못 하는 실패한 인생이 되는구나 하는 생각에 몹시 불안해 했다. 이렇게 잠은 나에게 가장 큰 행복임과 동시에 가장 큰 걸림돌이었다. 기쁨이면서 고통이었다.

그런데 문득 이런 생각이 들었다. 잠을 자는 시간이 사람들 말처럼 쓸모없는 게 아니라면? 뭔가 특별한 것이라면? 내가 모르는 뭔가가 있을 수도 있지 않을까? 잠을 자는 동안 나만의 랄라랜드에 간다면 어떨까? 그 생각에서부터 이 작품이 시작되었다.

그래서일까? 이 소설 속의 많은 부분이 나 자신과 닮아 있다. 예를 하나 들자면, 나는 주인공 용하처럼 오늘도 비-트를 쓰고 있다. 초등학교 1학년 때 선생님이 내 준 숙제로 처음 일기를 쓰기 시작했으니, 햇수만 따져 보아도 손가락 발가락 다 꼽아도 모자랄 정도로 꽤 오래되었다. 강산이 두 번이나 바뀔 동안 나는 가장 오래된 친구인 비-트와 함께 울고 웃었고, 그 사이에 키는 한 뼘이나 자랐으며 몸무게는 두 배가 훌쩍 넘었다. 겉으로 보이는 성장 외에 내 마음도 밭 한 떼기 정도는 더

넓어졌다고 믿는다.

　여느 아이들처럼 사춘기 때 연애편지를 일기장 한 권에 가득 채워서 전학가기 전 남학생에게 준 낯 뜨거운 짓을 한 적도 있었고, 당시 유행처럼 번지던 교환 일기를 색색의 펜으로 예쁘게 꾸미며 친구들과 번갈아 가며 쓴 적도 있었다. 하지만 그건 연애 일기나 교환 일기였지 진정한 비-트가 아니었다. 난 온전한 나만의 것이 필요했다.

　그렇게 시작된 것이 바로 비-트였다. 용하처럼 나 역시 일기장을 펴지 않은 순간에도 머릿속 한구석에는 이따가 빨리 이 일을 일기장에 쏟아 내야지 하는 생각뿐이었다. 누가 시킨 것도 아니고 검사하는 것도 아니고 상 준다고 한 것도 아닌데 오늘날까지 주야장천 비-트를 쓰고 있다. 아무 비판 없이 있는 그대로 누군가 내 이야기를 들어 줬으면 좋겠다는 바람으로.

　나는 시도 때도 없이 비-트를 꺼내서 스스로에게 말하고 내 감정을 돌아보기도 하고 종종 장밋빛 미래를 공상하며 연필로 끼적인다. 그 옛날 안네처럼 키티라는 귀여운 이름의 청자는 따로 없지만, 대신 나는 끊임없이 스스로에게 말을 걸었다. 외로울 때, 괴로울 때, 기쁠 때, 힘들 때, 울고 싶을 때, 지칠 때마다 나 자신에게 괜찮다고 말해 주며 스스로를 다독였다.

한 번 시작된 문장이 끝도 없이 길어지다 보면 문법도 틀리고, 글씨도 예쁘지 않고, 느낌표 남발에 때로는 의식의 흐름 기법처럼 두서없이 감정만 죽 나열해 놓기도 한다. 그래도 어딘가에 무언가를 쓰는 게 좋았다. 수줍게 밝히자면 나만의 랄라랜드는 바로 비-트라는 공간이었다. 그 공간에서 나는 자랐고 또한 달려왔다.

그래서 청소년들에게 그들만의 랄라랜드를 주고 싶었다.

청소년 시절은 강한 바람이나 성난 파도와 같은 질풍노도의 시기다. 어린이도 어른도 아닌 과도기에 있기 때문에 주변인이라고 하면서 사람들은 청소년기를 어떻다고 정의 내리길 좋아하는 것 같다. 어른들은 말한다. 다른 것 신경 안 쓰고 공부만 하면 되는 그때가 제일 좋을 때다. 어른 되면 생각하고 고민해야 될 게 얼마나 많은지 아느냐. 지금 커 보이는 문제도 지나고 나면 별것 아니니까 너무 마음 쓰지 말고 일단 좋은 대학이나 가라. 나 역시 꼬박꼬박 나이를 먹어 어느덧 어른이 되었고, 내가 지나온 시절을 지금 현재진행형으로 겪고 있는 청소년들에게 종종 그렇게 말하며 아는 척을 해 왔다.

그러나 이 자리를 빌려 수줍게 고백하자면, 인생이란 게 꼭 그렇지만도 않은 것 같다. 어른이 되면 갑자기 모든 게 바뀌면서 지금 소중한 것들이 다 시시하게 변해 버리고, 생각지도 못한 것이 불쑥 중요해지면서 하늘과 땅이 뒤바뀌지는 않는다. 청소년기 때부터 여기저기 둘러보면서, 또 이런 일 저런 일 겪으면서 한 발 한 발 앞으로 나아가다 보면 어느새 어른이 되어 있는 것이다.

그래서 나는 청소년들이 지금부터 자신만의 랄라랜드를 꼭 만들었으면 좋겠다. 그것이 용하와 은새처럼 마음 맞는 사람들과 밴드를 만드는 것일 수도 있고, 친구들과 어울려 땀을 쏙 빼며 운동하는 것일 수도 있고, 날이 꼴딱 새는 줄도 모르고 재미있는 책에 빠져 보는 것일 수도 있다. 무엇이든 자신만의 랄라랜드가 있다면 앞으로 걸어갈 세상이 조금 더 재미있어질 것이다. 지금 이 소중한 순간을 당신이 랄라랜드와 함께 즐기기를 소망한다.

2012년 가을
김영리

〈푸른문학상〉 청소년소설 부문 수상작

제3회 『길 위의 책』 강 미
제4회 『쥐를 잡자』 임태희
제5회 『리남행 비행기』 김현화
제6회 『살리에르, 웃다』 문부일 외 3인
제8회 『외톨이』 김인해 외 2인
제9회 『불량한 주스 가게』 유하순 외 2인
제10회 『나는 랄라랜드로 간다』 김영리
　　　　『열다섯, 비밀의 방』 장 미 외 3인
제11회 『똥통에 살으리랏다』 최영희 외 3인

김영리

1983년 서울에서 태어났으며, 고려대학교 국어국문학과를 졸업했다. 2012년 장편청소년소설 『나는 랄라랜드로 간다』로 제10회 푸른문학상 '미래의 작가상'을 수상했다. 이 작품은 기면병을 앓는 열일곱 살 소년과 그의 가족들이 이모할머니가 물려준 '게스트하우스'를 지키기 위해 벌어지는 소동을 재기 발랄하게 그려 낸 작품으로 그의 첫 성장소설이다. 지은 책으로 장편청소년소설 『나는 랄라랜드로 간다』, 장편소설 『시간을 담는 여자』 등이 있다.

푸른도서관

푸른도서관은 '10대에서 20대까지' 눈부신 성장을 거듭하는
'푸른 세대'를 위한 본격 문학 시리즈입니다.
이금이 작가의 대표작인 『유진과 유진』을 비롯하여
푸른문학상 수상작 『쥐를 잡자』, 『외톨이』 등
당대 청소년들의 현실을 생생하게 반영한 성장소설과
『화랑 바도루』, 『에네껜 아이들』 등 다양한 시대상을 반영한
역사소설 그리고 판타지와 청소년시집에 이르기까지
국내 작가들이 공들여 창작한 흥미롭고 감동적인 작품들을
푸른도서관에서 더 만나 보세요!

■ 푸 른 도 서 관 ■

1. 뢰제의 나라 강숙인 지음
교통사고로 가사 상태에 빠진 열두 살 소년이 저승사자의 손에 이끌려 저승인 '뢰제의 나라'를 여행하면서 벌어지는 모험담을 담은 판타지소설.
★ 윤석중문학상 수상작 ★ 동화읽는가족 추천도서

2. 아버지가 없는 나라로 가고 싶다 이규희 지음
아픈 결핍의 가족사를 벗어던지고 마침내 더 너른 세상을 향해 나아가는 소녀를 통해 성장의 의미를 곰곰이 곱씹게 해 주는 가슴 뭉클한 성장소설.
★ 세종아동문학상 수상작가

3. 까망머리 주디 손연자 지음
좋아하는 남학생에게 외모에 대한 조롱 섞인 말을 듣고, 입양아인 자신이 미국 사회의 이방인이라는 사실을 깨닫는 사춘기 소녀 주디가 정체성을 찾아가는 이야기.
★ 책따세 추천도서 ★ 경기도학교도서관사서협의회 추천도서 ★ 부산광역시교육청 독서인증제 권장도서

4. 이뻬 언니 강정님 지음
일제 강점기 말과 해방 공간을 시간적 배경으로 밤나무정 마을에 사는 '복이'라는 여자아이의 삶의 비밀을 하나하나 알아가는 과정을 그린 아름다운 연작소설집.
★ 서울시교육청 교과별 권장도서 ★ 한우리독서토론논술 필독도서 ★ 한국아동문예상 수상작

5. 너도 하늘말나리야 이금이 지음
미르와 소희, 바우는 각자의 상처를 속으로 감추고 괴로워하다 서로를 알아본다. 서로의 상처를 보듬어 주는 순간, 상처에는 새살이 돋고 아이들은 비로소 성장하게 된다.
★ 중학교 〈국어〉 교과서 수록 ★ 책따세 추천도서 ★ 〈중앙일보〉 좋은책 100선 선정도서

6. 내 이름엔 별이 있다 박윤규 지음
1970년대라는 한국 사회의 정치적·사회적 격동기를 배경으로 성장해 나가는 사춘기 소년의 삶을 통해 2000년대의 우리가 잊고 지냈던 '꿈'과 '희망'을 다시 한 번 환기시켜 준다.
★ 서울시립어린이도서관 추천도서

7. 토끼의 눈 강규규 지음
한국 전쟁을 배경으로 한 세 편의 이야기를 엮은 소설집. 작품 속에 총소리나 죽음은 등장하지 않지만, 천진한 아이들의 눈으로 바라본 전쟁이 숨이 막힐 듯 가깝게 다가온다.
★ 세종아동문학상 수상작 ★ 아침독서 청소년 추천도서

8. 화랑 바도루 강숙인 지음
부모님을 일찍 여읜 바도루가 김충현 장군 밑에서 생활하며 그의 자제인 경천과 함께 피나는 노력과 뜨거운 우정을 나누며 꿈에 그리던 화랑이 되는 이야기를 그린 본격 역사소설.
★ 동화읽는가족 추천도서

9. 유진과 유진 이금이 지음
어린 시절 함께 성추행을 당한 동명이인 '유진과 유진'의 각각 다른 성장 과정을 통해 청소년의 심리를 아주 세밀하게 보여 주는 이금이 작가의 청소년소설.
★ 책따세 추천도서 ★ 어린이도서연구회 청소년 권장도서 ★ 학교도서관저널 선정 성장소설 50선

10. 마사코의 질문 손연자 지음
일본인 소녀의 입으로 일본인의 죄를 묻는 이야기. 일제 강점기에 우리 민족이 겪은 온갖 수난을 생생하고 절실하게 그려 낸 9편의 작품이 실려 있다.
★ 세종아동문학상 수상작   ★ SBS 어린이미디어대상 수상작   ★ 한우리독서토론논술 필독도서

11. 아, 호동 왕자 강숙인 지음
비극적 사랑의 대명사 호동 왕자와 낙랑 공주, 그들이 정말 사랑하는 사이였는가에 대한 의문으로 시작된 역사소설. 우리가 알고 있던 이야기를 뒤집어 전혀 새로운 시각을 제시한다.
★ 한우리독서토론논술 필독도서   ★ 서울독서교육연구회 추천도서   ★ 책읽는교육사회실천협의회 추천도서

12. 길 위의 책 강미 지음
'책'을 통해 자연스럽게 자신의 고민과 방황을 해결하고 상처를 치유해 나가는 여고생들의 이야기를 잔잔하게 그렸다. 청소년들을 위한 성장소설들이 '책 속의 책'으로 가득 담겨 있다.
★ 제3회 푸른문학상 수상작   ★ 책따세 추천도서   ★ 문화체육관광부 우수교양도서

13. 느티는 아프다 이용포 지음
'지금 여기'의 '가장 낮은 곳'을 이야기하는 성장소설. 독자들에게 이웃을 바라보는 시선을 바꾸고 존재의 소중함을 돌아볼 수 있는 시간을 마련해 준다.
★ 한국문화예술위원회 우수문학도서   ★ 평화박물관 선정 청소년 평화책

14. 발끝으로 서다 임정진 지음
베스트셀러 『행복은 성적순이 아니잖아요』의 임정진 작가가 펴낸 청소년소설. 낯선 땅으로 홀로 유학을 떠난 주인공을 통해 조기 유학생활의 어려움과 외로움을 절절하게 그렸다.
★ 책따세 추천도서

15. 마지막 왕자 강숙인 지음
역사의 그늘에 가려져 있던 인물이자 신라의 마지막 왕인 경순왕의 아들 마의태자를 주인공으로 한 역사소설로, 그의 새로운 영웅적 면모를 보여 준다.
★ 〈중앙일보〉 좋은책 100선 선정도서   ★ 어린이도서연구회 청소년 권장도서

16. 초원의 별 강숙인 지음
마의태자를 주인공으로 한 『마지막 왕자』의 후속작. 사라져 버린 나라를 그리워하던 주인공 새부가 광활한 만주 대륙에서 아버지의 꿈을 이루는 과정을 흥미진진하게 그리고 있다.
★ 동화읽는가족 추천도서

17. 주머니 속의 고래 이금이 지음
가슴속에 품고 있는 꿈을 찾기 위해 노력하는 열다섯 살 아이들에 대한 이야기이다. 저마다 꿈을 좇는 과정에서 실패와 좌절을 겪지만 다시 씩씩하게 일어나는 모습을 보여 준다.
★ 중학교 〈국어〉 교과서 수록   ★ 아침독서 청소년 추천도서   ★ 대한출판문화협회 올해의 청소년도서

18. 쥐를 잡자 임태희 지음
원치 않는 임신을 한 여고생의 이야기로 성에 대해 여전히 취약한 우리 청소년의 현실을 돌아보고 위험성을 인식하게 만든다. 동시에 대책 마련이 시급하다는 사실을 새삼 일깨운다.
★ 제4회 푸른문학상 수상작   ★ 아침독서 청소년 추천도서   ★ 어린이도서연구회 청소년 권장도서

■ 푸 른 도 서 관 ■

19. 바람의 아이 한석청 지음
우리나라 아동청소년문학 최초로 발해를 소재로 한 장편역사소설. 고구려 멸망 뒤 옛 고구려 지역에 살던 이들의 비참한 삶과 나라를 되찾고자 하는 투쟁을 생생하게 그려 냈다.
★ 한우리독서토론논술 필독도서   ★ 책읽는교육사회실천협의회 추천도서

20. 베스트 프렌드 이경혜 외 지음
사춘기를 지나 성숙한 남녀로 성장하는 과정에 놓인 청소년들의 심리 변화를 섬세하게 그린 표제작을 비롯해 현실적인 청소년들의 한계와 모순을 그린 5편의 단편소설을 엮었다.
★ 어린이도서연구회 청소년 권장도서

21. 리남행 비행기 김현화 지음
봉수네 가족이 북한을 탈출해 리남행 비행기에 오르기까지의 여정이 긴장감 있게 그려져 있다. 온갖 역경 속에서도 인간애와 가족애를 잃지 않는 모습이 진한 감동을 선사한다.
★ 제5회 푸른문학상 수상작   ★ 책따세 추천도서   ★ 한국문화예술위원회 우수문학도서

22. 겨울, 블로그 강미 지음
자신만의 길을 찾아가는 청소년들이 종횡무진 활동하는 네 편의 작품을 담았다. 청소년들의 일상을 정확하고 섬세하게 묘사하여 그들이 나아갈 수 있는 길을 오롯이 보여 준다.
★ 문화체육관광부 우수교양도서   ★ 아침독서 청소년 추천도서   ★ 한국출판인회의 선정 이달의 책

23. 네가 하늘이다 이윤희 지음
1894년 동학 농민 운동을 배경으로 새로운 세상을 꿈꾸었지만 결국 이름조차 남기지 못하고 스러져 간 농민군의 이야기를 감동적으로 그려 낸 대하역사소설.
★ 아침독서 청소년 추천도서   ★ 한국어린이문화대상 수상작

24. 벼랑 이금이 지음
원조 교제, 첫 키스, 협박, 폭력……. 거친 현실의 이면에 감춰진 청소년들의 내면을 섬세하게 다루고 있는 이금이 작가의 연작청소년소설.
★ 한국문화예술위원회 우수문학도서   ★ 아침독서 청소년 추천도서   ★ 네이버 북리펀드 선정도서

25. 뚜깐뎐 이용포 지음
서기 2044년. 한국에서 영어 공용화 법안이 통과된 뒤 영어가 일상어로 자리를 잡은 때와 한글이 박해를 받던 연산군 시절을 오가며 현대인들에게 진지한 성찰의 기회를 제공한다.
★ 아침독서 청소년 추천도서   ★ 대한출판문화협회 올해의 청소년도서   ★ 〈중앙일보〉 선정 이달의 책

26. 천년별곡 박윤규 지음
천 년의 시간을 애증과 그리움으로 버틴 주목나무의 이야기를 절제된 감성으로 그린 작품. 시 형식을 차용한 소설인 '시소설'이란 신선한 장르에 애절한 정서를 잘 녹여 냈다.
★ 한우리가 선정한 좋은 책

27. 지귀, 선덕 여왕을 꿈꾸다 강숙인 지음
지귀 설화 속에 숨어 있는 선덕 여왕 이야기를 담은 역사소설. 지귀와 선덕 여왕, 김춘추와 김유신 등 시대의 격랑에 휘말린 이들의 삶과 사랑이 독자들의 가슴속에 파고든다.
★ 책따세 추천도서   ★ 네이버 북리펀드 선정도서   ★ 아침독서 청소년 추천도서

28. 청아 청아 예쁜 청아 강숙인 지음
〈심청전〉을 현대적으로 재해석한 소설. 새로운 시각의 심청과 서해 용왕 그리고 그의 아들을 등장시켜 '보이지 않는 사랑 이야기'를 통해 참다운 사랑의 의미를 되새기게 한다.
★ 한국출판인회의 선정 이달의 책 ★ 중앙독서교육 선정도서

29. 살리에르, 웃다 문부일 외 지음
'엄친아'와의 비교에 시달리며 자신을 '살리에르'라 믿는 청소년들에게 건네는 '꿈'에 관한 다섯 가지 이야기. 꿈을 향한 청소년들의 힘차고도 아름다운 몸부림이 담겼다.
★ 제6회 푸른문학상 수상작 ★ 아침독서 청소년 추천도서 ★ 경기도학교도서관사서협의회 추천도서

30. 사라지지 않는 노래 배봉기 지음
세계적 미스터리의 하나인 이스터 섬 모아이 석상의 비밀을 소재로 인간의 파괴적 욕망과 그것을 극복했을 때 찾을 수 있는 평화를 보여 준다.
★ 문화체육관광부 우수교양도서 ★ 네이버 북리펀드 선정도서 ★ 국립어린이청소년도서관 추천도서

31. 김홍도, 조선을 그리다 박지숙 지음
김홍도의 그림을 통해 그의 삶을 다룬 연작으로, 작가 특유의 상상력과 깊이 있는 통찰력으로 '인간 김홍도'의 삶을 생생하게 되살려낸 본격 역사소설이다.
★ 문화체육관광부 우수교양도서 ★ 〈소년조선일보〉 추천도서 ★ 아침독서 청소년 추천도서

32. 새가 날아든다 강정규 지음
한국 전쟁을 직접 경험한 세대가 전쟁과 분단과 이산이라는 문제를 다른 시각에서 조명한 작품. 역사의 굴곡을 넘어 당대의 사람들이 더불어 살아가는 이야기를 일곱 편의 소설에 담았다.
★ 아침독서 청소년 추천도서

33. 에네껜 아이들 문영숙 지음
구한말 멕시코의 낯선 농장으로 이주한 조선 사람들이 노예처럼 일하며 온갖 고난과 수모를 당하지만 불굴의 의지로 희망의 새로운 터전을 마련한 내용을 담은 역사소설.
★ 책따세 추천도서 ★ 대한출판문화협회 올해의 청소년도서 ★ 아침독서 청소년 추천도서

34. 밤나무정의 기판이 강정님 지음
1950년대를 배경으로 소년 기판이의 각별하고도 애틋한 성장과 모험과 죽음을 다룬 이야기. 작가 특유의 입담과 사투리에 실린 당시의 일상과 풍속이 눈앞에 생생하게 되살아난다.
★ 한국문화예술위원회 우수문학도서 ★ 아침독서 청소년 추천도서

35. 스쿠터 걸 이은 지음
질풍노도의 시기인 청소년기의 한복판에 서 있는 열다섯 살 중학생들을 본격적으로 등장시킴으로써 중학생들의 삶을 밀도 있게 그려 낸 청소년소설집.
★ 한국간행물윤리위원회 우수청소년저작 당선작 ★ 학교도서관저널 추천도서

36. 우리 반 인터넷 소설가 이금이 지음
거짓이 휘두르는 보이지 않는 폭력에 '진실'이 어떻게 왜곡되고 유배되는지를 청소년들의 생생한 세태 묘사와 치밀한 구성을 바탕으로 보여 준다.
★ 네이버 북리펀드 선정도서 ★ 학교도서관저널 추천도서 ★ 국립어린이청소년도서관 추천도서

■ 푸 른 도 서 관 ■

37. 열네 살, 비밀과 거짓말 김진영 지음
습관적인 도둑질에 빠져들면서 비밀과 거짓말이 늘어나게 된 평범한 열네 살 소녀 하리가 다시 삶의 진실을 찾아가는 성장소설.
★ 한국간행물윤리위원회 청소년 권장도서 ★ 문화체육관광부 우수교양도서

38. 허황옥, 가야를 품다 김정 지음
먼 바다를 건너 가야로 온 인도 아유타국 공주 허황옥의 삶을 조명하면서, 철을 바탕으로 국제 무역의 중심지로 자리했던 가야의 역사를 생생히 전하는 역사소설이다.
★ 학교도서관저널 추천도서 ★ 대한출판문화협회 올해의 청소년도서

39. 외톨이 김인해 외 지음
요즘 청소년들의 왜곡된 삶과 고민을 가감 없이 보여 주며, 그들의 정서적 긴장감과 내면적 따뜻함을 동시에 그리고 있는 세 편의 단편소설이 실려 있다.
★ 제8회 푸른문학상 수상작 ★ 국립어린이청소년도서관 사서 추천도서 ★ 아침독서 청소년 추천도서

40. 그래도 괜찮아 안오일 지음
현실의 부정과 좌절에 길항하는 청소년들의 고민을 진정성 있게 담아낸 청소년시집. 청소년들이 지닌 '생기'를 유감없이 보여 주며 긍정과 희망의 메시지를 전한다.
★ 한국간행물윤리위원회 우수청소년저작 당선작 ★ 한국문화예술위원회 우수문학도서

41. 소희의 방 이금이 지음
이금이 작가의 대표작 『너도 하늘말나리야』의 후속작. 달밭마을을 떠나 재혼한 친엄마와 재회해 새 가족의 일원이 된 열다섯 소희의 욕망과 아픔을 다룬 성장소설이다.
★ 한국문화예술위원회 우수문학도서 ★ 한겨레·예스24 선정 청소년책 30선

42. 조생의 사랑 김현화 지음
조선시대를 배경으로 청년 '조생'이 청나라에 파견되는 연행사로 길을 떠나 사랑과 우정, 정의, 신념 등 삶의 진리를 깨달아가는 과정을 그린 청소년 역사소설.
★ 서울시교육청 남산도서관 사서 추천도서 ★ 〈아침햇살〉 선정 좋은 청소년책

43. 아버지, 나의 아버지 최유정 지음
위탁가정에 맡겨진 열여섯 살 연수가 자신의 친아버지를 찾아 떠나는 여정을 통해 진정한 자아 정체성을 확립해 가는 과정을 밀도 있게 그렸다.
★ 한국문화예술위원회 우수문학도서 ★ 〈아침햇살〉 선정 좋은 청소년책

44. 타임 가디언 백은영 지음
타임 슬립이라는 장치를 통해 개인과 사회에서 일어나는 현실의 문제들을 조명하는 본격 청소년 SF소설. 시공간을 뛰어넘는 구성과 예측할 수 없는 독특한 상상력을 맛볼 수 있다.
★ 〈아침햇살〉 선정 좋은 청소년책

45. 분청, 꿈을 빚다 신현수 지음
고려 최고의 사기장의 아들인 강뫼가 왜구 침입과 왕조의 변혁 등 극한 시대 상황 속에서 분청사기를 만들기까지의 과정을 흡인력 있게 그린 역사소설.
★ 대한출판문화협회 올해의 청소년도서 ★ 아침독서 청소년 추천도서

46. 방울새는 울지 않는다 박윤규 지음
5·18이라는 역사적 사건을 배경으로 그려지는 명창 소녀 '방울'과 고수 '민혁'의 안타까운 사랑 이야기. 슬픈 현대사를 정면으로 바라보고 올바르게 판단할 수 있는 용기를 준다.
★ 학교도서관저널 추천도서 ★ 한국문화예술위원회 우수문학도서

47. 악어에게 물린 날 이장근 지음
현직 중학교 교사인 시인이 청소년과 함께 호흡하면서 체험한 담백하고 직설적인 언어가 공감을 불러온다. 청소년들 질풍노도가 마음껏 활개 칠 수 있도록 기운을 북돋는 청소년시집.
★ 책따세 추천도서 ★ 대한출판문화협회 올해의 청소년도서 ★ 어린이도서연구회 청소년 권장도서

48. 찢어, Jean 문부일 지음
아르바이트, 집단 따돌림 등 청소년들이 공감할 수 있는 일곱 편의 이야기가 담겼다. 현실에 갇혀 사는 청소년들의 일탈을 유쾌하면서도 진정성 있게 담았다.
★ 아침독서 청소년 추천도서 ★ 한국문화예술위원회 우수문학도서

49. 불량한 주스 가게 유하순 외 지음
실수와 시행착오를 반복하다가 돌연 성장의 분기점을 지나는 청소년들의 '오늘'을 포착했다. 좌절과 반성의 언어조차 싱그러운 청소년들을 응원하게 만드는 네 편의 단편소설 모음.
★ 제9회 푸른문학상 수상작 ★ 아침독서 청소년 추천도서 ★ 네이버 북리펀드 선정도서

50. 신기루 이금이 지음
엄마와 엄마 친구들과 함께 몽골 사막 여행을 떠난 열다섯 다인이가 보낸 6일간의 여정을 통해 또 다른 생명의 고리로 순환되는 모녀 관계에 대한 고찰을 여행기 형식으로 그렸다.
★ 네이버 북리펀드 선정도서 ★ 서울시립어린이도서관 추천도서 ★ 아침독서 청소년 추천도서

51. 우리들의 매미 같은 여름 한 결 지음
섭식장애를 앓고 있는 모녀, 성추행, 보이콧 등 청소년들이 겪는 지독하게 뜨겁고 아픈 이야기가 담겨 있다. 청소년들이 자신 그리고 세상과 화해하는 여정을 솔직담백하게 그렸다.
★ 한국문화예술위원회 우수문학도서 ★ 네이버 북리펀드 선정도서

52. 모래시계가 된 위안부 할머니 이규희 지음
일본군 위안부로 끌려가 꽃다운 처녀 시절을 유린당한 황금주 할머니의 실제 이야기를 김은비라는 소녀의 이야기와 엮어 액자 형식으로 쓴 소설로, 일본어로도 번역 출간되었다.
★ 국제펜문학상 수상작 ★ 학교도서관저널 추천도서 ★ 경기도교육청 추천도서

53. 까레이스키, 끝없는 방랑 문영숙 지음
소련의 강제 이주 정책으로 시베리아 횡단 열차를 탔던 17만여 명의 까레이스키들의 고난과 역경, 도전과 설움을 절절하게 그린 역사소설이다.
★ 한국문화예술위원회 우수문학도서 ★ 아침독서 청소년 추천도서 ★ 한우리가 선정한 좋은 책

54. 나는 랄라랜드로 간다 김영리 지음
기면증을 앓는 소년과 그의 가족이 게스트하우스를 사수하기 위해 펼치는 소동을 재기 발랄하게 그렸다. 절망 속에서도 웃으며 싸울 줄 아는 청춘의 싱그러운 맨얼굴이 돋보인다.
★ 제10회 푸른문학상 수상작 ★ 아침독서 청소년 추천도서 ★ 한국문화예술위원회 우수문학도서

■ 푸른도서관 ■

55. 열다섯, 비밀의 방 장미 외 지음
영혼의 도플갱어를 찾아 헤매는 외로운 청소년의 자화상이 네 편의 단편소설 속에 어우러져 있다. 청소년들의 내면의 목소리들이 조화롭게 어우러져 다양한 빛깔의 공명음을 들려준다.
★ 제10회 푸른문학상 수상작 ★ 경기도학교도서관사서협의회 추천도서

56. 눈썹 천주하 지음
암에 걸려 1년 4개월 동안 치료를 받던 열일곱 살 소녀가 일상으로 돌아온 뒤의 이야기를 담고 있다. 가족과 친구, 일상이 얼마나 가치 있는 것인지를 새삼 깨우쳐 준다.
★ 국립어린이청소년도서관 사서 추천도서 ★ 한국문화예술위원회 우수문학도서

57. 나는 지금 꽃이다 이장근 지음
청소년들의 삶을 제대로 들여다보고 마음을 헤아리는 시 창작 과정을 통해 나온 본격적인 청소년을 위한 시로, 삶이 점점 피폐해지고 있는 청소년들의 마음을 어루만져 준다.
★ 문화체육관광부 우수교양도서 ★ 경기도학교도서관사서협의회 추천도서 ★ 학교도서관저널 추천도서

58. 우리들의 사춘기 김인해 지음
겉으로 잘 드러나지 않는 소년들의 감성을 날카롭게 포착하여 진솔하고 강렬하게 그려낸 '소년들을 위한' 소설집. 표제작을 비롯한 여섯 편의 단편청소년소설을 담고 있다.
★ 한국문화예술위원회 우수문학도서 ★ 국립어린이청소년도서관 사서 추천도서

59. 여우 소녀 미랑 김자환 지음
조선시대 임진왜란 발발 즈음의 여수 지방을 배경으로, 구미호에게 아버지를 잃은 묘남과 구미호의 딸 여우 소녀 미랑의 애틋한 사랑 이야기를 담고 있다.
★ 새벗문학상 수상작가

60. 얼음이 빛나는 순간 이금이 지음
아이와 어른의 경계에서 몸살을 앓던 두 소년이 5년 뒤 전혀 다른 풍경을 띠게 된 각자의 삶을 응시한다. 우연으로 시작해 선택으로 이루어지는 인생의 내밀한 진실을 담았다.
★ 윤석중문학상 수상작가 ★ 학교도서관저널 추천도서

61. 택배 왔습니다 심은경 지음
질풍노도를 겪는 청소년과 그를 둘러싸고 있는 가족, 친구, 사회의 풍경을 세밀하게 그린 여섯 편의 단편청소년소설을 담았다. 건강하게 자립하고 따뜻하게 소통할 줄 아는 인물들의 모습에서 희망을 엿볼 수 있다.
★ 제10회 푸른문학상 수상작가 ★ 한국문화예술위원회 우수문학도서

62. 똥통에 살으리랏다 최영희 외 지음
팍팍한 사회 현실에 가로막힌 청소년들의 고민을 각기 다른 개성으로 그린 네 편의 단편청소년소설을 묶었다. 청소년 특유의 감성으로 부조리한 사회와 욕망을 관찰하고 풍자하는 이야기가 공감을 불러일으킨다.
★ 제11회 푸른문학상 수상작

*〈푸른도서관〉 시리즈는 계속 나옵니다!